大齡女出頭天 下

風文創 1144

櫻桃熟了 著

風 文創 1144

目錄

第四十四章

終於到了放榜的日子，李清珮一大早就起來，站在門口時不時往外看去，很快就看到遠處差役敲著鑼朝著這邊過來，她頓時緊張起來，連站在旁邊的郭氏也是緊握著雙拳。

結果那些人卻是去隔壁，原來那家也有考生。

李清珮癱坐在門口，有些沮喪地嘆氣，一旁的郭氏道：「別急，我們再等等……」

正說話時，那些報喜的差役又從隔壁家跑到他們家門口。

來報信的人站在李清珮的前面，笑盈盈道：「給大人道喜了！」

「賞錢呢？」郭氏急忙從李嬤嬤手裡接過早就包好的荷包，裡面難得大方地放了二兩銀子，因為一時激動，每個人都賞了兩個。

差役拿著沈甸甸的荷包，笑開了花，嘴裡卻是好話不斷，道：「祝大人步步高陞，殿試上高中狀元。」

會試只是錄取及格者，人數不定，要看該屆考得如何，有時候三、四百人，有時候只有幾十人，等放榜之後，還會有一場殿試，由皇帝親自考核，然後定奪名次。

一般情況下，會當場選出前三名，就是狀元、榜眼、探花。

等差役走後，郭氏忍不住緊抱住李清珮，道：「好孩子，娘實在高興。」說著竟是落下淚來。

李清珮想起多年來母親的期盼，又想著父親的夙願，鼻子一酸。「娘，女兒不孝，一直讓您擔憂，如今總算是對得起娘和爹的養育之恩了。」

郭氏眼淚流得越發洶湧，突然間就哽咽地哭了起來。

一旁的李念跟著紅了眼圈，用袖子去抹眼淚，心裡卻充滿對姊姊的驕傲。

這就是他的姊姊，是他的榜樣。

「妳這丫頭，真是讓娘操碎了心。」郭氏拍打著李清珮的後背。

李清珮想到六年前自己的放棄，母親知道之後失魂落魄的神態，就覺得感慨萬千，雖然中途走過歧路，但是總算糾正過來，想到自己能應舉的原因，自然就想到了趙璟。

如果不是趙璟給她推舉函，不是他的鼓勵，她又怎麼能走到這裡來？

雖然前面還有許多荊棘，真正考驗她的是出仕之後的路，旁人知道她曾經的身分會怎麼看待她？會不會有人覺得她有污點，直接讓皇帝撤了她的進士？

這些都是未知數，但是李清珮已經有勇氣去面對這一切，想到這裡，她就越發思念起他。

這些日子也不知道他在做什麼……難道就不想她嗎？

郭氏領著李清珮回了屋子，李嬤嬤擺了香案又準備好供品，幾個人在院子裡一同祭拜李唐。

郭氏跪在蒲團上，含淚道：「總算是沒有辜負你的期望，清清很爭氣，十五歲廩生，二十一歲就中貢士，不日就要去參加殿試，已經是十分難得了。夫君，到底老天爺開眼，終於讓我們李家又出一名進士。」

李清珮跟李念一左一右跪在郭氏的旁邊，面色肅穆，規規矩矩給李唐磕了頭。

李清珮道：「爹，您放心，以後孩兒會謹記您的教誨，照顧娘和弟弟，更不會辜負我們李家的百年聲望。」

祭拜完，一時又有四鄰來賀喜，雖然相處短暫，不太相熟，但是郭氏難得露出極大的熱情，但凡是來賀喜的人，她都會感激一番，如果是孩子，她還會拿個紅包給他。

李清珮見郭氏這般高興，也禁不住熱淚盈眶，覺得無論付出多少都值得了。

不過等到一切都平靜下來，自己一個人靜靜地待在屋子裡，不自覺就想起趙璟。

他不想她嗎？為什麼不來看她？

此刻，她特別想跟他分享這份喜悅。

其實趙璟怎麼會不想？

前幾日趙璟還為了李清珮的文章，跟孔秀文在禮部討論半天，最後親自給她定了名次，但他實在太忙了。

之後就是給皇帝侍疾，趙璟這些年一直在外面，沒有回來過，等氣消了，看到皇帝骨瘦如柴、時日無多的樣子，既是愧疚又覺得時光易逝，很多東西不過轉眼工夫就消失了，很是想彌補一下。

皇帝見到趙璟不再糾結於給穆氏一族翻案，而是心平氣和地接受攝政王的提議，極為高興，就好像常年壓在心口的一塊石頭終於消失了，每日都眉開眼笑，飯量也比平日多了一些。

宮人明顯感覺到景陽宮內變得輕鬆的氣氛，終於不再愁雲慘霧。雖說外界早就說皇帝恐怕時日無多，他們這些伺候的內侍也擔心以後的去留問題，但是皇帝能多活一日就是一日的安穩，所以做起事情來也格外用心。

趙璟原本住在睿王府，後來直接搬到宮裡方便照顧皇帝，每天早上舞劍後回去漱洗一番，之後就是來看望皇帝，往往會陪著皇帝一同用早膳，其實皇帝如今已經吃不下什麼，多半就是一小碗的肉糜粥，然後是湯藥。

趙璟就坐在皇帝身邊一同處置這些日子積累下來的政務，今日正說到這一年的科舉。「雖說不能受寒，但總不能在屋裡憋著，不如趁這一次出去透透氣，畢竟是殿試，總要陛下出面才是。」

皇帝卻擺了擺手，道：「朕現在多說一會兒話就覺得累得慌，哪裡還能坐許久？還是你去吧！」說到這裡，忽然像是想起舊事，又道：「阿璟，你還記得以前父皇還在的時候嗎？那次也是這般科舉之後的瓊林宴，你跟著沈大人學了許久，總躍躍欲試，竟然把自己寫的文章混在裡面給父皇遞了過去。」

趙環怎麼不記得，自己小時候尤為頑皮，又加上先帝縱容，而作為姪子的太子像是一個哥哥照顧他，縱得他極為任性妄為。

「哈哈哈……」皇帝想到這件事就忍不住笑，指著趙環道：「當時父皇就說，這般難看的字如何入了考官的眼，還以為又發生什麼舞弊的事件，嚇得當時幾個主考官面面相覷，話都說不流暢了。」

趙環有些窘迫，他性子活潑坐不住，那字就可見一斑，而科舉最是看重字跡，沒有幾年的功底，很難被選中。

當時，尚未登基的太子，跟在先帝身邊學習，他看趙環極為沮喪，就拿了先帝的硃批，在他的文章上評了個甲等第一名，雖然不過就是安慰他，卻讓趙環極為開心。

趙環一想到這些，就覺得心口有點憋悶，時光匆匆，很多事情就這樣錯過了。

皇帝不知道趙環的心情，道：「不過也是好事，你發憤刻苦，安安穩穩地練字，後面終於有些樣子了。你當時是跟誰……對，那個叫李唐，學的字吧？」

趙環點頭。「嗯。」

想到李唐，很自然就想到李清珮，這會兒已經知道自己高中的消息了吧！也不知道是什麼模樣？一定是很愉悅吧？

想到這一點，趙環就有些坐不住，原本就思念她，不過因為太忙而強忍著沒去。

趙環和皇帝又商量一會兒，皇帝就露出疲憊的神色，皇后正好端了燕窩粥過來。

趙環起身道：「我府中還有些事情，今日就不留宿在宮裡了。」

見皇帝頗有些不捨，皇后卻是笑著道：「睿王殿下這幾日要照顧陛下，還要協理政事，正是忙得腳不沾地，該是回去好好歇一歇了。」又道：「不過一會兒，秦王、太子殿下還有太子妃要過來，睿王用了晚膳再回去也不遲。」

趙環回頭，見皇帝正含笑看著自己，那一雙原本十分明亮溫柔的眼眸如今已經顯出幾分灰白色，就像是一個行將就木的老人，讓他說不出拒絕的話來。

這還是趙環第一次看到太子妃白靜瀾，就如同傳聞那般姿容出眾，穿著一件銀紅色的交領緙絲半袖，戴著朝陽五鳳掛珠釵，如同尋常的雍容婦人，只是眉宇間卻比旁人多出幾分剛硬。

趙環知道她的事情，原本和前夫琴瑟和鳴，卻被皇帝強行下旨和離，這才重新嫁給太子，因為這件事，朝中鬧得沸沸揚揚的，太子的婚事也就沒有大辦。

雖然看不出白靜瀾對太子的感情，但是可以看出太子極為照顧太子妃，進門的時候輕聲細語地提醒她注意門檻，入座後還會吩咐內監把茶水換成杏仁茶。

秦王不僅自己進宮，還領著王妃馮婉貞和剛滿月的長子趙順，那孩子養得白白胖胖的，一雙眼睛明亮有神，笑起來有種讓人心軟的天真爛漫。

馮婉貞顯然剛出月子，有些豐腴，不過打扮得體，舉止落落大方，倒沒有被旁人比下去。

皇帝見到人都到齊，顯得極為高興，歪著身子坐在鋪上厚厚靠墊的椅子上，道：「人到齊了，就上菜吧！」

按規矩，皇帝用膳有一定的程序，但是大多數皇帝私下都不會真的按照規矩來，不過上了幾十道菜，卻都有每個人愛吃的。

皇后笑著說道：「陛下前幾日就說要聚在一起，今日正是趕巧了。」又指著幾道菜，說道：「睿王，這是你最喜歡吃的……」

一起吃過飯，大家的注意力就被秦王世子趙順吸引住了。

皇家已經多年沒有新生兒，當初雖然覺得魏國公府風評不好，但是此時皇帝心裡已經放下這件事，忍不住對皇后說道：「朕這輩子……要是能含飴弄孫，那真是死而無憾了。」

這話雖然是悄悄對著皇后說，畢竟都在一個屋內，旁人自然都聽到了。

太子很明顯露出愧疚的神色來，而太子妃白靜瀾則是從容得多，低頭不語。

秦王笑了笑，道：「陛下，我和王妃商量了下，想著讓順兒給太子妃壓床，說不定馬上就有好消息。」

皇后聽了明顯目光一亮，只是很快就搖了搖頭，道：「王妃剛誕下麟兒不久，正是疼愛之時，如何骨肉分離？」

皇帝也道：「皇后說得正是。」嘆道：「是命躲不過。」

頓時四周氣氛變得有些壓抑，秦王卻是笑著說道：「不過幾日而已，又是至親，我難道還不放心？」

馮婉貞也溫柔地說道：「正是這個理。」

這時，一直不說話的太子妃白靜瀾冷聲道：「陛下，兒媳剛剛小產，實在沒有心力照顧孩子。」又道：「兒媳有些不舒服，就先行告辭了。」

皇帝立時沈了臉，正想發怒，卻被皇后輕輕握住了手。

太子見太子妃離去，急得團團轉，起身道：「父皇恕罪，兒臣去……瞧瞧。」說完就追出去了。

到了這會兒，趙璟已經看出來，不管之前傳聞是什麼，恐怕太子早就心儀這位太子妃了。

夜色漸深，趙璟起身告辭，剛好秦王和王妃也抱著孩子出來站在臺階上。

月光皎潔，趙順窩在秦王妃的懷裡開心地咬著手指頭，不知道看到什麼笑了起來。

趙璟忍不住多看了兩眼，不知道是不是他的錯覺，竟覺得那孩子的眼珠有些淺淺的綠色……

第四十五章

因為這場晚宴耽擱了時間，趙環便打消出宮的念頭，打算明日處理完政務再去找李清珮。

隔日，趙環在偏殿處理政務，就看到一個小內侍急急忙忙來尋他。

「王爺，奴才是太子爺身邊的元寶，您上次見過奴才的。」

「是你？」

元寶見趙環認出自己，很是高興，語氣卻更急著道：「奴才是奉太子之命來找您，說有件要緊的事情，務必讓奴才請王爺過去。」

趙環見他說的這般，很快就明白這件事不能對皇帝直言，這才找他幫忙，恐怕有些不簡單。

趙環面上不顯，沈吟了下，道：「你且等我一下。」

元寶不敢催促，雖然睿王入宮的時間不長，但誰都知道他是以後的攝政王，更是皇帝十分敬重的人，而他們這種宮中人就是靠著伺候人活著，最會看人臉色，知道宮中的風向，不敢對睿王的話有異議。

趙環不緊不慢地看了幾個摺子，其間少不得打量元寶，見他急得快要出汗卻是一句話也不敢說，心中差不多有了決斷，把摺子合上，起身道：「太子在東宮？」

元寶高興得要跳起來，急切地說道：「正是在東宮。」

皇帝在內室睡覺，趙環則在偏殿看政務，離開前他還是叮嚀內侍，如果皇帝醒了就趕緊通知他。

下午，剛下過秋雨，因著臨近十月，空氣裡透著一股冷意。

元寶領著轎子卻沒有走正路，反而穿過御花園朝旁邊的小路而去。

果然過了旁邊小路，就看到東宮的後門，有個內監正焦急地等著，正是太子身邊最得力的內監，名叫王重，年約四十多歲，面白無鬚，平時很是沈默寡言，是個做事非常穩重之人。

王重都露出這般神色，可見事情不簡單。

內侍把轎子放下來，趙環下了轎子，王重上前行禮道：「王爺，您可算來了。裡面請，要不是奴才要照顧太子殿下走不開，又怎麼讓旁人去，正想著別是怠慢了王爺。」

趙環知道這都是客氣話，不過卻更擔心太子，冷聲說道：「到底出了何事？」

「王爺，您進去看看就知道了。」

整個東宮都十分安靜，就好像一座空城般，趙環皺眉，等到了內室，就看到太子臉色蒼白地躺在床上，地上卻有打碎的湯碗。

太子見到趙環，忍不住喊道：「叔爺爺。」

皇帝原本就人丁單薄，許多時候就不用稱謂，反而用這種輩分互稱比較多。皇帝有時候會喊「阿璟」，則是更為親暱的一種叫法。

皇帝是趙璟的姪兒，作為皇帝兒子的太子自然要喊趙璟叔爺，趙璟很是坦然地接受了，他打從出生開始，輩分就比旁人高，很是習以為常。

趙璟冷著臉，道：「太子，這是怎麼了？」

太子露出躊躇的神色，一副想講又害怕的樣子。

旁邊有個中年的嬤嬤卻是落下淚來，道：「殿下，您還要為那賤人瞞到什麼時候？」

太子不聽此話還好，聽了突然間冷了臉，道：「是誰教唆妳這般稱呼她的？怪不得她總是悶悶不樂，原來是你們這些人背著我給她使絆子不是？」

這女子是太子的乳母衛嬤嬤，平時是太子極為看重的人。

這會兒太子說出這種話，衛嬤嬤哪裡承受得住，立時跪下來，拿著帕子一邊擦淚，一邊委屈地哽咽道：「殿下，我哪裡敢給太子妃臉色看？只是太子妃平日連個笑臉都沒有，還要您伏低做小，奴婢實在看不過眼而已，這世上哪裡會有這樣的女子？」

太子氣得不輕，咄咄逼人地喊道：「我就喜歡她這模樣，誰要妳去操這個閒心？妳是不是當真忘了自己不過一個奴婢？我給妳體面，讓人喊妳一聲嬤嬤，妳真當自己是什麼了？」

衛嬤嬤還是第一次受到這般嚴厲責罵，當著睿王的面，真是臉都沒了，臉色發白，毫無血色，幾乎是匍匐在地，哽咽道：「殿下，太子妃她狠戾歹毒，在您的湯裡下了毒，要不是奴婢瞧出不對勁來……殿下，您別被那個狐媚子迷住眼睛，她這是要奪了您的性命呀！」

「給我閉嘴！」太子氣得顫抖，大聲喊道：「來人，把這個賤人給我拖下去。」

到了這會兒，趙璟已經明白過來，不管是什麼原由，太子妃下毒行凶差點毒死太子，而太子為了保住太子妃，這會兒卻不敢把這件事捅出去，畢竟不管太子如何看重太子妃，她做出這種事，皇帝肯定不會再把人留著了。

真是一段孽緣，當初就聽說這位太子妃是皇帝強行壞了人家姻緣而奪來的，不知道被多少朝中大臣詬病。想來堂堂一個女狀元，人品才學不俗，又是姿容出眾，說是天之驕女也不為過，卻被這般生生折斷了翅膀，心有不甘也是應該。

趙璟知道這件事的時候就頗為納悶，依照他對皇帝的了解，雖然看重天命，但也不至於為了八字，就做出強行奪人妻子的事情。

透過這幾日所見，再加上今日的事情，他已經確定了，恐怕是太子對白靜瀾有了情愫，這才導致後面一系列的事情，不然趙璟想不到什麼理由，太子被下毒之後還能這般袒護她。

趙璟立時頭疼起來，這件事不好處理，無論怎麼做，都有可能裡外不是人，如果代替太子隱瞞這件事，之後太子妃還是不肯收手，再一次行凶該如何？如果把這件事稟告皇帝，皇帝愛子心切，必然會處置太子妃，到時候太子又該如何？

衛嬤嬤見太子執迷不悟，上前拽住趙璟的褲腳，哭道：「睿王殿下，您是太子的長輩，總不能看著太子這般袒護這等狠戾的女子，這是養虎為患呀！」

外面內侍得令進來，要處置太子的乳母衛嬤嬤，卻不知道該如何是好。

不過幾息的工夫，趙璟馬上有了決斷，道：「你們先下去。」

那些內侍看了眼太子，見他不說話，知道這是默認了，這才又悄悄退出去。

他們明顯感覺到東宮裡出了事，不然太子不會突然把人都趕出去，只是想要活命，就不要有好奇心。

趙璟冷聲對著衛嬤嬤道：「擦了眼淚，起來，這像什麼樣子。」又扭過頭去對著太子說道：「你想要如何？」

太子一時語塞，垂下頭來，靠在床邊，頓時如霜打的茄子般。

趙璟又問道：「你既然叫人喊我來，必然是有想法，到底要如何，你總要說出來，不然我又如何知道你是怎麼想的？」

趙璟說得很嚴厲，太子卻沒有被冒犯的感覺，反而有種做錯事被長輩訓斥的感覺，雖然有些難堪，畢竟都是為了他好。

太子漸漸露出無措的神色，道：「叔爺，求您救救靜瀾！」

「她給你下毒，那可是謀逆的大罪，你竟然還這般維護她？」

「是我對不起她。」太子說到這裡，突然抬頭，目光卻帶著少有的堅韌。「叔爺爺，您不知道，是我把她逼成現在這樣的。」

趙璟心中有了想法，道：「太子妃在哪裡？」

「在裡面。」太子小聲說道。

自從被人撞見下毒之後，太子妃就不說話，也不肯看人，就好像整個人傻了一般，成了一尊木雕。

趙環在屋內踱步，來來回回走了許久，雨後有些暗沈的日光照映在他身上，將他的影子拉得長長的，有種深不可測之感。

「太子，我只問你一句話，你後不後悔？你是下定決心要保她，是也不是？」

「是。」太子看著趙環，毫不猶豫地回答道。

「癡兒！」趙環嘆氣，隨即又想起李清珮，忽然有點理解太子的心情，對著一旁的衛嬤嬤說道：「帶我去見太子妃。」

衛嬤嬤驚魂未定，道：「睿王殿下，她可是什麼都幹得出來呀，您可不要……」話沒說完就看到趙環冷冷看著她，衛嬤嬤立時不敢說話。

太子是她看著長大的人，就算太子發脾氣，她也能想辦法哄回來，可睿王不是，一旦得罪了，那就是真的得罪了，同時心裡又想著，就算睿王本事通天，他又怎麼會真的縱容這般大逆不道的太子妃。

衛嬤嬤想通了，乖乖地起身帶趙環去了側殿。

鑲紅石薰爐裡冒出安神的百合香，太子妃白靜瀾坐在香樟木的雲石透雕椅子上，神色麻木，就好像被抽去魂魄一般。

趙璟對衛嬤嬤道：「妳出去吧。」

瑞祥宮。

這裡原本是秦王的住所，後來雖然出宮建府，卻還是被保留下來，大趙皇帝鮮少有嬪妃，如此倒也不怕沒地方住。

秦王站在一棵老槐樹下，看著雨水落在枝葉上，最後迫於重量滴落下來。

他朝著東宮的方向，露出一抹志得意滿的笑容。

第四十六章

「我知道妳聽得見，這話我只說一次……」趙璟站在太子妃白靜瀾旁邊。「妳雖然毒殺太子未成，但是陛下絕對不會輕饒，謀逆是大罪，妳跑不了，不僅會連累妳父兄，還有可能株連九族。

「妳並非市井無知婦人，想也知道我說得對不對。」趙璟又道：「我聽說妳哥哥的孩子剛滿月？」

一直不聲不響的白靜瀾突然間放聲痛哭起來，眼中卻滿是恨意，道：「要不是你們強逼，我又何必這般？」

「妳當初踏入仕途，就應該明白，這不是妳小時候過家家酒一般玩樂，有人送命，有人卻是堅忍不拔成了流芳百世的名臣。即使作為皇帝的陛下，也有他的不得已，何況是妳？」趙璟卻毫無憐憫地道：「妳要是真有骨氣，當初陛下賜婚的時候就應該一頭撞死，以死反抗，如今這般毒殺太子，拖累父兄和家人，弄得家中老弱婦孺慘死的下場，不知道是什麼道理？」

趙璟當然知道是皇帝強權欺壓在前，但是到了如今，只能這般先恐嚇白靜瀾，讓她屈服順從於他，才能保全她的性命。

「這就是妳所謂的恨？都說白靜瀾是個巾幗不讓鬚眉的女子，我瞧著卻未必，一個無知的村婦尚且知道報答父母養育之恩，妳卻是這般不知輕重。」

趙環一句一句像是一把鋒利的刀，無情地插入白靜瀾的胸口，她只覺得那些支撐她的恨意和念頭一瞬間就支離破碎。

「睿王殿下。」白靜瀾忽然從床上滾落下來，抱住趙環的褲腳。「我不該如此，是我一時糊塗，我自己不怕粉身碎骨，卻不該連累家人。」

趙環害怕白靜瀾會執迷不悟，見她這般，頓時鬆了一口氣，面上卻是不顯，道：「妳當真知道錯了？」

白靜瀾何等聰慧，一開始只是被恨意蒙蔽眼睛，看不清狀況，如今卻是已經清醒過來，如果睿王真的要治罪於她，何必要遣退侍從，不避嫌地單獨說話，顯然就是維護的意思了。

「當真知錯了，還請睿王救救我的家人。」白靜瀾擦了擦眼淚，豁出去道。

趙環見白靜瀾目光澄淨明亮，不知道為什麼竟然就想到李清珮，如果遇到這件事的是她，光想就覺得鈍痛難忍。

原來換了個人竟是這般難受？

他心中嘆氣，當真是可惜……這樣一個本該成為國之棟梁的女子，卻遭受了這樣的命運。

只是事已至此，他也無可奈何。

趙璟彎腰把白靜瀾扶起來，道：「妳且起來。」又輕聲細語地道：「人這一生總是有太多不如意，妳須記得，只有好好活下去，一切才有可能。」

白靜瀾渾身一震，抬頭看了眼趙璟，見他微不可察地輕輕頷首，立時就明白他的意思，細細品味著他的話，片刻之後，淚如雨下，鄭重地跪了下來道：「多謝睿王殿下。」

「妳不該謝我，要謝就該謝一意孤行要護著妳的太子。」趙璟嘆氣道：「他雖做了諸多錯事，但到底想著妳，不求妳對他多麼敬重維護，只盼妳以後想著今日這一點善念，不要再加害於他。」

白靜瀾捂著臉，嗚嗚哭了起來，她之前還不覺得自己糊塗，這會兒想起來就是一陣後怕，要真是拖累家人，恐怕讓她死一百次都不夠。

等趙璟領著白靜瀾從側殿出來，白靜瀾走到太子旁邊直接跪下來，太子嚇了一跳，要去攙扶白靜瀾，卻被她推開。

白靜瀾哭道：「臣妾一時糊塗，還請殿下恕罪！」

太子顯然第一次被太子妃這般正視，一時手足無措，最後無奈，跟白靜瀾跪在一處，輕聲細語地道：「妳別急，我喊了叔爺來，就是想要護著妳，妳且起來，我們好好說話。」

白靜瀾看到太子伸出的手，瘦得像是皮包骨，又想起趙璟剛才的話。

只要活著，沒什麼不可能。

她心中一痛，眼淚卻是流得更加洶湧了，其實太子時日無多，想來趙璟就是這個意思，而這種近乎暗示的話，對她來說既大膽，也讓她開始認真面對自己所在的處境。

太子安慰半晌，白靜瀾到底不是常人，很快就平靜下來。

太子扶著白靜瀾坐在屋內的太師椅上，對著趙璟說：「叔爺，今日的事情，我想求叔爺幫著瞞住父皇，不然……父皇不會饒了靜瀾的。」

其實之前趙璟就有了決斷，聽了太子這番話，雖然是意料之中，但也是有些失望，想著太子到底被皇帝保護得太過，有些天真了。

「太子，你覺得今日之事可能瞞得住？」

「我已經把旁人都遣出去，如今都是我的心腹，只要我們小心一些……」太子見到趙璟的面色越來越冷之後，頓時就說不下去了，喃喃道：「叔爺，我也知道有些不妥，但我也是沒辦法了，不然也不會去找您。」

趙璟嘆氣道：「你要真想救太子妃，為今之計，就是帶著太子妃去請罪，得到陛下的原諒。」

「不可！」太子大聲說道，隨即紅了眼圈，有些害怕。「父皇會……會殺了靜瀾的。」說完，他緊握住太子妃的手。

白靜瀾看著太子，一時不知道是恨還是後悔，神色複雜。

「紙包不住火。等陛下自己查出來，就一點餘地都沒有了。」

白靜瀾咬牙，鄭重地道：「睿王，您把我交出去吧，只要能保全我父兄家人安然無恙，我死而無憾。」

「不！」太子大聲喊道。

「不用妳死。」趙璟卻道：「太子殿下，你既然叫我來，想來也是相信我，我能保太子妃的性命，你可敢試？」

太子搖頭，道：「叔爺，我實在害怕……」

白靜瀾卻打定主意，輕輕握住太子的手，第一次認真地對他說道：「太子殿下，我求你了，照睿王殿下的話去做吧！如今，只有他能救我們。」

太子見白靜瀾第一次這般溫聲細語地對他說話，太過驚喜，一時心潮澎湃，捨不得說出拒絕的話來，輕聲地道：「妳可想好了……」

睿王來的時候是從後門進來，走的時候卻是從正門出去。

皇帝剛剛醒來，正在喝藥，聽聞睿王帶著太子夫妻過來，一時覺得有些奇怪。

「睿王不是在偏殿協理政事，怎麼一轉眼就去東宮，還跟太子在一起？」

等幾個人進來，皇帝看了看神色，心中一沈，知道肯定是出事了。

就如同皇帝想到的那般，太子結結巴巴地把來龍去脈都說了，雖然說得極為委婉遮掩，但還是讓皇帝聽出來了。

太子道：「父皇，兒臣願意替太子妃受罰。」

皇帝臉色鐵青，當時就把手裡的湯藥碗丟在地上，怒道：「好一個狐媚子，竟然敢謀害一國太子！來人！」

太子嚇得臉色慘白，太子妃白靜瀾雖然也是害怕地顫抖，卻是硬挺著，沒有失態，規規矩矩地跪在地上。

趙璟上前道：「陛下，臣有話要說。」又指了指太子夫妻倆。「你們先下去。」

「你不用替她求情，這等妖婦，朕早就想除之後快了！」皇帝大聲喊著，只是剛說完就劇烈咳嗽起來，臉色青紫。

趙璟連忙上前，卻見那遮口的帕子上沾染血跡，猩紅顏色，看著觸目驚心。

太子立時站了起來，道：「父皇！」

趙璟揮了揮手，道：「太子殿下，你先下去。」

白靜瀾起身，拽過太子，道：「這邊有睿王殿下，我們先迴避。」又道：「我知道你心中著急，只是這會兒不是說話的時候，父皇見了我們，多半更加生氣。」

太子妃這意思很明顯了，皇帝是因為她的事情氣到吐血，見到她只會更加生氣，還不如避開。

太子就這般被白靜瀾半拖半拽地拉出去了。

夫妻倆一同坐在偏殿的羅漢榻上，屋外秋雨又急促下起來，滴滴答答，隨著秋風不斷裹著水珠子吹進堂屋內。

太子雖心焦皇帝，但是從他出生開始，皇帝的病況就是這般時好時壞，從年初就開始時有咳血，雖說驚懼，但是也不至於天崩地裂。

風吹得臉頰發涼，卻沒有吹到太子的心裡去，一旁的白靜瀾如同之前那般，緊握著他的手，掌心裡已經有些汗，濕答答的，他卻一動也不敢動，更不想鬆開，只盼這一刻能長久一些。

寢殿內，御醫李昌榮重新替皇帝把脈，之後便臉色沈重地道：「陛下，您不可再這般生氣了，怒氣攻心，最是傷及根本。」

既是餵藥，又是扎針，好一頓折騰，等一切妥當，屋內只剩下趙璟和皇帝。

第四十七章

趙環斟酌了下。「陛下，當初給太子求娶白靜瀾，到底是誰的主意？又是為何？」

皇帝不自在地別開臉，卻沒有說話。

趙環見了這般，還有什麼不明白的，確定自己的猜測，怕皇帝難堪，沒有再去詢問，道：「太子妃罪該萬死，只是……陛下如果處置了太子妃，想來太子也難以保住了。」

「這說的什麼話！」皇帝怒不可遏，隨著這話，又劇烈咳嗽起來，之後便是咳出核桃大小的血水來，顯然氣得不輕。「朕的太子何等珍貴，從小到大，朕連一根手指頭都沒動過他，更不要說大聲對他說話了！那等妖婦，卻是心腸狠毒，要下毒謀害！朕必要殺了她，不，朕還要誅殺她九族才解氣！」

皇帝說到這裡，恨得牙齒嘎吱作響，如同要生吞太子妃白靜瀾一般。

趙環按住皇帝，道：「陛下，您還記得以前，太子還小的時候，那麼瘦弱，陛下當時就十分憂心，怕他撐不住，結果兜兜轉轉，如今還是這般健壯，當真是老天有眼，也不算辜負陛下的期望了。做長輩的，對孩子不就是希望過得順遂如意？您殺了太子妃，去哪裡再給太子找個白靜瀾？」

皇帝漸漸沈默下來，其實趙環說得委婉，但那意思很明顯，真要除掉太子妃，太子心灰意冷，說不定就很難活下去了。

對於旁人來說，天氣冷了就是冷了，鬱結只是心情不好，但是對於太子來說，一點點寒風又或者長時間的心情低落，都有可能讓他壽命受損，更何況處死太子鍾情已久的太子妃？

皇帝想起太子剛出生不久，一開始御醫都說太子活不過五歲，之後又說很難挨到成年，結果如今已經二十一歲了，他只希望兒子能這般繼續好好活下去。

「至於太子妃，她要是一直都隱忍不發，臣倒是要擔憂了，如今這般也算是把底子都洩漏出來，又不是石頭縫裡蹦出來的人，就算她不顧自己，難道還能不顧父母兄弟？找到合適的辦法制衡就可以去掉隱憂，反而更為穩妥。」

趙環說的帝王之術，皇帝也曾學過，自然明白他是什麼意思。

「阿環，你到底是何居心？難道要朕留著一個差點毒死太子的人？」皇帝忍不住大聲吼道，甚至開始用懷疑的目光打量著趙環。「你是不是覺得他……」那句「礙著你的話」最終還是沒說出來。

趙環心口起伏，滿是傷感地道：「十多年前，陛下就這般質疑過臣。」

皇帝想起十多年前的那一場誤會，那時候先帝曾猶豫要把皇位傳給趙環，當時他有種被背叛的感覺，十分難過，兩個人為此還大吵一架，之後趙環為了表明自己的決心，直接出宮，甚至還因此沒有看到先帝最後一面。

這一段過去，兩個人誰都不想提及，或許是太過傷心了。

皇帝見趙璟這般坦然地站在他的前面，卻是耷拉著肩膀，像是受到無盡的委屈一般。

皇帝一時心慌意亂，忙道：「阿璟，朕不是要……」

「陛下。」趙璟道：「阿璟和陛下雖是叔姪，但是在阿璟心裡，陛下就像是阿璟的哥哥一般，要是旁人，陛下又何必這般當面質疑？只是心裡始終相信彼此。」

一時屋內安靜得落針可聞，皇帝頹然坐在床沿，無奈地笑了起來，道：「阿璟，你一直讓朕很是羞愧。」

皇帝為自己剛才那點懷疑感到羞愧。「朕恐怕時日無多了。」

皇帝望著外面細細的秋雨，冷得打了一個哆嗦，馬上就是寒冷的冬季，他這破敗的身子，最難熬的就是酷夏和寒冬，恐怕熬不過今年了……

「阿璟，以後太子就交給你了。」皇帝像是在說遺言一般。

從寢殿出來，迎著晚上裹著細雨的秋風，趙璟只覺得身心疲憊。

王重小心翼翼地走過來，道：「睿王殿下，太子殿下請您過去，想要親自謝謝您。」

最後處置的結果是太子妃死罪可免，活罪難逃，被軟禁在東宮隔壁的春香宮裡，並沒有波及到家眷，由皇帝派去的內侍監管，太子每天都可以探望太子妃一次，至於幫太子妃買毒藥的宮女則是直接處死了。

這已經算是最輕的懲處了。

趙璟一邊跟著王重走，一邊狀似不在意地問道：「按道理，秦王和太子情同手足，更為親近才是，出了這件事，為何沒有找秦王？」

王重身子一僵，實在不知道該如何回答。

當時太子第一個想到的人當然是秦王，秦王卻婉拒了，還給太子殿下出主意，說這件事還是讓身為長輩的睿王出面更穩妥。太子畢竟被皇帝保護得太過，又和秦王從小一同長大，十分親厚，還以為秦王替他想了個更好的辦法。

王重卻不一樣，他一個當內侍的人，看的、想的都要比太子多，當時就對秦王有些想法，只是沒有想到，睿王剛處理完事情就想到這一點。

趙璟停下腳步，冷冷地看著王重。

王重只覺得額頭上冒出細密的汗珠子來，心一橫，想著以後太子也是要靠著睿王過日子，且看睿王今日的行事做派，當真是乾脆俐落，毫不拖泥帶水，這宮裡恐怕除了秦王，沒人能與之比肩，不……睿王做事更為老辣，比起秦王，有種落落大方的大氣。

這才是隱隱的帝王之氣呀！

很快地，王重就想清楚，直言道：「殿下找過秦王，但是秦王殿下得知來龍去脈，便提議太子求助睿王。」

「哦？我倒不知道秦王竟然這般高看我。」趙璟不輕不重地說了一句。

王重不敢揣測趙璟的意圖，見他不再言語，小心翼翼地伺候著他進入側殿。

皇后聞訊而來，正在一旁抹著眼淚，顯然傷心不已，卻也知道如今這是最好的安排，她一直看得比旁人都通透，雖然知道太子妃可恨，但是太子對她情根深種，要真是處死太子妃，太子也好不了。

「睿王，也就是你，陛下才肯聽進去。」皇后說完，又對太子妃白靜瀾道：「還不謝過睿王。」

白靜瀾真心誠意地向趙璟道謝，跪下來磕頭。

太子也是十分感激。「叔爺，多謝您。」

子時，趙璟出了宮，坐在馬車裡疲憊地揉著頭。雖然皇后極力挽留，但是看著那高高的宮牆，幾乎讓人覺得有些窒息的巍峨宮殿，彷彿裡面藏著一隻吃人的魔，讓他一刻都不願意多待了。

稍早，趙璟留了消息給李清珮，恐怕要失約了。

明知道她可能早就離開了，但他還是鬼使神差地回到李清珮在京城的隔壁宅子裡，而不是睿王府。就算見不到，只要想到她就在隔壁，他就覺得心裡十分踏實。

趙璟泡了個澡，穿了一件鬆垮垮的中衣回到屋內，結果看到床上躺著睡得香甜的李清珮，或許是被子蓋厚了，臉頰紅通通的，就像是秋日熟透的蘋果，十分可愛。

王總管正好送茶水進來，見了趙璟，小聲說道：「李姑娘稍早之前就來了，見不到王爺就說要等，結果等著就睡著了。」

宅子裡安排了侍衛，王總管自然早就得了信。

趙璟瞪眼，道：「怎麼不早說？」

王總管嘿嘿一笑。「您也沒問呀。」

趙璟無言。

屋內只留了一盞燈，趙璟上了床，李清珮似乎感覺到他，很自然地轉過身投進他的懷裡，找了一個舒適的姿勢，把手探入他的胸口，摩挲了下，露出滿足的喟嘆聲，嘀咕道：「趙爺。」然後又重新睡去。

那一聲趙爺喊得嬌嬌軟軟的，趙璟抱著軟香溫玉，又見她睡得嬌憨的面容，只覺得所有的煩惱都消散而去，只剩下滿心的柔軟。

第四十八章

李清珮早上一醒來就看到趙璟，手指頭細細撫過他的眉眼，然後停留在嘴唇上，溫暖的陽光把趙璟的嘴唇潤得紅嫩嫩的，讓她忍不住低頭輕輕啄了下。

趙璟睡得很晚，一想到宮中的事情就覺得異常鬱悶，好不容易抱著李清珮，心裡舒服一些，才在凌晨遲遲睡去，誰知道睡夢中總覺得有人在碰他，一開始他很不耐煩，只是很快地就感覺到一種異樣的感覺，纖細柔軟的手指不斷摩挲著他的肌膚，一點一點地在身上燃起火花。

趙璟按耐不住地睜開眼睛，看到李清珮趴在自己身上，一張小臉貼在他的胸口蹭著，見到他醒來，對著他甜甜笑了起來。

「清清？」趙璟的心都要融化了。

「趙爺，您可算醒了。」

趙璟一個翻身把李清珮壓在身下，道：「再不醒，就要被某人看光了。」又道：「真是女土匪，沒有不敢做的。」

李清珮聽了笑得不行，伸手擰一把趙璟的胸，道：「我什麼都沒做呢，趙爺就喊我女土匪，真是冤枉我了，看來是要做一點女土匪該做的事情。」

趙環最受不了李清珮這般耍賴，柔聲道：「妳還想做點什麼？」然後他低下頭吻住李清珮的嘴唇，溫柔纏綿，直到氣喘吁吁才分開。

李清珮頓時就臉紅了，喘著氣，哼道：「趙爺，您才是土匪！」

這嬌滴滴的聲音，讓趙環熱血沸騰……

一時屋內春光無限，兩個人久別重逢，趙環又正值壯年，少不得要把李清珮來來回回折騰，最後吃乾抹淨。

等重新醒過來的時候已經是下午了，趙環揉了揉眼睛，看到身旁空盪盪的，心中頗為失落，嘆了一口氣又躺回去，卻聽到外面傳來腳步聲。

「趙爺，您再不醒，我可真走了。」

趙環驚喜萬分起身，道：「妳怎麼還在這裡？」

李清珮把托盤放到案桌上，然後把上面的菜一一擺出來，聽了這話道：「我早上已經回去過了，吃了早飯，跟我娘說要出來逛一逛，就藉口出來了。」

趙環指著桌上的菜，問道：「都是妳做的？」

李清珮驕傲地昂著下巴。「那是，您可要多吃點。我已經是進士了，這可是進士老爺做的飯菜。」說完，朝著趙環調皮地眨了眨眼睛。

趙環見她這般驕傲的模樣，心中既覺得好笑，又覺得可愛不已，親了親她的面頰，道：

「今日這般懂事，要趙爺怎麼賞賜妳？」

李清珮還真的認真地想了想，道：「我想讓趙爺多陪陪我。」

這話真是比趙璟吃過的蜜還要甜，恨不得立時就把這個小人給吃乾抹淨，天長地久地在一起，只是一想到堆積如山的奏摺，還有許多政務，趙璟頭都大了，嘆了一口氣，道：「最近實在是太忙了，等忙過這陣子吧。」

兩個人說起應舉的事情，李清珮道：「明天就是殿試了，據說皇帝要親自品評考生的文章。」

「妳在緊張？」趙璟原本就想好，要找個機會對李清珮道破自己的身分，但是每次見到她又說不出口，一開始他不知道是怎麼回事，昨天在宮裡見到太子面對太子妃唯唯諾諾的樣子，忽然間就明白過來。

是害怕李清珮生氣吧？

以前覺得無所謂，不管他真實身分是什麼，他都是原原本本的自己，但是隨著越來越在乎對方，心中那一桿秤也失去平衡了。

「這倒沒有，反正我跟頭幾名無關。」李清珮道：「我只是在想以後要做什麼，聽說許多女進士都被分入翰林院，吃閒飯，能拿到正經差事的很少。」

朝中男官勢大，女官們自然是被排擠的。

「想要拿到好差事，就要走門路。原本想著只要中了進士，以後就大不同了，誰知道原來這才是開始。」李清珮終於說出自己一直以來想要說的話。「趙爺，我們的婚事能不能延期？我真的還有許多事情沒做。」

要是以往，趙璟肯定不同意，可是經過昨天宮中的事情，他忽然有些猶豫。

如今宮中不太平，特別是秦王，讓趙璟感受到一絲不尋常的氣息來，再聯想到李清珮曾經是他的侍妾……

趙璟不希望李清珮受到一丁點的傷害。

等一切塵埃落定，他能左右局勢的時候，最多不過一年，那時候再成親吧！

「好，就聽妳的。」趙璟終於開口說道。

李清珮高興不已，這幾天一直都在想這件事，還以為趙璟會生氣，見他終於同意了，笑著道：「趙爺，您真好。」

李清珮哪裡知道，趙璟雖然願意晚點成親，但是打定主意要把她弄到自己身旁，連職位都已經找好了，就是安置到司正——專門給皇帝擬旨的地方，一直隨行左右。

兩個人耳鬢廝磨一下午，趙璟乾脆今日不入宮，誰知道晚上就有人來稟，說宮裡來人叫趙璟過去。

正好李清珮也要回去，怕晚了讓郭氏起疑，兩個人依依不捨地分開。

到了這會兒別說是趙璟，連李清珮也有些動搖起來，如果成親了，是不是就不用這般分開了？

趙璟親了親李清珮凝白的掌心，意味深長地說道：「清清，無論我出身如何，總是妳的趙爺，妳可記住了？」

李清珮有些納悶，覺得他向來灑脫，何曾這般患得患失過？

「這是自然。」

皇帝病情又加重了，原本還能起來說說話，如今是直接昏迷過去。御醫李昌榮直接對趙璟道：「王爺，看能不能挨過去，今晚要是不行，就要準備後事了。」

旁人自然不敢這般直白，也就是趙璟和李昌榮關係匪淺，這才敢直言。

趙璟知道皇帝受了刺激，想來太子妃的事情，還是影響到他了。守了一個晚上，趙璟靠在案桌上，瞇了一覺，結果到早上也不見皇帝清醒。

皇后勸道：「今日不是殿試之日？這邊有我呢，還是政務要緊。」

趙璟回到皓春宮，漱洗換衣，穿上玄色蟒袍，頭戴翼善冠，凝白剔透的玉帶壓在他的腰身上，立時就顯得寬肩窄腰，體態修長，氣勢不凡。

第四十九章

一大早，郭氏就起床，親手替李清珮做了捵麵，拉得細長的麵條讓李清珮想起龍鬚麵來，忍不住撒嬌地問道：「娘，您是怎麼把麵捵得這麼細的？」

郭氏把捵好的麵條放到燒得滾燙的鍋裡，等煮熟了，用兩根細長的筷子撈出來，放到早就盛好雞湯的麵碗裡。

等撒上一層綠油油的香蔥，加幾滴麻油，琥珀色湯水配著綠色香蔥，還有很香的麻油味，看起來可口極了。

李清珮迫不及待拿了筷子要吃，就聽到一旁郭氏道：「這是妳爹爹以前最喜歡吃的雞湯龍鬚麵。」

郭氏脫下圍裙，坐到飯桌旁，揉了揉李清珮的頭，道：「娘看著妳吃，就像是看到妳爹在一般。」

李清珮心中滿是感動，聽到郭氏又道：「多吃些。」

這時候，門外傳來吱呀的聲音，李念穿著一件半舊的天青色細布短褐，大步流星地走進來，他推開門看到李清珮和郭氏正在廚房裡的案桌上吃飯，道：「還沒吃完？」

李念決定和李三一起送李清珮，一大早就起來套馬車準備了，正等得有些不耐煩，結果進來看到誘人的摜麵，扁了扁嘴，道：「娘偏心，我也想吃。」

李清珮哈哈大笑，指著一旁的位置道：「讓娘再給你做一碗。」

李念高高興興地坐過來，他如今正是長身體的時候，吃得尤其多，郭氏給他換了一個大海碗，李清珮瞧著起碼多四倍麵量。

一會兒工夫吃飽後，李清珮隨著李念出門，外面還沒亮透，有些暗沈沈的。

郭氏給李清珮整了整衣裳，柔聲道：「去吧。」又斟酌了下，道：「等妳回來，娘有話對妳說。」

李清珮覺得有些納悶，郭氏向來都是我行我素的人，鮮少有猶豫的時候，但是今天看起來似乎有話要說，但是又不知道如何開口。

等上了馬車，李清珮也有些心神不寧，好在坐在車轅上的李念一直拉著她說話，一會兒問什麼是殿試，一會兒又問今年有多少人參加，李清珮馬上就被分散了注意力。

「說是皇帝陛下身體欠安，由睿王出面。」李清珮又道：「你們聽說了嗎？皇帝要冊封睿王為攝政王，協理政務。」

且說李念終於找到一間小鋪子，這幾天正在忙著鋪貨，要不是李清珮今天要去參加殿試，估計又是一大早出去，晚上才能回來。這樣在外做生意也有個好處，那就是耳目靈通。

李念聽了這話，道：「好多人都說，原本應該是秦王當攝政王的。」

「還有這樣的說法？」

李念點頭。「也不知道是誰傳開的，說得煞有介事。」李念見前面有個坑道：「姊，小心一些。」

話還沒說完，就感覺到馬車顛了下，因為道路狹窄，就算知道有坑，也只能強行駛過去。

李清珮只覺得晃蕩得屁股都疼了。

李念給李清珮加了一個軟墊，繼續說道：「說睿王殿下這幾年一直在外逍遙，不管不顧，都是秦王殿下勤勤懇懇地照顧身體欠佳的皇帝，又時常記掛著太子殿下，品性忠厚仁恕，是個恭儉愛民的好王爺，這個攝政王應該讓他來當才是。」

李清珮皺眉，道：「這種話都敢說？」

「可不是，傳得沸沸揚揚的。」李念說道：「也不知道睿王殿下是怎麼樣的一個人，是不是如同傳聞那般不著調？」

李清珮道：「我倒聽說睿王是文武全才，很是難得。」

「那他怎麼跑出去十一年沒回來？」

李清珮想得不一樣，她覺得睿王不在乎皇權，不然何必放著體弱的皇帝離開，他的輩分、資歷都在秦王之前，要是這十多年好好守著，說不定名聲要比秦王好聽。

只不過到底是什麼人也不好說，畢竟她只是一個外人。

兩個人一路閒聊，很快就到宮門外，已經有許多人在等著。

大趙並非日日早朝，而是一個月開一次大朝會，平日裡都是各司其職，皇帝一般在文華殿和幾位內閣一同處理事務。

像今日這般，宮外來了許多人，如果不是大朝會，就是殿試才有如此盛況。

李清珮走下馬車，交出表明身分的玉牌，就被人領著入宮，她望了眼外面，看到李念朝著她使勁地揮了揮手，忍不住笑了出來，做了個讓他快回去的動作。

殿試要在太和殿舉行，從小門進去，李清珮被引領去武英殿的偏殿，雖然是偏殿，但是地方很大，約莫能容納幾百人。

那裡已經站了許多今年的舉人，按照男女分開，她大致看了下，男考生約莫七、八十人左右，而女子只有二、三十多人。

看來今年高中的人不多。

有時候是皇帝出題太難，有時候則是應舉的考生資質不佳，但是今年李清珮覺得應該是出題太難了。

說起文章，她就想起自己寫的治國理念，前面自然都是一律的歌頌，到了後面才是真正的內容。

李清珮原本打算寫中規中矩的文章，因為孔秀文的鼓勵，立時就熱血澎湃起來，寫了許多在古代看來比較大膽的內容。

不過也是她遇到伯樂，這次高中，顯然是寫對了。

在焦急而漫長的等待中，時間一點一點過去，天色慢慢大亮了，巍峨恢弘的皇宮也在晨曦中顯露出它的面容來。

其實自從李清珮進來就成了眾人焦點，不是說歷代舉子沒有容貌出眾之人，但是像李清珮這般容貌已經超出一般人許多，甚至用傾國傾城來形容也不為過，自然是極為少見。

今日李清珮身穿禮部發下來沒有補子的綠色官服，寬寬大大的，既沒有收腰，也有些過長，穿在身上顯得臃腫。頭髮則規規矩矩地綰了圓髻、戴著紗帽，看起來灰撲撲的，當真沒有一點出眾之處。

但就是這般也擋不住李清珮的天生麗質。

許多人頻頻朝李清珮望過來，特別是男進士那邊，有人甚至開始討論以前的一段佳話。「也不知是誰家的美嬌娘，實在是姿容出眾。」又道：「太平十二年，那個馮狀元郎一下子看中女狀元李麗春，等著從殿試出來，就上門提親，成就一段美事。成親之後，那李麗春就棄了進士身分，洗手作羹湯，做個賢德的妻子。」

旁邊有個女進士聽了，忍不住哼道：「真是屁話，難道我們女子十幾年寒窗苦讀，就為了成就一段姻緣？讀了十幾年的聖賢書，只是為了以後洗手作羹湯的時候，看得懂菜譜？」

這話一出，女進士們紛紛認同，有人甚至哈哈大笑起來。

李清珮忍不住看過去，見那說話的女子也看過來。

女子面容白淨，談不上美人，但是五官端正，氣質出眾，見到李清珮就朝著她眨了眨眼睛，立時顯得人極為活潑機靈。

李清珮抿著嘴笑，覺得這個人很有趣。

那男進士顯然下不了臺，冷著臉甩了袖子道：「當初讓女子參加科舉就是錯的，實在是有辱先人！」又道：「像是馮狀元那般，男耕女織，男主外、女主內，正是最合適的事情，想來許多人也都會以此為榜樣。」

剛才那說話的女子道：「好大的膽子！你這是公然挑釁聖尊皇后之言！」又道：「你又知道個什麼？當真是鼠目寸光，我就是那個馮狀元的後人，你難道不知道他們後來和離了？我曾曾祖母後來又重新入了仕途。」

這個反轉實在有些大，男進士那邊顯然更尷尬，而女進士這邊都哄然大笑。

李清珮也忍不住捂著嘴笑，只是心裡卻感覺到，朝中女官實在有些艱難，這些男進士們竟公然反對聖尊皇后施行的女子科舉，要知道在後世眼裡，聖尊皇后就是聖人般的存在。

等了許久，終於到入殿的時辰，眾人排隊魚貫而入，映入眼簾的是繁複精美的紅色大殿。

寬敞的大殿中央鋪著紅色地毯，中間則是黃金和各種百寶做成的龍椅。

等眾人站好，有內侍尖聲喊道：「睿王殿下駕到。」

因為代替皇帝舉行殿試，所以眾人只行半禮，等到齊齊起身，李清珮就看到一個穿著玄底金線蟒袍、戴著黑紗的翼善冠男子，在眾侍從的簇擁下走進來。

男子身材高大，丰神俊美，氣度非凡，十分出眾。
李清珮卻是如遭雷擊，有種失聲的感覺。

第五十章

清晨的晨曦照進太和殿裡，那光彷彿裹了金，雕著二龍戲珠紋路的柱子反射出刺目的光，讓站在旁邊的李清珮只覺得有些耀眼得睜不開眼睛，忍不住晃了下身子。

剛才一同進來的女進士花竹意伸手扶了下李清珮，擔憂地看著她。

李清珮已經緩過來，朝她感激地笑了笑，然後各自站好，畢竟在大殿內，不敢言語。

花竹意覺得上面的睿王似乎朝著這邊瞄了一眼，她怕惹人不快，越發規矩地站直。

殿試有時候會重新出題，但更多時候是按照之前的文章品評，由考官負責在文章上圈出寫得出眾之處，然後挑出及格線的人選，按照優劣排序，至於前一甲的狀元、榜眼、探花則是皇帝親自批了。

如今皇帝病重，自然是讓睿王代勞。

這一次睿王顯然不準備重新考核，畢竟皇帝病重，他實在沒有這個心情，而且主考孔秀文也深得他的信任，便讓禮部上了之前會試的卷子，挑出排名一甲的三名，先是男進士，按照品貌、才學欽點了狀元郎，然後才是女進士這邊。

不過這一次卻有些不同，當孔秀文唸了前三名的人選，分別是馮婉賢、花竹意、方振英之後，又多加了一個李清珮。

有些人特別出眾也會加入一甲的名單裡，然後讓皇帝去篩選，顯然最後面的李清珮就是比較出眾的一個。

許多人都對李清珮印象深刻，因為參加科舉這麼多年，還是第一次見到她這般即使穿著最不合身的綠色官服，戴著黑紗官帽，也難以掩飾傾城之姿的人，而且能考上進士，真的就是才貌雙全，幾百年也不一定能出這樣一個人物。

不過一甲第一的馮婉賢也同樣引人注目，她今年不過十四歲，本朝還沒出過十四歲就得狀元的人，她能排名第一可見多麼出眾，更不要說出身又顯貴，還是秦王妃的妹妹。

幾乎是同時，李清珮和馮婉賢就被當作對比的人選。

李清珮一直都知道她的排名不過是二甲，所以都沒有想過狀元、榜眼、探花這些名次，只想著參加殿試來開開眼界。

誰知，第一個重磅消息，她的心上人竟然是睿王；第二個則是提名的時候，她竟然被直接提到前面。

李清珮有些暈乎乎，感覺這驚喜，快要把她整個人都壓垮了，要不是旁邊花竹意好幾次來扶著她，說不定就坐在地上。她不自覺抬頭看了眼睿王，卻見他目光冷清，如同一位真正的上位者，毫無任何情緒外露。

睿王這會兒就是高高在上的王爺，而那個被拒絕之後還會無奈包容地說「狠心的丫頭」的心上人，就好像不存在一般。

孔秀文穿著醒目的紅色官袍，道：「殿下，原該是三人，只是二甲第一的李清珮太過出眾，臣和幾個主考商議，覺得難以抉擇，就決定臨時提名。」

這就是要從四個人裡去掉一名了。

一般這種情況，肯定是要重新出題，但是睿王看了眼文章，並沒有說話，顯然準備按照之前的文章品評，等他把幾個人文章都讀了，一篇文章約莫二千字，他只挑選了主考官圈紅的部分詳閱。

馮婉賢自然寫得極好，雖然幾個提議都很尋常，但是整篇文章挑不出毛病來，文辭優美，句子對稱，很多典故都用得十分貼切，一手字也寫得極為出眾。

輪到李清珮，她的字很一般，文詞也顯得有些乾巴巴的，但她的靈秀卻是在治國大論上，其一就是如今朝廷最大的詬病，太過重文輕武，導致每次韃虎侵略，都有些束手無策，且邊關無大將可用的尷尬——這自然不算什麼出眾，每次科舉總會有人指出這一部分。但是李清珮的大膽在於後面，建議武官和文官持平，且同樣三年一次武舉，實行殿試，還要在國子監開設一個武科。

這個提議太大膽了，如果皇帝真的採納，幾乎會顛覆如今朝中格局。

其二就是民生問題，李清珮建議在國子監開設農科，專門研究種子、莊稼，然後推廣出去，雖然朝廷有勸農的官吏，但幾乎沒有什麼存在感，所以李清珮的想法就是把這個系統化，真正重視起來。

其實李清珮不過就是把現代的思想融合進去，古代農業極為落後，自然是因為科技不發達，也跟普及不夠有關，比如一些地方適合種植地瓜，但很多農人一輩子都不會出村子，所以根本就不知道什麼是地瓜，那就需要上面的官吏去推廣。

李清珮覺得只要農科真的能發揮作用，整個大趙國力就會提高很多，最重要的是目前國庫空虛，如果真的上行下效，不過幾年就可以重新充盈起來。

李清珮還建議朝廷在每個州縣開設太醫署附屬的藥鋪，專門免費發放一些常用的藥丸子，這就是李清珮設想的基本免費醫療。

當然不只這些，但是僅僅上面幾樣就夠令人吃驚了。

大殿內立時有些亂了起來，許多人竊竊私語，除了武官那個想法太過驚世駭俗之外，都覺得李清珮其他提議很新穎，既解決了許多問題，也有具體方式，大多數都抱持肯定的態度。

睿王滿眼欣賞地看著李清珮，在她的文章上批了「甲等一名」的字。

馮婉賢沒有想到，自己穩穩的狀元郎會被李清珮搶走，只覺得天旋地轉，也不知道怎麼想的，立時就顫抖著說道：「睿王殿下，臣有話要說。」隨即指了指李清珮。「她根本就沒資格站在這裡，因為一年前，她還是秦王殿下的侍妾，這等品德不端的人能當狀元嗎？」

這句話剛說完，就聽到殿內的喧鬧聲，一石激起千層浪。

李清珮早就知道會面對這樣的局面，她臉色蒼白，腰背挺直，目光裡是少有的堅定，道：「英雄不問出處，這是以前聖尊皇后娘娘說過的話。至於委身為妾……不過是家境艱難，無奈之舉，既沒作奸犯科，也沒有通敵叛國，做下大逆不道的事情，憑什麼就不能參加應試？難道朝廷裡有這一項要求？」

參加科舉的資格，只寫了家世三代清白，確實未提及不能當妾這一項。

有個叫蔡秉的主考官聽了這話，冷笑著站了出來，道：「睿王殿下，雖然朝廷沒有這一項要求，但科舉是國之根本，選拔治國之才，哪是隨便一個妓子都可以的？」隨即藐視地看了眼李清珮，又道：「殿下，還請收回之前的話，把這等不潔之人趕出去。」

原本對李清珮或仰慕、或欽佩的人，一瞬間好像消失了一般，看著李清珮就好像在看什麼髒東西。

李清珮卻越發鎮定，當初準備參加科舉的時候，她就已經做好準備了，目光如炬，凜然看著蔡秉道：「我給人做過侍妾就是不潔，那請問嫖了荀芳閣第一花魁的蔡大人就乾淨了？」

李清珮恰巧知道這個蔡秉，並不是說他多麼位高權重，主要是他曾經瘋狂追捧過一個花魁，那花魁才貌雙全，蔡秉為了那個花魁掏心掏肺地寫了一年的詩詞，因為文采好，被許多人傳頌，終於感動了那花魁，不過，得到花魁之後一個月就棄掉了，讓李清珮好一頓噁心。

「本官是男子，妳是女子，如何相提並論？」蔡秉見自己年少輕狂那點醜事被李清珮抖出來，很是惱羞成怒地說道。

雖然官員不能嫖妓，但許多人在睜一隻眼、閉一隻眼的情況下默認這件事，而且真正有身分的花魁並不只是賣身，她們才華橫溢、容貌出眾，就算是放在男子身邊，也是不會被埋沒的才女，對那些文士而言是附庸風雅的事。

李清珮清冷地說道：「女子都可以參加科舉做官，怎麼就不能和男子相提並論了？難道說你覺得女子不配當官？」

雖然男官大多排擠女官，如今朝廷中鮮少有被重用的女官，很多人曾經暗地討論取消女子科舉，但是因為他們對於聖尊皇后的崇敬，誰都不敢當面提議這件事。

李清珮這時候真的要感謝聖尊皇后，要不是她，她又怎麼會坦然站在這裡和蔡秉這種人據理力爭？

第五十一章

蔡秉氣得臉色通紅，一時語塞，不知道如何言辯。

剛剛那些準備出頭的人，聽到蔡秉的醜事被抖到睿王跟前，大多沈默了下來。私底下狎妓是一回事，當面拿出來說又是另一回事。

一時大殿內安靜得落針可聞。

當然，還有個原因，他們都覺得李清珮有污點，這狀元肯定是當不成，所以何必自降身分爭辯？

站在一旁的花竹意也是這般想，心中很是惋惜，這般才貌雙全、靈秀通透的女子只能走到這裡了。早在先帝的時候就開始打壓女官，當今陛下也是，而睿王是先帝帶大的親弟弟，一定也會跟先帝一樣不看重女官。

李清珮曾經給人委身做妾，可見家境窘迫，沒有可依仗之人在這個時候為她出頭，所以這個狀元郎注定是馮婉賢的了。

睿王掃了眼眾人，道：「爾等都是這般想的？」

力薦李清珮的孔秀文站了出來。「殿下，臣覺得蔡大人的說法不太妥當，據臣所知，李進士委身做妾不過是為了救母，行為雖有些不妥，但李進士此舉是孝道在前，正可謂秉性純良才是，是為大義也。」又道：「李進士才華橫溢，見解大膽新穎，可謂國之棟梁，切勿因為一些不值當的事情錯過，還請殿下三思！」

當初沈從澤讓兒子去查李清珮的過往，知曉這些事情後，沈從澤沈默了半晌，派人把自己的學生——禮部尚書兼內閣的孔秀文，喊了過來。

兩個人討論了一番，雖然覺得李清珮身上有污點，但實在是個少見的治國人才。孔秀文在鄉試的時候就注意到李清珮，還生出幾分要教導她的念頭過，何況睿王和李清珮相熟，不然也不會讓沈從澤寫推舉函。

當時沈從澤無奈地道：「誰叫她是老夫推薦的人，到時候如果真有什麼狀況，只能讓孔大人出面維護了。」

沈從澤深謀遠慮，果然殿試上就有人捅破了李清珮的過往。

睿王這才露出笑臉來。「不錯，孔大人說得有理，英雄不問出處，任用賢能，不能拘泥於身分。」

當太監喊道：「女子科舉狀元為李清珮，馮婉賢為榜眼，花竹意為探花。」

李清珮一時有些恍惚，雖然還是腰背挺直地站著，但其實手心裡都是汗水，心潮澎湃，差點落下淚來。

她看到許多人投來各色的目光，雖然大多數都是不喜、懷疑的，但花竹意友善的神色和孔秀文鼓勵的目光，都讓她心中感到一絲溫暖，然後她抬頭去找趙璟，見他只是矜持頷首，一如上位者一般，心中自然有些失落。

殿試很快就結束了，之後就是去吏部備案，然後等著任命。這時候就看出男、女進士的不同來，大多男進士幾個月內都會被安置完，而女進士則要很長時間，有的人甚至等了二、三年之久。

李清珮渾渾噩噩地出了太和殿，看到孔秀文被一堆人簇擁著走出來，她上前去，那些人很自然讓出路來。

孔秀文和善一笑，像長輩一般和藹地道：「妳不要在意那些流言蜚語，只管大膽做就是。」

李清珮一直都不太明白古代所謂「恩師」這個稱呼，覺得過於誇張了，甚至暗暗狹隘地想過，官場上的老師和學生不過就是互相利用的關係。

孔秀文在考場的時候就鼓勵她，這會兒更是挺身而出，讓她生出十二分的感激之情，有種士為知己者死的衝動，這才感覺到自己以前的短視，認認真真地謝過孔秀文，道：「孔大人，以後就是學生的恩師，請受學生一拜。」

孔秀文安然接受了，他今天為李清珮說話，李清珮已經烙下他門生的記號，受禮也是應該。

兩個人又說了一會兒話，說起李清珮以後的去留，孔秀文的想法是讓李清珮按照慣例，頭三甲都是入住翰林院。

「最清貴不過是翰林院，妳紮實地學一學，特別是妳那字……」孔秀文搖了搖頭。「該認真地練一練了。」

李清珮鬧了大紅臉，道：「學生知曉了。」

本朝有句話「非進士不得入翰林，非翰林不得入內閣」，只有入了翰林院，有了這一份資歷，李清珮才能走得更遠，可見孔秀文的栽培之心。

孔秀文見她在大殿上伶牙俐齒的，幾句話就讓蔡秉啞口無言，還有些憂心是否過於鋒芒畢露，誰知道竟然這般受教，可見是個十分聰慧懂事的人。

孔秀文很是高興，道：「今日就好好回去歇著，明日還有狀元遊街，那可是十分累人的事情。」

等孔秀文走後，李清珮還有些恍惚地站在原地，太和殿四周空空盪盪的，連一棵樹都沒有，只有受過時間洗禮的地磚帶著滄桑地陪著她。

花竹意遠遠地就看到李清珮孤零零地站在太和殿臺階邊，聽到一旁跟隨的人都捧著榜眼馮婉賢。

「那字連我姪子寫得都不如，也不知道睿王殿下是怎麼想的，放著馮妹妹這般人物，卻是……」有人說完很是嘆息地搖了搖頭。

馮婉賢出身魏國公府，姻親故交遍布朝野，就算當了榜眼，以後的仕途自然比有污點且沒有任何依仗的李清珮強上許多。

她們當然知道李清珮很有治國之才，但是官場上，總是關係在前，其他在後，所以還是覺得馮婉賢更值得結交。

而想要在馮婉賢面前賣乖，自然是要貶低李清珮。

馮婉貞正是氣不過，一肚子氣無處發洩，一出門就看到李清珮先是與孔秀文開心地說話，然後這般孤零零一個人站在原地，即使穿著不合身的綠色官袍，竟然也生出美人如歌的情境。

有個人說道：「長得倒是一臉狐媚子相，跟我爹爹養的瘦馬似的。」

這話是指揚州瘦馬，這類女子大多被買來從小培養，最後送給人做妾或者賣入煙花之地，那是很誣衊人的意思。

馮婉賢立時就冷笑了，在幾個人的簇擁下走到李清珮的跟前。「李清珮，妳是我生平所見最厚顏無恥之人，曾經為人妾，如此低賤，竟然還敢來應舉？」

李清珮在殿前和人據理力爭，唇槍舌戰毫不畏懼，如今塵埃落定，她又怎麼會怕小小的馮婉賢？更不要說她如今這個做法，幼稚得像是小孩子過家家一般的可笑。

李清珮覺得跟她口舌之爭也是有點丟臉，但是有人非要撞到槍口上，她要是退縮，在某些人眼裡反而就是害怕了。

「就是妳口中所謂的低賤之人中了狀元。」李清珮斜眼看著馮婉賢。「馮榜眼，妳這是在質疑睿王殿下的旨意？」

「榜眼」兩個字像是一根針扎進馮婉賢的心口，如同壓死駱駝的最後一根稻草，一下子就讓馮婉賢失去理智，忍不住放聲痛哭起來，不過一會兒臉上就滿是鼻涕、眼淚，很是狼狽。

「我還沒學會走路就已經開始握筆了，十年如一日不敢怠慢，每天只睡兩個時辰，憑什麼讓妳這字都寫不好，還曾經做過妾的人得了狀元？」

李清珮瞧了眼她還未長開的臉，就跟現在的國中生一般，自己跟這樣的人較真，還真是一言難盡。

李清珮對於馮婉賢的挑釁當然感到生氣，但這件事就算不是馮婉賢，也會有其他人提及，所以這段往事被揪出來是在情理之中，她也沒有真的在意。

「這是怎麼了，為何在此喧鬧？」

一幫人簇擁著睿王走過來，他穿著一件玄色蟒袍，身上自有一股威嚴。

馮婉賢嚇得臉色煞白，淚水掛在臉上，立時吶吶說道：「睿王殿下，臣想不明白，為什麼比不過李清珮！」

趙璟目光深沈，道：「沒錯，單說文章，無論是詞句又或者行文書寫，妳都是最好的，但科舉是選拔國之棟梁，並非選一手好字。李狀元什麼都不如妳，可她偏偏有治國之能，這就足矣。」

馮婉賢聽完神色頹然。

趙環又道：「妳可是不服氣？」

馮婉賢搖頭，使勁地擦眼淚。

趙環道：「馮榜眼，妳文章上寫過『克己復禮為仁』，一曰克己復禮，天下歸仁焉，還望妳不要忘記。」說完，他轉過去看李清珮，一本正經地說道：「李狀元，妳隨本王來。」

李清珮沒想到在這裡會遇到睿王身分的他，有些無措地跟在他身後，卻聽到了馮婉賢傷心欲絕的哭聲，一回頭就看到剛才巴結的人這會兒都鳥獸散了。

兩個人一路無話，等到太和殿旁邊的偏殿，李清珮正猶豫該說些什麼，忽然間就被人拽入懷裡，壓在門後欺身吻住了。

掛在偏殿的紅底金線繡著龍鳳呈祥紋路的錦緞帳幔，隨著深秋的風起伏飄盪，像一個舞動的美人一般，美麗妖豔。

李清珮被趙環藏在火紅的帳幔裡，觸目所及不是鮮豔的紅，就是趙環溫熱的身體，還有他癡纏的吻。

她一時有些暈眩，心潮起伏，忽然間希望能這樣一輩子。

第五十二章

馮婉賢出宮門就看到自家的馬車等候多時，她冷著臉上車，對著一旁要給她蓋上薄毯的丫鬟吼道：「放肆！」

「小姐……」丫鬟有些無措地低下頭。

馮婉賢深吸好幾口氣，這才把怒氣壓下去，道：「妳去叫王叔謄寫一份李清珮的文章來。」

她心裡想著，倒是要好好看看，讓睿王都誇讚不已的文章，到底寫得如何！她不信，李清珮那種字都寫不好的人，能寫出什麼好東西來！

很快宮門口人群就散去了，最後一個出來的花竹意一直徘徊在門口，頗有些猶豫，她既想跟李清珮交好，又不知道如何開口才不會顯得自己太唐突，由於找不到合適的理由就站在馬車旁邊等著。

等了半個多時辰也不見人出來，花竹意頗有些納悶，按道理她們這些人不能長留在宮中，這會兒應該出宮了才對。

只是真的要走，花竹意又有些擔心，不會是出了什麼事情吧？

又過了半個時辰，花竹意無奈地上了馬車準備回家，突然間看到宮中側門大開，出來一頂小轎子。

等轎子門簾拉開，露出睿王硬朗挺拔的身形，他懷裡抱著一個女子，卻用斗篷遮住大半，只依稀看到靴子。

睿王抱著女子，大步流星地上了王府的馬車，不過一會兒，那馬車就在王府侍衛的簇擁下消失在視線中。

大趙的官服、紗帽不分男女，唯獨靴子不同，女官的要稍短一些。

花竹意因為扶著李清珮，恰巧注意到李清珮的一雙靴子長短不齊，好像是兩個尺碼，不過朝廷一向怠慢女官，發錯也是有可能，當時她也沒在意，誰知道陰錯陽差讓她認出李清珮來。

天色漸漸暗下來，宮外已經點起燈籠，橘紅色的光芒照得四周紅通通的。

花竹意的侍從過來問道：「大人，該回去了吧？」

花竹意這才回過神來，道：「走吧。」

睿王和李清珮原本就認識？難道說……睿王徇私舞弊了？

她隨即想了想又搖頭，有那樣的文采，何須讓睿王徇私，李清珮憑著自己的能力就可以走到今天這個位置，只不過兩個人到底是什麼關係？

花竹意覺得自己好像窺探到不得了的秘密，又想到有一天，那些嘲諷過李清珮的人知道她和睿王的關係匪淺，會是怎樣的表情？

一想到這裡，花竹意忍不住露出笑容來。

那些男官們實在是太猖狂了，總是要讓他們碰壁一次。

這麼一想，花竹意越發有些期待，李清珮才華橫溢，有著治國之能，還被孔秀文看中提拔，又和睿王關係匪淺，以後朝廷的風氣是不是要變了？會不會迎來如同聖尊皇后在世時的女官盛世？

花竹意也知道自己這想法過於天真了，但是她更樂於往好的地方想，剛才瞧睿王抱著李清珮的姿勢極為小心翼翼，可不像是隨意玩弄的態度，或許是李清珮不願意嫁人後放棄進士身分洗手作羹湯？又或者是因為李清珮曾經給秦王做妾，皇帝不同意？

不管怎麼樣，有一點是肯定的，李清珮以後在仕途上將會前程似錦。

花竹意終於下定決心要跟李清珮交好。

李清珮被送回家中，先去漱洗換了一身衣裳才出來。

郭氏只當她的官服不合身，倒沒有察覺出異常來。

唯獨後腳才跟著到家的李念忍不住抱怨道：「姊姊，我在皇宮門前等了妳許久，怎麼不見妳出來？」

「不是叫你先回來？」李清珮有些心疼李念。「你沒遇到有人給你遞信？」

李清珮剛才那模樣自然不能讓弟弟看到，所以就叫內侍去告知李念，讓他先回家，她要跟同僚一同回來。

「有呀，但是我回來一看姊姊還沒到家，怕是姊姊有事，又回到那邊去看。」李念見李清珮雖然神色帶著疲憊，但是眉眼有著被滋潤過的春色，看起來倒是比平日裡還要嬌豔，不過他還不懂這些，只當李清珮還沈浸在得中狀元的喜悅中。「不過看到姊姊安然無恙，念兒就放心了。」

李清珮嘿嘿笑，覺得弟弟越來越可愛了，輕輕地捏了捏他的鼻子，道：「讓念兒擔心了。」

李念羞澀地搔了搔頭，道：「這是弟弟該做的。」

郭氏最喜歡兩姊弟這般相親相愛，見了笑著說道：「都別站著了，清清今日勞累一天了，晚上想吃什麼？」又對兒子李念道：「你也是忙了一天，坐著跟娘說說想吃什麼。」

兩個人幾乎異口同聲說「擅麵」，郭氏忍不住笑。「真不愧是姊弟，連喜好都一樣，娘這就去做給你們吃。」

郭氏顯然早就料到兩個人想吃擅麵，早上就讓李嬤嬤備好材料一應俱全，由李嬤嬤打下手，做了一桌子的豐盛晚飯。

李清珮這一天可謂過得高低起伏，她自己回想起來都覺得兩輩子沒這麼刺激過，先是知道隔壁那位肌肉鼓鼓的型男竟然是傳說中的睿王殿下；殿試被人翻出做妾的過往，又在孔秀文和睿王的推舉下當選了狀元；最後在太和殿和趙璟熱烈纏綿，就好像用盡她所有的力氣……不得不說，那樣的地方，讓她有種說不出來的刺激。

想到這裡，李清珮就紅了臉，一口氣喝掉半碗的湯水，這才覺得心口湧出來的火苗被熄滅掉，心裡稍微舒服了些。

郭氏是個很有手藝的人，且追求盡善盡美，不去做還好，一旦開始就一定會做到最好，所以無論是針線還是做飯，只要她下過功夫，都讓人挑不出毛病來。

今日郭氏作為主廚又費了心思，李清珮和李念吃得很暢快，吃完後，李清珮已經抱著肚子，連路都走不動了。

李念抱怨道：「娘，您瞧姊姊，都已經是狀元了，還沒個官老爺的樣子，吃得這般風捲殘雲。」

李清珮瞪他，李念馬上一本正經地改口。「主要平日很少吃到娘做的飯菜，娘身子骨兒不好，也不能天天做，但是偶爾做個拽麵給我們姊弟吃，姊姊就不會這般嘴饞了。」

李清珮哈哈大笑。「娘，別聽念兒的，這小子越大越是會動歪腦筋了，明明就是他想吃您做的飯菜。」

一家子說說笑笑，時間過得很快，收拾完飯桌，到廳堂喝茶，李清珮就注意到郭氏的神色似乎帶著幾分緊張，一直不斷捏著衣袖。

她突然想起自己出門前，郭氏有話對她說。

到底是什麼事能讓向來從容自若的郭氏這般不安？

李清珮忽然有種不好的預感。

呼延淳五十來歲，中等個子，長得很不起眼，小眼睛，不高的鼻子，還有剪得齊整的鬍子，如今年紀大了，挺著一個大肚子，說話聲音小小的，不仔細聽根本就聽不見，平時看起來就和王府下人沒什麼區別，但是沒有人敢怠慢他，不僅因為他陪著秦王長大，更是秦王最看重的幕僚。

呼延淳慢悠悠走到正房外，見門口站著幾個小丫鬟，卻是露出幾分尷尬的神色，仔細一聽就能聽到裡面傳來一個女子的哭聲，那聲音斷斷續續地說：「這狀元原該是我的，卻被李清珮奪了去。姊，她不是做過姊夫的侍妾嗎？難道說這樣的經歷，還能參加科舉嗎？」

接著王妃馮婉貞好像說了什麼，又聽到馮婉賢委屈地哭道：「我曉得，這是朝廷上的事情……嗚嗚，我就是覺得不甘心。」

一旁穿著紅色比甲的小丫鬟，是馮婉貞帶來的陪嫁丫鬟，頗能做主，見呼延淳站在原地，也不說進去，笑著說道：「呼延先生，要不您去旁邊的茶坊坐一坐，我給您沏一壺熱茶？」

呼延淳搖頭道：「我先回去了。」

小丫鬟看出呼延淳是來找王爺，卻因為馮婉賢過來哭訴，這才不好進去，她頗有些為難，誰都能看出秦王殿下極為敬重這位呼延先生，秦王的書房連王妃都不能進去，卻是讓呼延先生打理。

三小姐真是被家裡慣壞了，從小就因為會讀書，魏國公嬌寵著，作為姊姊的馮婉貞愛護著，養得有些不知道分寸。

只是想到魏國公府的情況，她又忍不住嘆氣。自從聖尊皇后之後，後宮基本廢掉了，歷朝皇帝鮮少會大肆納妃，最多也不過把四妃弄齊全了而已，如此整個大趙上行下效，很少有納妾的人。但是魏國公則相反，最少是一妻十妾，第一任魏國公夫人或許是受不了這許多侍妾，烏煙瘴氣的事太多，生下馮婉賢就病故了，魏國公也狠心，很快又續了弦，日子照樣過得恣意。

馮婉賢從小沒有母親可以依靠，所以對這個姊姊很是依賴，有事情就來找馮婉貞也是這個原因。

正當丫鬟為難之際，門簾從裡面被掀開，露出秦王英俊的面容來。

秦王看到站在院子裡的呼延淳一愣，道：「先生何時來的？」

王妃馮婉貞暫時擱下馮婉賢，走出來送秦王，還體貼地叫秦王不要忙到太晚，這才依依惜別。

等出了正房，秦王的臉色就沈下來了。

呼延淳道：「本是來跟殿下說這次狀元的事情，想來殿下已知曉了。」

秦王點了點頭，兩個人很快就到了書房。

坐下後，秦王親自倒茶水給呼延淳，道：「沒有想到，先生也有坐不住的時候。」

呼延淳恭敬地起身接了茶杯，放到一旁的長几上，道：「多謝殿下。多年前的安排，今日終於有了成效，實在是不得不佩服殿下的睿智。李清珮此女子，也不是常人，竟然真考中了。」

秦王卻沒有露出自得的神色，反而緊捏著茶杯。

好一會兒，秦王才重新開口，卻是換了話題，道：「我這位叔叔當真是得天獨厚，從出生開始就受盡寵愛，兩任帝王對他極為縱容，說出宮就出宮，說吵架就吵架，活得真是夠肆意，想要做什麼就去做什麼，從來不像本王這般每一步都是斟酌之後再斟酌，謹小慎微。可是那又如何，他以為如今這皇宮還是他曾經的家？」秦王抿了一口茶水，冷笑道：「縱容當過侍妾的女子為狀元，還摻和進太子的家務事，呵呵，馬上又有新的事情煩擾他了。」

呼延淳道：「殿下處心積慮，總有一日會有所回報的。」

秦王苦苦壓抑心中想要冒出的猛獸，好不容易才恢復常色，道：「那邊可是安排妥當了？別是真讓我這位叔叔當上攝政王了。」

「殿下放心。」呼延淳很是自信地說道。

秦王抿著嘴，得意地笑了起來。「我倒是要看看，一邊是穆氏的舊案，一邊是皇帝陛下的堅持，到底他會選擇怎麼做？」

第五十三章

夜色濃重，不過一會兒就下起秋雨，讓原本就帶著幾分冷意的秋日，帶出蕭索的寒氣。

李清珮坐在廳堂內的太師椅上，握著李嬤嬤泡給她消食的茶水，有一口、沒一口地喝著，心裡卻是不安。

郭氏把李念趕去睡覺，又讓李嬤嬤、彩蝶等人都去歇著，如今這個堂屋只剩下她一個人。

好一會兒，門口響起腳步聲，郭氏拿了一個紅漆海棠花紋的匣子走進來。

李清珮認出這個匣子是郭氏的首飾盒，郭氏無論到哪裡都會帶著它。其實自從父親亡故，家境沒落，能典當的早就換成錢了，裡面早就沒有任何像樣的首飾，可郭氏還是很珍愛地帶著它。

郭氏走到李清珮的面前，把首飾盒放到旁邊桌上，道：「清清，娘一直在想，到底要不要告訴妳這件事。」她悲傷地看著李清珮。「今天早上，娘還想著，如果妳只是中進士，這件事就算了，何必要讓妳揹負這樣的重擔……誰知道，妳到底是妳爹的孩子，繼承了他的才華，中了狀元。」

「娘……」

「打開它。」郭氏道。

李清珮覺得這盒子裡藏著滔天秘密，可是又止不住好奇，她猶豫了下就打開匣子，第一層上面不過放著幾封信，等打開夾層，卻看到一塊有些發黑的人骨，她嚇得差點就把匣子丟在地上。

耳邊卻傳來郭氏含恨的聲音。「妳爹是被人下毒害死的，這就是為什麼娘想讓妳考取進士的原因！我們無權無勢，又怎麼能替妳爹報仇？」

四周靜謐得可怕，郭氏像是不忍直視閉上了眼睛，眼淚卻是洶湧地流下來。「這是妳爹的腕骨，娘特意放在這裡，就是為了提醒自己，妳爹是被人毒死的！」

李清珮知道，古代人將骨頭發黑當作毒害的證明，但其實從現代科學角度來說並不完全可靠，這種骨頭的顏色，有時候是因為土質，有時候是因為氧化。

但是，她相信郭氏不是一個信口開河的人。

果然她聽見郭氏繼續說道：「當時妳爹爹喝了一碗郎中新開的藥劑，就直接吐了血，之後不過一刻鐘就斃命了。」

李清珮想像著當時的場景，忍不住哭了起來。「娘，您當時怎麼不跟女兒講？」

「說了有什麼用？」郭氏伸手給李清珮拭淚，憐愛地摸了摸她的頭。「娘還不了解妳？妳要是知道了這件事，還不知道要做出什麼瘋狂的事情來，根本就沒辦法安心讀書。」

「娘……到底是誰害死了爹爹？」

郭氏搖頭道：「娘不知道，那個給妳爹開方子的呂郎中，第二天就不見了，我去問過榮盛堂，他們甚至說根本沒有這個人……更何況，這件事並不簡單，有陣子妳爹爹的字被微服私行的皇帝看到，還求去掛在御書房裡，之後就聲名大噪起來。」

「女兒記得。」

「有一陣子家裡來了一位陌生的客人，雖然穿著便服，但娘看得出來是個當官的，娘聽到妳爹爹喊他梅大人，說是宮裡派來的，之後妳爹爹就有些神神秘秘的，書房都不讓娘過去。」郭氏回憶道：「後來那位梅大人走了，很長一段時間，妳爹爹都顯得心不在焉，總是失神。一個月後，妳爹就暴斃了。」

「娘雖然沒有證據將這兩件事聯繫在一起，但總覺得這是關鍵。」郭氏抱著李清珮，輕輕地揉著她的臉頰。「妳爹爹與世無爭，待人和善，不可能和人結仇，所以一定是這件事。」

李清珮聽到這裡開始顫抖了起來，皇帝、睿王、秦王還有不知名的梅大人，很多人物都聯繫在一起。

李清珮一夜無眠，第二天早上天剛矇矇亮才勉強睡去，夢裡都是父親的音容，抱著她教她寫字的樣子，每次下學都會含笑地望著她，揉著她的頭問要不要吃桂花糕的神態……

李清珮想起這些就淚流滿面。

白天，李清珮騎著高頭大馬遊街，路過白帽胡同的時候，看到和大理寺比鄰的都察院，她忽然想起來，都察院的職責專屬糾察、彈劾百官、辯明冤枉……

既然父親的死和梅大人脫不了關係，是不是進了都察院，拿到所有官員的資料，她就可以查出來？

晚上，在月色下見到風塵僕僕趕來的趙璟，李清珮還是忍不住哭了起來。

趙璟顯然是從宮裡剛回來，蟒袍都沒脫下，顯得神色凝重，似乎有什麼事情，但是看到李清珮的模樣，馬上就心疼地派人打熱水過來，親自擰帕子給李清珮擦臉，輕聲細語地安慰著。

等李清珮哭夠了，趙璟才問道：「到底是何事？」

李清珮忽然間不好意思了，覺得人真的是善變，往常她無論遇到任何事情都會自己扛著，但是自從和趙璟表白心跡之後，就好像是有了依靠，遇到委屈、難過的事情，就會忍不住在趙璟前面哭。

「清清不怕，告訴本王。」趙璟抱著李清珮，像是對待一個小孩子般，輕輕拍打她的後背，柔聲問道。

李清珮正要說話，就聽到門外傳來王總管的聲音。「王爺，宮裡那邊來人了，叫您即刻入宮。」

趙璟臉色沈重，嘆了一口氣，親了親李清珮的臉頰。「我去去就回來，妳等著本王。」

李清珮想著，如今這麼晚了，入宮之後就落鎖，他又怎麼能出來？

趙環安慰道：「妳先回自己的宅子裡。」

趙環見她剛哭過，眼睛紅腫得像兔子眼，又因為自己的取笑而露出羞澀的神態，讓他又憐又愛，忍不住低頭含住她的嘴唇，細細擁吻。

李清珮艱難地推開趙環，道：「王總管還等著王爺呢。」

趙環嘆了一口氣，糾結地拽了拽領口，好不容易恢復平靜，這才不捨地說道：「等著本王。」

趙環雖然自己入宮，但是把王總管留了下來，他還記得李清珮剛才哭的模樣，有些擔憂地說道：「要是事情緊急，妳就跟王興說。」

李清珮反倒是擔心起趙環，讓他半夜入宮，顯然不是簡單的事情，問道：「王總管，王爺到底是何事？」

王總管沈吟了下，想著李清珮如今是狀元，不日就要出仕，早晚也會知道這件事，與其從旁人嘴裡知道，還不如由他來告訴她事情的原貌，沒有摻雜太多謠言，可以把事情看得更透澈一點。

「今日有人在大理寺外擊鼓鳴冤，要告御狀。」

「御狀？」

王總管點頭。「說是穆氏一族的後人，要給穆氏一族洗刷冤情。」

李清珮想起睿王和穆氏一族的關係，他未過門的王妃正是穆家的女兒，道：「當年不是說，穆氏一族已經被滿門抄斬，株連九族了，如何還有後人？而且這件事已經過了十多年，怎麼早不說、晚不說，湊巧在王爺回來的時候擊鼓喊冤？」

王總管覺得李清珮可真是聰慧，一下子就抓到重點，冷笑著說道：「可不是，呵呵呵。」

李清珮看到王總管譏諷的笑容，覺得這其中有內幕，問道：「按道理，王爺應該很想查清此案，但是到現在都沒動靜，是不是說明王爺有不得已的苦衷不能去做這件事，阻礙是誰？」

李清珮到現在都記得，趙璟說為了未過門的未婚妻守身許久，如果穆氏一族真是通敵叛國，他又何必這般？

夜風徐徐吹來，帶著秋日的涼意，只穿一件杭綢褙子的李清珮感覺到幾分的寒涼，王總管拿了一件趙璟的披風給李清珮披上。

「李姑娘，披著這件回去吧。」

「多謝王總管。」李清珮深深看了眼王總管，又說到剛才的話題。「而今朝廷又有誰能攔著王爺呢？想來想去只有……」

王總管嘆氣，道：「正是皇上。」

王總管覺得李清珮真是太聰慧了，幾乎是一點就透，又想著臨走前趙璟的叮囑。「她以後就是你的主母，有什麼事都要以她為首，就像是對待本王一般。」

王總管心中想著，這件事是瞞不住了。

「殿下原本想要緩一緩，總要讓皇上安心，誰知道突然間冒出穆氏後人……這下，殿下想要睜一隻眼、閉一隻眼，也不可能了。」

王總管嘆氣，他不知道趙璟會怎麼辦，但皇帝絕對不會同意複查，如果他是會同意的人，趙璟又為何在外十年都沒有回來？

兩個人如今的和睦，不過是建立在趙璟的退讓而已。

「這不是存心離間皇帝和王爺嗎？」李清珮一時無話，只覺得接二連三發生的事情實在太多了，她一時有些難以適應。

兩人走到後院的牆邊，那裡放了一把梯子，只要爬過去就能到李清珮住的屋子。

王總管悄悄地察看對面，悄聲說：「李姑娘，小的瞧著那邊沒人，您現在就過去吧。」隨即又想到趙璟臨走前的叮嚀，道：「您還有什麼事情吩咐小的嗎？不管是什麼，您只管說，小的要是做不到，自會稟告王爺。」

李清珮已經恢復正常，想著趙璟如今麻煩不斷，自己還是不要添亂了，再說，她一路艱辛，雖然跌跌撞撞的，不也走到今日得到狀元的成就？不是她自己逞強，而是目前還沒有到求趙璟的地步，陳年舊事又只有「梅大人」這三個字的線索，猶如大海撈針，需要耐心慢慢調查。

「您告訴王爺，我想進都察院。」

第五十四章

燭光映照在太子面色蒼白的臉上，越發顯得單薄，他劇烈咳嗽了下。

一旁的秦王見了，趕忙倒了一杯溫茶遞過去，道：「殿下先回宮歇著吧，這邊有我和皇后娘娘看著呢，你再這麼熬下去別是受不住了。」又道：「別太過擔憂，睿王殿下是皇帝陛下看著長大的，他難道還能在這個時候堅持徹查穆氏一案，這不是加重陛下的病情？」

前幾日有個男子自稱是穆氏一族的後人，在大理寺擊鼓鳴冤，在朝堂引起很大的騷動，許多當年經歷這件事的人都覺得穆氏一案疑點重重，無奈先帝親自下旨立案的事情，誰都不敢非議，大理寺就把那人收押到死牢，等待秋後問斬。

如今睿王協理朝政，很快就知道這件事，把人從死牢放出來，還要重新徹查，弄得整個朝廷沸沸揚揚的。

秦王說完就去看太子，果然見他臉上浮現幾分不滿。

「秦王，本宮實在不明白睿王是如何想的，難道穆氏一族的舊案比父皇的安危還要重要？一定要在父皇病重的這個時候翻案？」

秦王重重嘆了一口氣，道：「太子殿下，你要曉得，穆氏一族可是睿王殿下的妻族，不是外人。」

滿。

「不就是未過門的妻子，難道還比父皇重要？」秦王不勸還好，越說倒是讓太子心生不

就在這時候，門外傳來急促的腳步聲，內監尖尖的嗓子帶著恐慌道：「太子殿下，不好了！陛下和睿王殿下吵起來了！」

自從得知當年的真相，李清珮就顯得鬱鬱寡歡，倒是郭氏反過來勸她。「飯要一口一口地吃，路要一步一步地走，妳要是再這般無精打采的，娘就真後悔告訴妳了。娘知道，總有一日，妳能查出當年的真相，替妳爹爹報仇雪恨。」

李清珮這才緩和了些，但是想要進都察院的決心卻越來越重了。

不過幾日，男進士那邊都已經陸續任命，頭等三甲都去翰林院，剩下的也都各自得了官職，唯獨女進士這邊卻沒有消息。

李清珮心想，當真是差別待遇，這差距也太大了。

晚上，王總管翻牆過來尋她。

「李姑娘，今晚能去一趟王府嗎？」

「是不是出什麼事了？」

王總管皺眉道：「哎，一言難盡。」

李清珮看了眼天色，見郭氏那屋子早就熄燈了，大家已經睡下，很快就下定決心道：

「王總管你等我一下。」她回屋換了衣裳，又重新梳頭，這才從梯子爬牆過去。

兩個人從宅子裡出來，王總管親自扶著李清珮上馬車後，他自己也跟進去，這倒是讓李清珮感覺到事情的緊迫，要知道平時王總管覺得自己不過是一個僕從，一直跟著車伕坐在車轅上，今日這般顯然是有話對她說。

「李姑娘，前幾日王爺和陛下大吵了一架，那之後王爺就把自己關起來，誰都不見。」王總管憂心忡忡地說道：「穆氏一案是王爺心口上的舊傷，也不知道到底是誰非要這時候跳出來挑事。」

李清珮問道：「那人真是穆氏後人嗎？」

王總管深深地看了眼李清珮。「是，當初被韃虎抓走，這些年一直被關著，好不容易自己逃了出來，第一件事就來喊冤。」

「就是說他這些年一直都跟韃虎在一起？」

「正是。」王總管嘆氣。「他還是穆三小姐的哥哥，叫穆永德，自然是認得王爺，當時在牢裡抱著王爺的腿就哭了起來，說他們穆家是冤枉的，還請王爺為他們穆家做主。

「王爺好不容易把這件事壓下去，這會兒見到穆三小姐的哥哥這般，又如何忍得住？當時就跳了起來，去宮裡想叫陛下重新徹查穆氏舊案，可是陛下又如何肯？

「陛下氣得不輕，還說王爺忘恩負義，忘記先帝的養育之恩，就連先帝死了也要誣衊先帝，是個不忠不孝之人。」

李清珮可以想像當時的場景，睿王這些年來一直隱忍就是因為敬重皇帝，沒想到這會兒穆氏的人親自來喊冤，任誰都難以平靜。

只是這件事還真奇怪，那人怎麼就剛好在這個關鍵時刻來喊冤？

一切都顯得疑點重重，就像是王總管說的那般，或許就是為了離間皇帝和睿王，皇帝和睿王鬧翻之後呢？誰會得利？

一個熟悉的身影忽然浮現在李清珮的腦中，她想了想，還是問道：「王總管，如果睿王殿下沒辦法做攝政王，是不是就剩下秦王殿下了？」

王總管沈重地點了點頭，很是欣慰李清珮的機警，說道：「以前王爺把權勢拱手讓人，因為陛下是王爺敬重之人，但是這一次又憑什麼呢？」

「以前？」

王總管覺得李清珮早晚要知道，還不如直接說了，道：「當年，先帝知道陛下身子羸弱，無法承受帝王之累，就想讓王爺繼承大統，只是王爺不肯，怕是讓陛下誤會。」

「原來還有這樣的過往。」

「這本該就是王爺的。」王總管意難平。

到了王府，李清珮換了一頂小轎子進去，約莫走了片刻，這才到正房。

王總管撩開簾子扶著李清珮下來，還叮囑她道：「李姑娘，小的真是求您了，一定要替小的勸勸王爺。穆氏舊案，只要王爺在，總有查清楚的時候，但是現在跟陛下對上，說句難聽的，陛下如今正是不太好，萬一被氣出個好歹，旁人要怎麼看王爺？太子難道不會怨恨嗎？」

李清珮一開始還沒想到這麼嚴峻的問題，這會兒聽了王總管的話，才知道事情已經緊迫到什麼地步。

「我只能盡力去勸。」

「李姑娘，王爺肯定會聽您的。」王總管很有信心地說完，就去敲門道：「王爺。」

屋內半天都沒有動靜，李清珮看了眼王總管，見他嘆氣搖頭後又去敲門。

「王爺，小的請了李姑娘來。」

李清珮道：「趙爺，我有事跟您說。」

好一會兒屋內才傳來腳步聲，門被人打開，李清珮走了進去，屋內沒有點燈，有股奇怪的味道，悶悶的。她從王總管手裡接過燈籠走了進去，放到靠在窗口的案桌上，頓時整個屋子亮了起來。

趙瑾窩在博古架的角落裡，雙手抱著頭，見到許久沒見到的光亮，忍不住說道：「熄了燈。」

李清珮卻沒有聽從，而是走過去，也蹲坐在地上，從後面抱住趙瑾，他的肩膀很寬，李清珮要很費力地環住，她把臉埋在趙瑾的脖頸上，靜悄悄地一句話都不說，原本有些沈悶的屋內，頓時生出幾分溫馨的氣氛。

趙環覺得身後李清珮嬌嬌軟軟地貼著他，散發著屬於她的特有馨香，而這種味道讓他緊繃的精神終於有了緩解，只是說出來的話卻是冷冷的。「妳是來勸我？不用了，這次我一定會堅持徹查穆氏一案，再也不能讓忠臣蒙羞，死不瞑目！」

李清珮也不生氣，反而順勢扭過身子，拉著趙環的胳膊，躺倒在他的懷裡，用臉頰蹭了蹭他的胸口，說道：「我才不管你們這些破事。」

語氣驕縱不已，卻不知道為什麼，竟然讓趙環哭笑不得，生出憐愛的心思，他嘆了一口氣，揉了揉李清珮的頭，道：「真是大膽。」

李清珮的眼睛在橘紅色的燈光下熠熠生輝，比星辰還要璀璨，聽了道：「那還不是趙爺寵的。」

趙環見了，目光深沈，像是不能克制一般，慢慢地低下頭來，輕輕含住她的唇瓣。

相隔不遠處的秦王府裡卻顯得格外平靜。

秦王在宮裡待了四天，這一天剛回來，先是去看了眼孩子，又跟王妃說了悄悄話，這才起身去書房，幕僚呼延淳早就等候多時了。

秦王和呼延淳不痛不癢地說著近日府邸的事情，不過就是今年莊子收成多少進項，又或者是外面的動向，最後才說到宮裡的事情。

「陛下的病如何了？」

「這幾日藥都不怎麼喝了，唉聲嘆氣很是鬱結的樣子，再這般下去就不好了。」秦王舉著茶杯，輕輕抿了一口，雖然極力掩飾，但是那得意卻從眉梢流露出來。「太子殿下也心生不滿。」

呼延淳這才大膽地說道：「睿王這性子都是被慣出來的，小的時候被先帝寵著，後來又被陛下看重，根本不知道什麼是退讓，他以為這世上不是方就是圓。殿下，我們所謀，馬上就可以手到擒來了。」

秦王放下茶杯起身，負手而立地站在窗前，望著院子裡百年的槐花樹，如今光禿禿的只剩下枝幹，顯得孤零零的。

「萬一有人勸住了他呢？」

呼延淳捋了捋鬍鬚，不緊不慢地道：「他為了穆氏一案，能負氣跑出去十年，可見性格固執，如今連妻兒都見到了，還能放棄徹查？他的自尊心不允許他這般做。」

第五十五章

夜風從半開的窗戶吹了進來，帶著幾分清涼的爽快。

趙璟低頭，看到李清珮已經閉上眼睛，淺淺的鼻息均勻地吹拂在他的臂彎處，讓他的心也跟著柔軟起來。他轉過身，把她整個人抱入懷中，之後就慢慢睡了過去。

凌晨，李清珮就醒了，她睏得兩眼發紅，卻還是輕手輕腳地起床，穿戴整齊，出門就看到王總管已經等在門外。

「小的知道李姑娘一早就要回去，馬車已經給您備好了。」王總管很是和藹地說道：「還給您準備了早膳，放在車上。」

李清珮露出欲言又止的神色，卻被王總管安撫住。「李姑娘不用自責，我們王爺性子向來執拗，一旦決定一件事很難更改，李姑娘能勸王爺吃飯，按時歇息，已經十分難得了。小的明白，徐徐圖之。」

「王總管……」李清珮發現自己越來越欣賞王總管，他像一個慈祥而看得透澈的長輩。

王總管笑著送李清珮上馬車，對那車伕說道：「快將李姑娘送回去，但是也不可毛毛躁躁的，趕得穩當一些。」

李清珮上了馬車，伸出腦袋來，道：「王總管，您不打算讓他接我回來嗎？」

王總管大喜過望，道：「李姑娘要是能一直待在這邊，小的也就放心了。」他心裡卻是想著，要是能早點成親，也就不用他這般操心了。

稍晚，李清珮回到家中，靜悄悄地進了房間，換了衣裳。

李清珮早上吃飯的時候跟郭氏說：「娘，我出去幾天，鄭喜雲家裡……」

郭氏知道鄭喜雲公務繁忙走不開，又很想見李清珮，邀了好幾次，只是當時李清珮在埋頭讀書，一樣沒有時間。

郭氏以為李清珮考完了想去見好友放鬆一下，又想起她為了父親的死而悶悶不樂，讓她出去透透氣也好，便道：「去吧。」

李清珮有些心虛，但是趙璟那邊確實需要有人照顧，她一直得到趙璟的維護，也想回報一些。

李念正在喝粥，聽了就放下碗，道：「姊姊，我送妳過去吧，正好我今日要回一趟通州。」

李清珮尷尬地把頭埋入碗裡，忙說道：「不用，不用。」

趙璟難得睡了一個好覺，一覺睡到日上三竿，他睜開眼睛看到刺目的光灑滿整個屋子，一時有些眼花，用手背遮住眼睛，還想著是哪個沒分寸的僕婦，竟然沒等他醒來就拉開窗簾。

結果看到耀眼的晨光下，李清珮穿著一件藕荷色，臂上纏著綃紗的玉白色披帛，長長墜在地上，映著她明媚的笑容，猶如仙女下凡一般。

趙璟聽到李清珮嬌嗔地說道：「王爺要睡到什麼時候？起來用膳。」

趙璟好一會兒才平復自己的心情，說道：「清清，我們成親吧，今天本王就進宮去求旨意。」

這會兒看到她陪在自己身邊，無論任何時候都可以看到，趙璟覺得成親好像一刻都等待不了。

李清珮有一剎那的動搖，但是很快就搖了搖頭，親了親趙璟的臉頰，道：「我們說好的。」

趙璟露出幾分失望的神色，卻很快恢復如常，這是兩個人早就說好的事情，他知道李清珮心狠，說分開就分開的態度著實讓他吃不消，也清楚意識到兩個人之間鬧脾氣，真正難受的人是他。

趙璟吃了早膳，就帶著李清珮逛睿王府。

李清珮這才看出在通州的趙府是睿王府的縮小版。

睿王府裡有連著後海的湖水，比之前還要大，中間有個小島，蔥鬱的樹木間是紅牆綠瓦的一排房子，還有一座高高的樓塔。

兩個人在湖中小島遊玩，李清珮卻是一字不提宮中的事情，倒是王總管身旁的人急了，道：「王總管，孔大人一大早就過來了，說是要見王爺，您這是……」

「隨我來。」王總管掉頭就去待客的廳堂。

屋內一排太師椅上，一左一右坐著兩個人，一個是沈南光，另一個則是推舉過李清珮的孔秀文。

「王總管。」

沈南光還算是從容，但是孔秀文卻有些坐不住了，自從先帝病逝，陛下繼位之後，朝中朋黨之爭就沒停止過，早在一開始，孔秀文就站在睿王這邊，畢竟他的恩師沈從澤也是睿王的老師。

現在陛下還在，就算睿王不在朝廷，也無人能撼動他的地位，然而，以後若是太子繼位，秦王再拿到攝政王的位置，那時候到底是什麼樣子就說不準了。

孔秀文深深感覺到危機，只是他知道想要解決這件事，光是想沒用，道：「王總管，王爺還不肯見客嗎？」又道：「那個穆永德十分可疑，怎麼會在這個節骨眼突然冒出來，我已經派人去『巴彥』查了，但是『巴彥』離這裡遙遠，就算是飛鴿傳書，也要一個月的時間。現在最重要的還是勸王爺去宮裡為陛下侍疾。」

孔秀文也理解睿王的心境，當初穆將軍義薄雲天、忠義雙全，折損自己的親兒子才把睿王從圍困中救出來，又和睿王一同入京解圍，跟睿王是生死之交，誰知那之後卻慘遭滅門之禍，一族幾百口都死在鍘刀下。

當時穆氏舊案在朝廷引起震驚，許多人都覺得不可思議。那時候有人上摺子彈劾穆氏通敵叛國的時候，很多朝臣都當作笑話，覺得是無稽之談，結果一轉眼就看到先帝下聖旨查抄。

但這畢竟是過去的時候，現在更重要的是要安撫住陛下，孔秀文真怕，突然間從宮裡傳來皇帝駕崩的消息，到時候睿王被扣上「涼薄無情、不顧手足」的帽子是跑不了的。

王總管高聲喊了丫鬟過來給兩個人換茶、上糕點，等屋內只剩下三人，這才說道：「孔大人不要著急，小的已經叫人去勸王爺了。」

「是誰？」沈南光有些納悶。「王爺可是連我都不肯見。」

另一邊，李清珮正陪著趙璟說話，兩個人爬到最高的塔樓，不僅看到睿王府的全貌，還能看到遠處巍峨的皇宮。

李清珮見趙璟一直盯著那邊瞧，說道：「王爺，您什麼時候要入宮？」

趙璟卻是艱澀地開口說道：「妳是不是也覺得，我過於不辨是非，這種時候還在鬧脾氣？」

「沒有。」李清珮上前，靠在趙璟的肩膀上，輕聲道：「我聽說穆將軍救過您的命，是嗎？」

「嗯。」趙璟握緊拳頭。「清清，妳不知道，要不是穆將軍……當時京城圍困之局根本就解不了，是穆將軍救了我、救了先帝和皇上，可是一轉眼，就因為有人挑撥，穆氏一族幾百口都慘死了。」

讓趙環寒心的是，先帝和皇帝的冷漠，好像根本不是他認識的那些人。

「那個曾經為了護著我用身體擋住敵人一箭的穆永德，就這麼跪在我面前，他問我，是不是忘掉了所有的事情？」

趙環用手擋住臉，顯得很痛苦。

「可是皇帝卻說，我要徹查此案，就是給先帝造謠，說我不忠不孝！清清，妳不知道，當時我和穆永德就背靠著背，滿身都是鮮血……只有經歷過那種生死的人，才能明白，我的心情。

「我知道現在不是時候，應該隱忍，我也準備那麼做了，可是看到穆永德活著回來，還用穆家特有的那雙丹鳳眼盯著我……我就覺得受不了。」

李清珮忍不住抱著趙環，她知道穆氏舊案是趙環心口上的傷疤，誰要是掀開，就等於往傷口撒鹽。

湖風吹得李清珮髮絲輕揚，趙環看著她全身依賴自己，又嬌美可愛的模樣，心思忽然就有些不同了。

以前他孑然一身，想做什麼就去做，可現在身邊還有個李清珮，沒有他的照拂，她又怎麼在虎狼成群的朝廷裡遊走？

趙環忽然覺得很是不捨，他想要庇護著她、寵著她，然後誕下孩子，兩個人一同撫養。以前權勢對他來講不過就是可有可無的東西，但是現在呢？

孔秀文來來回回地在廳堂內走動，顯得極為不安，忽然間聽到外面傳來腳步聲，他抬頭，看到趙環腰背挺直、目光銳利地走進來，似乎還是那個令人仰望的睿王。

孔秀文提著的一顆心，終於放了下來。

稍晚，拜別了趙環和孔秀文等人，李清珮也上了馬車回家，她還以為要待好幾天，結果一天就讓趙環回心轉意了。

王總管真心實意地感激道：「李姑娘，多虧了您。」

「我什麼都沒說呀，是王爺自己想通的。」李清珮笑道，然後又問起自己的事情來。

「您跟王爺說過，我想去都察院嗎？」

「說了，只是您去都察院太委屈了些，依小的看還是翰林院更合適。」

往常一甲三名都是去翰林院，那才是最清貴的地方。

李清珮卻搖頭，道：「王總管，我心意已決。」

「好。」王總管突然不知道怎麼說服李清珮了，這個可愛的姑娘讓他生出想要照顧的心情。

真正難進的是翰林院，入都察院還不是一句話的事情？其實說起來朝廷結黨營私的人太多，隨便一個地方官吏可能都是某人的學生，在都察院想要做出成績就要得罪人，而得罪人又意味著官位不保，所以這兩年，許多人都繞開這個地方，誰都不願意去。

只不過這是李清珮的意願就足矣。

李清珮身後還有他們王爺，他就不信，誰敢欺到她的頭上？

第五十六章

那之後，李清珮有好幾天沒見到趙璟，但是聽說穆氏一案被壓了回去，狀告者穆永德也被押入牢中待審。

睿王被任命為攝政王的旨意也下來了，正式開始替皇帝協理政務，原先鬧得沸沸揚揚的事件就這樣塵埃落定。

或許是李清珮跟王總管說的話起了作用，過沒幾天，李清珮就收到都察院的任命，她歡喜不已，看著那官袍，反反覆覆地摩挲。

郭氏在一旁替李清珮丈量尺寸，想要把官服改得合身一點，正穿針引線，見了她這般神態，郭氏忍不住揚起笑容，想著自己這幾日總是擔心，把那件事告訴李清珮後，這重擔壓在孩子身上，看她一副鬱鬱寡歡的樣子，如今看她這般暫時放下心事，這才覺得心裡舒服了一點。

都察院設左右都御史，正二品，和六部並稱七卿，雖說這幾年幾乎沒什麼作為，但是也不能磨滅它在朝廷當中的作用。

李清珮被任命為七品的監察御史，即日就要上任。

晚上一家子坐在一起吃飯，郭氏說道：「通州的宅子先放著，咱們把行李都搬過來，只是東西要挑過，不能什麼都帶，不然根本放不下。除了李嬤嬤、彩蝶，還有廚子揚大，其他人都留在通州吧。」

李清珮知道這邊住的房子有些小，有心想要把隔壁買下來，想著下次見到趙璟的時候提出來。

想到這些，她很自然就想到幾天未見的趙璟，也不知道他現在如何了？

宮裡，趙璟顯得很平靜，一改之前的激動，守在景陽宮給皇帝端茶遞水，很是恭敬，剩下的時間都在偏殿和幾位大臣商議國事，甚是忙碌。

去年的大雪、今年的暴雨，許多莊稼都毀了，如今已經快到冬季，但是許多百姓顆粒無收，沒有可以充飢的糧食，已經有地方的人開始賣兒賣女。

趙璟瞧著憂心忡忡，想要開倉放糧，無奈國庫空虛，糧倉早就沒有米了，想讓人從湖廣一帶調集糧食過來。

趙璟一直知道國庫的問題，他記得以前先帝在的時候狀況就有些不好了，但是也不至於像現在這般……他實在不知道皇帝在位這十一年到底如何治理的，但是顯然情況越來越糟糕，有些官員的俸祿、九邊的軍餉都發不出來，而且都拖欠好幾年了。

如這般，甚至有可能連皇帝辦葬禮的銀子都拿不出來。

一件事接著一件事，讓趙璟忙得不可開交，但是偶爾，趙璟看到身形和李清珮相似的宮女，總會忍不住多看兩眼，這才想起來自己和她上次見面已經隔了七、八日，也不知道她過得怎麼樣？是不是已經進了她心儀的都察院？

王總管以前就是內侍，是淨過身的太監，可以毫無阻礙地進出宮裡，見趙璟總有些走神，如何不知道他的想法，道：「王爺，您已經在宮裡住七、八日了，是不是要回一趟王府？」

趙璟卻是搖頭，道：「本王哪裡走得開？」

李昌榮已經斷言，皇帝的壽命盡頭可能就在這兩日了，他自然要守著，根本就沒辦法走開。

兩個人正說著話，看到秦王和太子一同前來。

太子氣色很差，即使知道皇帝的身體早就被掏空了，不過拖著時間罷了，但是真正要面對的時候還是忍不住難受，這幾天都睡不著，要不是秦王特意過來陪著，還不知道能不能撐下去。

太子沙啞地說道：「叔爺，父皇又暈過去了。」

趙璟急忙起身，安慰道：「別急，我去看看。」

幾個人衝到內室，李昌榮正在給皇帝扎針，皇后在一旁抹著眼淚，好一會兒才看到皇帝悠悠醒過來。

皇帝在人群中掃了眼，最後盯著趙璟，趙璟馬上會意，坐到床沿邊，道：「陛下，你可是覺得好多了嗎？」

皇帝目光黯然，拚盡力氣才發出聲音。「阿璟，朕恐怕時日不多了，以後太子就交給你了。」

皇帝看了眼太子，太子立時就哭了起來，皇帝又去看皇后……每個人都叮嚀了一遍，卻似乎獨獨忘記站在太子身旁的秦王。

秦王的臉色頓時有些難看起來，有種如坐針氈的感覺。

皇帝最後是轉危為安，許多人都鬆了一口氣，李昌榮卻還是不看好，委婉地建議盡快準備後事，其實就差說出這是迴光返照了。

這一天晚上，秦王回到王府中，既沒去見王妃，也沒去書房，而是去了演武場，一遍又一遍地練習射箭。

呼延淳到時，看到秦王已經練得虎口有血跡，顯然是因為用力過猛導致的反傷，急忙喝住，本想喊御醫過來，卻被秦王攔住，顯然是不想驚動外人。

到了書房，呼延淳親自替秦王包紮了下，那手法卻是極為純熟。

秦王坐在窗下的大理石透雕的紅木太師椅子上，沈著臉，一直都沒有說話。

呼延淳自然知道前幾日，睿王突然改變主意，決定還是維護先帝的名聲，把穆氏舊案壓下去，又跟皇帝握手言和，弄得他們很是被動。

當時秦王回來之後，一句話都沒有說，也是去演武場練了好幾個時辰的箭，直到凌晨才回到書房小歇一覺。

見到他這般，呼延淳很是擔憂，道：「王爺，來日方長，都等了許多日子，還差這幾天嗎？」又道：「您讓小的去查，當時誰去了睿王府，已經有消息了。」

秦王看著呼延淳。

呼延淳卻是慢條斯理地說道：「孔秀文等人都去了，甚至是沈從澤那老頭子也去了，可是據說都沒見到面……後來王總管請了一個女子過去，那之後也不知道怎地，睿王就改變了主意。」

「誰？」

呼延淳深深地看了眼秦王，輕輕吐出一個名字，道：「李清珮。」

秦王雙眼緊眯，緊捏著茶杯，手背上青筋暴起，顯得很是用力，他胸口起起伏伏，好一會兒才平靜下來，道：「真是沒有想到……」

呼延淳卻道：「自古英雄難過美人關，這不是您之前說的？」

秦王閉上眼睛，似乎為了掩飾其中讓他害怕的情緒，好一會兒，才能平靜地喝一口茶水。

呼延淳道：「王爺，我們下一步是不是要……王爺總說畢竟是至親，但是您看今日，陛下根本就沒把您看在眼裡。」又有些不平地說道：「說起來，您才是他的親兄弟，為何總是更加親近睿王這個外人？

「所以那件事也該讓世人知道了吧？」

秦王睜開眼睛，好一會兒才沙啞地說道：「是該讓世人知道了。」

宮裡，趙璟在景陽宮陪著皇帝許久，最後到子時才回到景陽宮偏殿裡，那邊臨時擺了一張臥榻，他這幾日就睡在這裡，倒不是宮裡沒地方住，只是皇帝病重，他怕趕不及，這才決定暫時睡在這邊。

躺在鬆軟的臥榻上，趙璟閉上眼睛。

王總管小心翼翼地走進來，溫聲說道：「王爺，您晚上都沒用膳，喝一點銀耳羹再睡吧。」

趙璟擺了擺手，道：「沒胃口。」

王總管想了想。「要是李姑娘看到王爺總是這麼餓著，不知道會說什麼。」

趙璟聽著，想起李清珮每次盯著他吃飯的樣子，目光亮晶晶的，倒是比她自己吃還要高興的模樣，一時心中思念如海，忍不住就笑了起來，起身道：「拿過來吧。」

王總管很高興，用泥金甜白瓷的小碟子放著調羹遞了過去。

趙璟喝了一口，覺得味道尚可，不過一小碗的銀耳羹幾口就喝掉，王總管又拿漱口水過來，趙璟漱了口，這才重新躺了回去。

夜色靜謐，秋風卻是大作，就如同在睿王府的那個晚上，敲打著窗戶叮叮噹噹響。

王總管替趙璟仔細蓋上薄被，這才小心翼翼地問道：「王爺，有句話小的不知道該不該問，只是心裡實在好奇。」

「說。」趙璟閉上眼睛，幾乎昏昏欲睡。

王總管道：「您是怎麼改變了主意？」

李清珮不肯告訴他兩個人之間說了什麼，但是王總管總覺得不簡單。

趙璟聽了忍不住笑，其實他也不明白，見到李清珮之前覺得這一次無論如何都要堅持到底，不能辜負穆氏一族，讓忠良寒心，但是當他和李清珮站在塔樓上看著平靜的湖水，忽然間就覺得，這個倔強又任性的姑娘，即使曾經不堪地做過妾，卻還要掙扎著自己站起來。

沒有他維護著她，她以後會是什麼樣子？

他不是不在乎穆氏一案，而是因為想要照顧更為重要的人，為了這一點，他願意隱忍。

第五十七章

都察院在白帽胡同旁邊，夾著護城河，緊挨著大理寺，距離皇宮不過半個時辰的路程，早上都是人。

李清珮一大早好不容易趕過去，第一次去衙門，頗有些忐忑，等到了門口，看到差役守著，裡面卻空盪盪的，毫無生氣，不像旁邊的大理寺人來人往的，很是熱鬧。

李清珮站了半天也沒人來跟她說話，走進去見到空盪盪的廳堂裡，一個頭髮花白的老者和一個留著絡腮鬍的中年男子在下棋，不遠處有個女子正把頭靠在旁邊的椅背上打著瞌睡。好半天都沒人說話，李清珮忍不住輕輕咳嗽一聲，總算引起幾個人注意。

那老者抬頭看了眼李清珮，又低下頭來，只是很快又驚愕地抬頭，道：「這小娃娃是誰？難道是那個新來的狀元？生得倒像個天仙似的。」然後用腳踹了踹對面埋頭下棋的中年男子，道：「湯城，你的人來了。」

湯城轉過頭去看李清珮，目光卻毫無波瀾，道：「妳是李清珮？」

李清珮笑著點頭，尷尬地發現到，老者趁著中年男子跟自己說話的這會兒，眼明手快地去掉好幾個白子。

或許是發現她的目光不對，中年男子馬上扭過頭去，看到原本占優勢的棋局頓時變得劣勢，氣道：「老莊頭，你這就不對了，又耍賴，還能不能好好下棋了？」

莊瑞臉不紅、氣不喘，義正詞嚴地說道：「什麼時候換了？少誣陷人。」

一旁打瞌睡的女子終於被吵醒了，揉了揉眼睛，看了眼還在吵架的兩個人，撇了撇嘴，等看到尷尬地站在一旁的李清珮時，眼睛一亮，站起來走到李清珮的身旁，笑著說道：「妳就是那個李狀元吧？坐，我早就聽說了，說我們都察院裡要來一個天仙似的狀元。」見李清珮有些心不在焉，又道：「他們天天這樣，不用管。」

這個女子叫葉翠娘，是僉都御史，正四品，今年已經二十九歲，但是還沒成親，個子不高，笑起來有兩個酒窩，顯得很可愛。

李清珮聽到她的官職，要給她行禮，葉翠娘很是驚慌地擺手道：「什麼大人，咱們這裡……妳久了就知道了，慢慢熬著，我來了十年就從七品升到這兒，妳資質比我好，還是孔大人的門生，升職肯定會比我快。」

葉翠娘很是熱情，帶著李清珮熟悉一圈環境，都察院不小，但是只有寥寥幾人。

李清珮問平時職務要做什麼，葉翠娘深吸一口氣，說道：「喝茶，下下棋，就差不多到下衙的時候了。」

李清珮一臉無言。

到了吃飯的時辰，古時候官員吃飯也是有食堂，叫做公廚。

有差役端了飯來，卻只有李清珮一份，她頗有些詫異。

葉翠娘見狀，有些赧然地說道：「那飯菜不合胃口，我們都是自己帶食盒。」

李清珮見送來的飯裡，是水煮馬鈴薯和蒸得半生不熟的米，她吃了兩口就放下筷子。

葉翠娘見到李清珮這般，主動把自己的食盒讓了出來，不過葉翠娘個頭小小的，吃得也很少，李清珮瞧了一眼，就是兩個包子，加一小碗米粥。

李清珮笑著說道：「我吃飽了。」

湯城正低頭吃飯，聽了這話，頭也不回地說道：「翠娘，把我的拿給她。」

葉翠娘高興地應了一聲，拿了個小碗，分了許多菜，還有一小碗飯，遞給李清珮，笑著說道：「湯大人的飯菜最好吃了。」

到了這會兒，李清珮也不好推辭，站起來客氣地說道：「多謝湯大人，我明日多帶一些，也請大家吃。」

湯城還是那樣，頭也不抬，「嗯」一聲算是回答了。

下午，衙門冷冷清清的，湯城和莊瑞還是在下棋，雖然總是以吵架結束，葉翠娘則是靠在椅子上暈暈欲睡。

李清珮總算知道為什麼她要入都察院，王總管不同意了，這裡就沒有一個認真做事的人，都是在混日子。

李清珮壯志凌雲地進了都察院，晚上就灰溜溜地回來了，腦子裡還是葉翠娘的話。「早些年的時候，有人來告一個葉縣的縣令，說他貪贓枉法，結果咱們莊大人去了，證據確鑿，誰知道那人是廖北廖大人一個門生的娘舅，人雖然給辦了，但是那之後，廖大人就天天給莊大人穿小鞋，莊大人氣不過，給皇上摺子，可是皇上一年中有半年都病著，事情都是幾位閣老處置，誰也不願意得罪廖閣老，就這樣找藉口罰了莊大人一年的俸祿。」

李清珮覺得自己真是過於天真了，這朝廷竟然腐敗到如此地步，一個可以和六部並稱七卿的都察院，居然如此蒼白無力。

李清珮無精打采地去了幾天，後面也跟著葉翠娘一起打瞌睡，至於要查以前官職的名單，想都不用想了，這幾年根本就沒管理檔案，真要調檔肯定要去吏部，可是吏部根本就沒人給他們這個面子。

這天早上，李清珮正和葉翠娘一左一右地打瞌睡，忽然間聽到腳步聲，進來一個內監模樣的人，笑咪咪地問道：「誰是李清珮李大人？」

李清珮一下子就有精神了。「下官是。」

那人聽了越發笑得和藹，道：「李大人，奴才是奉禮部尚書孔大人的命令來請李大人。最近司正的熊大人病了，沒人可以頂上，想請李大人去幫忙。」然後扭過去看莊瑞，道：「莊大人，您會同意放人吧？」

莊瑞用袖子擋住棋盤，聽了這話，裝模作樣地捋了捋鬍鬚，說道：「既然是孔大人的吩咐，那自然照辦。」又對李清珮說道：「李大人，妳要好好幹，不要給我們都察院丟臉。」

李清珮並不知道事情怎麼這樣，但想著應該是和趙璟有關，便乖乖地跟著那內監一同入皇宮。

看著巍峨雄偉的皇宮，一想到趙璟就在這裡，李清珮突然間激動了起來。

馮婉賢在家裡把李清珮會試的文章反反覆覆地讀了，越讀越是心驚，李清珮的字和詞句，甚至是引經據典都不如她的好，不過與會試名落孫山的人相比還是好上一大截。

而她的文章……

馮婉賢不想承認，但是她心裡竟然有些敬佩李清珮，後來聽說李清珮去了都察院，直接就坐馬車到秦王府。

馮婉賢哭道：「姊姊，我要去都察院！」

馮婉貞最近很是得意，之前誕下麟兒讓秦王很歡喜，就連名字也是皇帝親自取的，後來妹妹馮婉賢得中榜眼，雖然不是狀元，但是她才十五歲，已經十分難得了。

「不是已經任命妳去翰林院？」

馮婉賢垂下眼瞼，怕讓姊姊看到自己的情緒，嘟著嘴道：「我不管，反正我要去都察院。」

正在這時候，門外傳來一聲冷清的男聲。「誰都知道如今的都察院不比以往，將近十年沒有建樹，妳去了不過就是屈才而已，還不如在翰林院慢慢積累資格。」

秦王風塵僕僕地走進來，臉上帶著幾分疲憊，顯然是剛從宮裡回來。

馮婉貞一臉的驚喜，起身說道：「王爺，您回來怎麼也不打聲招呼？」說完就要給秦王更衣。

秦王擺了擺手，坐在屋內的太師椅上，喝了一口溫茶，道：「馬上就要入宮，不用這般麻煩了。」然後把目光對準馮婉賢。「賢妹是怎麼想的？」

馮婉賢一直都很崇敬秦王，覺得瞞得住別人但是肯定瞞不住秦王，扭捏了下，說道：「我聽說李清珮去了都察院，她能去，我憑什麼不能去？」

一旁的馮婉貞聽了臉色立時就不好看了，哆哆嗦嗦地說道：「妳說的李清珮是……難不成她中了狀元？」

馮婉賢這才愧疚地低下頭，因為怕惹姊姊不高興，她一直都沒說誰當了狀元，姊姊又沒刻意去打聽，自然不知道。

秦王沈吟了下，說道：「也好，賢妹如果真想去都察院，也可以歷練一番。」

「多謝姊夫。」馮婉賢很是高興。

馮婉貞的臉色卻有些難看，她一直都想忘掉李清珮這個人，但是她的容貌總是成為她心中的一根刺，讓她心裡極為不舒服。

誰知道秦王拋棄的侍妾竟然拿到了狀元，這到底是怎麼回事？

而這時候的馮婉賢根本不知道，李清珮已經臨時調任到司正。

第五十八章

按道理司正的位置應該在皇帝的寢宮附近，方便陛下傳召，但是皇帝身子骨兒不好，便從靠近太和門的乾隆殿搬到靠近御花園的景陽宮，但是司正並沒有搬遷，還是在原來的武英殿旁邊，內閣就在武英殿裡。

李清珮一大早就到宮門口遞了玉牌，等入了宮就被帶到武英殿旁邊的崇西閣。

司正的人並不多，算上李清珮也就四個人，其中有個人剛好告了病假，讓李清珮頂替。但其實所有人都知道，這是孔秀文愛惜自己的門生，嫌棄都察院的冷清，特意調她過來，李清珮來了就不會走了，反正司正也沒有規定到底是幾個人。

大家對這種事早就司空見慣，唯獨一樣，據說這位李清珮不僅是難得一見的美人，更曾經是秦王的寵妾。

有鄙夷的人，有好奇的人，同樣也有帶著幾分躍躍欲試想要一睹風采的人。

李清珮今天穿得規規矩矩的，還是一身最低品階的綠色官袍，戴著黑色的紗帽，小臉素淨，連脂粉都沒有搽，一開始因為郭氏的話，說穿衣打扮耽誤時間，再後來就是習慣如此了。

只不過就是這般模樣，也遮擋不住她出眾的容貌，一路跟著小內侍行來，少不得被人打量。

等李清珮坐定，幾個人相互介紹，年紀最大的叫溫顧源，還有兩個和李清珮年紀相仿，一個叫夏息，一個叫居一正，三個人都是在翰林院。

這邊不像都察院那般冷冷清清，每天十分忙碌，按照內閣的意願擬旨，而內閣則是聽從皇帝的命令——當然，現在則是睿王的話。等擬旨之後就送回內閣，再有內閣官員送到睿王前面蓋上皇帝的印章，再由內閣首輔附簽，再往下由六部審查……

李清珮聽完頭都大了，原來一道聖旨居然要經過這麼多道程序。

見李清珮認真聽取的模樣，溫顧源溫和地笑了笑，道：「慢慢學吧。」又指了指旁邊在磨墨的兩個人。「我一會兒要出去給大人送文書，你們誰帶李大人去認識環境？」

夏息長得白白淨淨，中等個子，笑起來頗有些靦覥，倒像是女孩子似的；居一正則人如其名，方臉，濃眉，一雙闊耳，看起來極為剛正不阿，從李清珮到來，他就黑著一張臉，這會兒冷哼一聲，只當沒有聽見。

夏息見他這般，有些尷尬地咳嗽了下，溫和地說道：「顧大人，這幾天就由著我來帶李大人吧。」

「我們司正已經好幾年沒來過女官了，你要愛惜著點，別什麼髒活、累活都讓她去做。」顯然孔秀文已經和溫顧源打過招呼了，他對李清珮一直都很照顧。

李清珮道：「不礙事的，要做什麼，您儘管吩咐就是了。」

這話倒是讓居一正多看了李清珮兩眼，只是很快就低下頭來，開始草擬文書。不僅是聖旨，還有許多文書，都是由他們司正來寫——說白了，司正就是內閣和皇帝的秘書室。

夏息不僅性情溫和，做事也比較細膩，很認真地幫李清珮介紹平日要做什麼，不過一邊忙、一邊說，很快就到了中午。

李清珮很自覺地拿出食盒，在都察院養成的習慣，公廚的東西實在太難吃了，感覺就是豬食。

夏息尷尬地看了眼李清珮，笑著說道：「我早就聽說都察院裡的飯菜不好，想來李大人也是深受其害。」指了指外面行色匆匆的人群，道：「不過我們司正卻不一樣，這邊有個小廚房，專門管著司正、內閣的飯菜，味道雖不說極為美味，但也是尚可入口。」

李清珮尷尬地把食盒收回去，夏息忍不住笑了笑，眉眼彎彎的，沒讓人覺得厭惡，反而是有種可愛的感覺。

「我不是要取笑李大人。」夏息怕李清珮誤會，馬上解釋道：「還請李大人不要誤解了。」

李清珮搖頭道：「沒有，夏大人這模樣，倒是讓下官想起了自己的弟弟。」

夏息露出很無奈的神色，道：「李大人，我今年已經二十有六了。」那意思就是我比妳大。

「小夏呀，怎麼又被人認作弟弟了？」旁邊傳來一聲爽朗的聲音。

李清珮抬頭，看到一個十分英挺的年輕男子，穿著一件藍色的官服，打著五品官員的補子，正一臉驚豔地看著李清珮。

李清珮對這種目光早就司空見慣，道：「這位是？」

夏息狠狠瞪了眼那男子，說道：「這是內務府的程游，程大人。」

三個人說說笑笑一起去公廚，倒是和現代一樣，有很大的公用餐廳，但是不需要自己去打飯，按照部門坐好。程游很想坐在李清珮的旁邊，卻被夏息毫不留情地趕走了。

夏息怕李清珮誤會，說道：「李大人，我們這裡已經許久沒有女官了，李大人又是這般的容貌，大家看到不免有些激動。」

李清珮卻緩緩低下頭來，帶著幾分自嘲道：「我還當自己曾經的侍妾身分，大家都知曉了。」

正好有侍從送上飯菜，很是豐盛，四碟涼菜，八碟熱菜，還有一碗湯，一碗羹，主食是米飯和煎得金黃的烙餅，因為官員裡也有許多人喜歡吃麵食。

李清珮看到這些飯菜，再對比都察院裡的水煮馬鈴薯和半生不熟的米飯，簡直想哭，這待遇也差太多了吧？

夏息見李清珮一臉激動的模樣，還以為剛才那句話傷到她了，斟酌了下，道：「李大人，不是誰都可以進司正的。」

李清珮正要去挾亮晶晶的水晶蝦仁，聽了抬頭，看到夏息露出難得嚴肅的模樣，忍不住把筷子放下來，乖乖地正襟危坐，像一個好學生。

夏息看到李清珮盯著自己，透過窗櫺的陽光下，她膚色白如凝脂，遠山黛眉，櫻口瓊鼻，當真是清麗脫俗，一時臉紅，只好咳嗽了下，才穩住心神，說道：「李大人來之前，孔閣老就拿了李大人的文章過來叫我們讀過，我不知道旁人，但是我對李大人的見解頗為認同。」

李清珮原先認為，睿王給孔秀文下了旨意，然後讓孔秀文把她安排進入司正，別人會認為她走後門而在心裡瞧不起她。

「所以請李大人不要妄自菲薄。」夏息遞調羹過去給李清珮，道：「我殷切期盼，李大人能施展自己的抱負，成為國之棟梁。」

李清珮握著調羹，瓷器接觸到皮膚有點涼涼的，她心裡有種說不出來的滋味。雖然一路上艱辛，也被人當眾在朝堂上嘲諷過，但是她遇到的人，更多是像夏息這般正直的人，只要你有真才實學，都願意真正的尊重你。

李清珮一時有些百感交集，覺得自嘲的自己才是太小氣了，真誠地朝著夏息笑了笑，道：「多謝夏大人。」

這一笑，明媚如清晨初升的太陽，又嬌豔如夏季絢爛的花朵，朦朧如夜色中的下弦月，一下子就擊中了夏息，在他心中激盪起巨大的波浪來。

不只是夏息，正側頭打量李清珮的人，又或者偷瞄的人，還有帶著鄙夷審視李清珮的人，這一刻都被她的美震撼住。

坐得最近的程游甚至喃喃說道：「北方有佳人，風姿絕世，亭亭玉立，回眸一望能傾覆城池……」

李清珮和夏息吃完飯回去後，卻有個穿著紅色官袍年約四旬的男子，忍不住搖頭，對一旁的人說道：「先帝早就說過，女子還是應該在家中生兒育女，孝順父母。這新狀元，委實有些不像話，那行動做派，不像是個正經人。」

大家明白，就差說她像妓子了。

說話的這人也是閣老，叫王廷見，是廖北那一派系，自然和孔秀文不和，看李清珮不順眼也是正常。但王廷見輕視女官，極力主張取消女子科舉，這是大家都知道的。

李清珮當然不知道這些，估計就算知道了也無所謂，她早就做好準備接受這些非議。自從和夏息談開之後，李清珮就越發認真努力，每天都是最早一個到的，按照幾個人的喜好泡好茶水，整理卷宗，就連一直對李清珮頗有微詞的居一正也開始正視起她。

不過，李清珮一直都沒見到趙璟，皇帝的病原本說拖不過三、四天，後來李昌榮又研製出新藥，竟然把病情給穩定住了，但是時好時壞，拖得侍疾的太子也病了起來。

此外，趙璟一直擔憂的事情終於發生了，北邊幾個州府顆粒無收，爆發出難民潮，為了處理這些，政務就更忙了。

第五十九章

這一天，李清珮下衙，正要出宮，突然看到穿著同樣綠色官袍的馮婉賢站在她的前面，眉毛都擠成一團，顯得很是憤怒，怒氣沖沖地說道：「李清珮！」

「是妳？」李清珮打量著馮婉賢道：「馮大人到此，是為何事？」

馮婉賢原本很理直氣壯，想著自己不顧都察院的冷清，好不容易調任過去，結果李清珮竟狡猾地跑來司正，在眾人豔羨的宮裡當差，讓她不由得怒火中燒。只是真正到了這裡，見到李清珮，她忽然就有些沒底氣了。

李清珮見她磨磨蹭蹭的也不說話，很是厭煩，正好見到李念趕馬車過來接她，便甩袖子道：「如果馮大人是來理論狀元的事情，恕清珮無法奉陪，這件事早就在殿試那天有了定論，馮大人要是覺得不公，可以上摺子彈劾本官。」

李清珮上了馬車，坐在車轅趕車的李念問道：「姊姊，那個小丫頭是誰？」隨即看到馮婉賢身上的官袍，道：「了不得，看著不過比我大個一、二歲竟然已經是官老爺了。」

李清珮道：「她是馮婉賢。」

「是她？」

李清珮怕家裡人擔心，從來不會把外面的事情拿回去說，特別是在殿試時被馮婉賢爆出侍妾身分的事情，但是李念如今在外做生意，也早就把店鋪開到京城，人來人往的，很自然就聽說了這件事。

李念恨恨地說道：「年紀小小的，倒是狠心腸。」

兩個人一同往回走，李清珮透過窗戶，看到馮婉賢還是站在原地，但是背影似乎帶著些許沮喪和委屈，她忍不住搖頭暗笑，肯定是自己想多了。

且說最近司正特別忙，睿王當攝政王之後，雷厲風行，把積壓許久的摺子都批覆了，再按此下旨意。

其實廖北是內閣首輔，許多摺子之前都由他領頭處理，但是很多敏感的事情還是需要皇帝首肯，在這一點上，廖北顯然是一個非常謹慎的人，最怕被人逮到錯處，所以就積壓了不少事情。

因為公務繁忙，連李清珮這個新手都開始跟著寫文書了。

這一天，李清珮一大早過來，天氣已經轉涼了，寒風呼嘯著吹進巍峨的皇宮裡，上面發了夾棉的官袍，還要披著一件毛料斗篷，才能在沒有點著炭盆的屋內做事。

李清珮握著筆，覺得寒氣從鋪著青石磚的地板湧上來，讓她哆哆嗦嗦得把字都寫歪了。

居一正見了，忍不住冷哼道：「這是今天第幾張寫廢的御宣？」搖頭把那御宣紙丟了，又道：「李大人，妳知道這一張御宣是花費了朝廷的銀子嗎？妳知道外面現在遍地都是災民，這一張御宣就可以供一家老小過一整年。」

御用的紙張是特製的，一張就要五兩銀子的成本，十分昂貴。

入冬之際，許多災民湧入京城，睿王吩咐順天府在城外圈出一塊地方來，搭建臨時的帳篷，還施粥賑災，一開始只是幾千人，後來則是湧入幾萬人的災民……

只是國庫空虛，糧倉不滿，已經有些捉襟見肘了，誰都不知道能撐到什麼時候。許多宮內用度都減少了，往年提早就發放的銀霜炭，到現在都沒下來，也怪不得還沒點炭盆。

李清珮聽了這話，很是愧疚地起身說道：「居大人，是下官錯了，下次一定會小心。」

居一正看都不看李清珮，推開她，道：「簡直不堪大用，妳去那邊坐著吧，這邊我來寫完。」

李清珮皺眉，待久了，她發現居一正就是典型的大男人主義，他覺得女人就是應該在家裡生兒育女，孝敬父母，不應該拋頭露面，很是不齒李清珮曾經委身為妾，還出來參加科舉的行徑。

居一正如果純粹瞧不起女人就算了，他卻不是小人，總會替李清珮大包大攬，幫忙她該做的事情，什麼力氣活也都自己來，弄得李清珮不知道該說什麼好。

正在這時候，夏息領著溫顧源走進來，兩個人都披著斗篷，上面已經沾染了雪花。

坐在椅子上，溫顧源一邊撣著衣服上的雪花，一邊對著居一正說道：「居大人，李大人好歹是攝政王欽點的狀元，你也看過她寫的文章，說寫得很出眾，怎麼就這般冷言冷語的？咱們以後要在一起共事，不要傷了和氣。」

居一正聽了，忍不住道：「溫大人，你也沒跟我說那是李大人的文章呀。」那意思就是他在看文章之前，不知道是出自一個女狀元。

「你還來脾氣了？」溫顧源說著話，接過李清珮遞過來的熱茶，溫和地對李清珮說道：「多謝李大人，最是喜歡妳泡的茶水了。」

居一正見了還要說話，卻被夏息按住手背，夏息使勁朝著他使眼色，道：「溫大人說得是，大家一起共事，要和和氣氣的，整天吵嘴像什麼樣子？被人嗤笑跟市井村婦一般。」

夏息為人和善，和所有人都相處融洽，又與居一正關係很好，居一正這才隱忍下來，又低下頭寫起文書，只是顯然還是不服，寫得又快又急。

李清珮發現哪裡都有派系，溫顧源和夏息是孔秀文那一派，而居一正是廖北那一派。怪不得居一正總是不服且有膽子反對她，也敢跟溫顧源這個上司頂嘴，畢竟他後臺硬。

溫顧源喝了茶水，緩了一些，才道：「李大人，妳來了不短日子了，剛才景陽宮裡睿王殿下要找人下旨，這次就由妳過去吧。」

李清珮粗粗算了算，已經有小半個月沒見到趙璟了。以前不在宮裡並不知道趙璟在忙什麼，等她到了司正，每天看著那些文書，旨意如流水一般頒布下去，才知道趙璟有多忙碌。

「下官可以嗎？」雖然很想見趙璟，但是李清珮還是忍不住問。

溫顧源很是和藹地笑，道：「有什麼不可以的，李大人這些日子做得很好，上手非常快，本官都看在眼裡，再說，這次可是睿王特意點了李大人的名字。」

所有人都知道李清珮這個狀元是睿王拍板的，有些不知道內情的人都說，睿王常年單身，一個鰥夫日子過久了，見到李清珮這樣一個傾國大美人，就搞不清東南西北，也不管是不是做過妾，就直接點了狀元。

當然這不過是私底下不靠譜的謠言，但是也說明李清珮被睿王看中，是他愛惜的官員。睿王欽點李清珮過去寫旨，也是意料之中。

出了門，外面果然已經下起初雪，不到片刻，整個皇宮都籠罩在一片白茫茫之中。

李清珮上了轎子，從武英殿到景陽宮可要橫穿整個皇宮，不坐轎子估計要走好幾個小時。

李清珮一路上很是忐忑，想著自己寫了一上午的文書，別是臉上沾染墨汁，又想著早知道今天要見到趙璟，就不應該穿這麼肥大的夾棉官袍，原本衣服就偏大，還是夾棉的，顯得極為臃腫。

一路上東想西想的，很快就到了景陽宮。

大趙皇家子嗣單薄，原本按照三宮六院關建的皇宮，其實根本住不滿人，更不要說當今皇帝只有一個皇后，許多宮殿都沒有人住，自然就顯得空盪盪的，還好到了景陽宮，這才看到內侍、宮女，人來人往的，帶出幾分鮮活勁。

李清珮剛下轎子，就在宮門口看到一大群人簇擁著一個穿著蟒袍、戴著翼善冠的英挺男子威風凜凜地走過來。

那男子看到李清珮的時候腳步一頓。

李清珮覺得對方的目光灼熱得有些難受，忍不住抬頭，來人正是許久未見的秦王。

李清珮顯得很是坦蕩，得體的微笑，優雅的行禮，道：「下官見過秦王殿下。」

秦王深深看了眼李清珮，臃腫的官袍也遮擋不住她身上的光芒，這個女子就像是一顆璀璨的寶石散發著自己的光彩，比起以前在秦王府，打扮精緻、溫順可人的侍妾，現在這一身肅穆的官袍、自信的神色，似乎更適合她，耀眼得讓他移不開目光。

秦王的內心說不出來什麼滋味，一時五味雜陳。

第六十章

和秦王的見面，對李清珮來說，不過就是一個偶然的碰面，最多只是感嘆一下雖然過了一年，人還是那樣英挺，除了這些倒沒有別的了，其實這會兒她滿腦子都是睿王，哪裡還有心思想別的。

等她來到景陽宮外的偏殿，守門內侍進去通報，不過一會兒就回來說道：「李大人，睿王殿下叫您進去呢。」

跨過門檻走進去，她就看到鋪著金磚的廳堂，靠窗擺著一張大案桌，後面是一排書架，顯然是臨時搬來的，那書架只有兩排，另一邊用落地罩隔開，隱約可以看到一張可以睡覺的臥榻，以及漱洗臺。李清珮估計這裡就是趙璟的臨時住處。

原本那一點點因為思念而見不到的埋怨，在看到趙璟這般的住處，立時就釋然了。據說，皇帝的病情反反覆覆的，趙璟沒辦法離開太久，這才臨時住在這裡，原以為只是暫待幾天，想著將就一下，誰知道皇帝竟然堅持到現在。

趙璟坐在大案桌的後面，前面擺著高高的卷宗還有摺子，幾位內閣大人都在，廖北和孔秀文皆坐在大案桌前面的太師椅上。

幾個人正激烈地討論著什麼，李清珮不敢這時候打擾，只好站在旁邊，很自然就聽到他們吵架的內容。

「湖廣運來的糧食為什麼還沒到？那漕運是誰在管著？」趙璟顯然很是生氣，大聲地說道：「城外幾萬的災民，馬上就沒有糧食過冬了。」

廖北露出幾分冷淡的神色，道：「王爺，這件事可不是我管的，您不是吩咐了孔大人去監管？再說那個漕運總督可是孔大人的門生，要真有個什麼，您還是問孔大人更清楚一點。」

孔秀文額頭上立時就冒出細密的汗珠子來，顯然很是緊張，直接就跪在地上，道：「王爺，微臣有罪，那糧食原本已運到臨州，卻遇到了一夥江匪，糧食被劫走一大半，船也都被燒掉了。」

趙璟皺眉，道：「你今日說有要事稟告，就是這件事？」

孔秀文羞愧地低下頭來，道：「正是，微臣也是剛剛得到的消息，微臣有罪！」

趙璟深深嘆了一口氣，向後靠在椅背上，雙手抱胸道：「到底是什麼樣的江匪，竟然連朝廷的糧食都敢劫持？難道他們眼裡就沒有王法？」又問：「那剩下的糧食什麼時候能運過來？」

「漕運總督王克晨親自去監督，已經換上新船，只是因為耽誤了時間……還要半個月的時間。」孔秀文回道。

這次為了調集糧食，幾乎用盡國庫最後一點銀子拿來賑災。

趙環早就預想到會有災民，如果按照計劃，那些糧食足以應付北邊這些老百姓一整個冬日所需；只是誰想到會遇到江匪，明目張膽地來搶朝廷的官糧，可見整個朝綱已經衰敗到什麼地步。

趙環擺了擺手，道：「孔大人，你先起來吧。」然後又補了一句。「你自然是罪該萬死，但如今朝廷正是用人之際，還望孔大人戴罪立功，不可再輕忽。」

廖北微不可見地努了努嘴，顯然有些不滿，卻也沒有說什麼。

一旁有人去扶孔秀文，他這才顫顫巍巍地站了起來。

趙環想到有人在他的眼皮底下搶官糧，頓時怒不可遏，狠狠地拍了拍案桌，發出清脆的響聲，道：「只是這些江匪不可輕饒，唯有以牙還牙！」又說道：「你們說，朝中派誰去剿匪合適？」

李清珮不過站了一會兒，就看到趙環連續處理好幾件事，心想當一個攝政王真是不容易，她眼睜睜瞧著那杯茶水從剛沏好，冒著熱氣，到了後面已經沒有溫度。

還是孔秀文第一個發現李清珮。其實他一早就知道李清珮來了，但是剛才事情一件接著一件，實在是沒心思理會，正好趁著手頭上所有急事都處理完，這才轉頭喊道：「李大人？」

李清珮趕忙走過來，行禮說道：「見過王爺，見過眾位大人。」

李清珮看到趙環望過來又很快低下頭去看桌上的摺子，他目光裡毫無溫度，就好像真的是陌生人一般，她心裡一時說不出來的失落。

孔秀文朝著她笑了笑，指著一旁小一點的桌子，說道：「那上面有王爺寫的的草稿，妳再重新潤色一番，然後起擬旨意就行了。」

李清珮恭敬點頭，這才走過去，卻也不敢坐著，站著提筆開始寫了起來。這些日子以來，李清珮已經寫了很多公文，對此很是駕輕就熟。

李清珮一開始還覺得有些緊張，總覺得自從她進來後，裡面的人總是會時不時打量她，不過一忙碌起來，她很快就忘記周遭一切，認真地書寫起來。這時候沒有電腦打印，錯了一個字就要重新寫，浪費心力，浪費紙張，很是勞累，所以分心不得。

等李清珮寫完，已經是晚上了，她忍不住舒一口氣，一回頭卻發現屋內只剩下她和趙璟兩個人，而趙璟正靠在椅背上，含笑望著她，好像她的一舉一動、一顰一笑，都讓他十分愉悅一般。

李清珮一時臉紅，卻還是嬌嗔地說道：「孔大人他們呢？」

趙璟起身走過來，從身後環住李清珮，回答道：「早就是下衙的時間了，妳當他們是鐵打的人，整天不吃不喝的？」

灼熱的呼吸吹拂在耳邊，讓她心跳也快了起來。

趙璟道：「狠心的丫頭，也不說來瞧瞧本王，到了時間就下衙，每次本王忙完想要去找，卻只看到空盪盪的房間。」

李清珮這才知道，趙璟竟然來找過她。

這時候，突然間聽到外面傳來重重的咳嗽聲，趙璟臉色一沈，深吸了好幾口氣，這才穩住心神，親自給李清珮整了整衣衫，這才說道：「何事？」

外面傳來王總管的聲音，道：「王爺，太子殿下說一會兒找您，有事相商。」

果然過了一會兒，太子就無精打采地走進來，一進來見到屋內只有兩個人，頗有些詫異，但是見李清珮全神貫注地執筆，想著是司正的人，應該是給睿王擬旨，便收了心思，徑直朝著睿王而去。

「叔爺爺，父皇這幾日昏睡得越來越多。」太子說到這裡忍不住落下淚來，哽咽地說道：「李御醫說恐怕也就是這兩天了。」又道：「這次真的，李御醫新開的藥也不起作用了。其實原本就說，那方子乃虎狼之藥，極為凶猛，治不好父皇，只是讓父皇多在人間留幾天而已。」

太子說到後面，幾乎已經沒有聲音，這一刻他不是什麼大趙的太子，不過是即將失去父親的孩子，痛苦而難耐。

趙璟其實並不贊同用那個方子，他覺得皇帝如今這破敗的身子，強行挽留，只有痛苦，還不如乾脆走了，也是個解脫，但是對於太子等人來說，哪怕多活一天也是好的。當然這不代表他不傷心，只是身為旁觀者，更為理性看待而已。

趙璟見太子哭得這般傷心，也跟著落下淚來，卻還是強撐著安慰許久。

最後談到後事，太子說道：「叔爺爺，我想親自寫訃告。」趙璟聽了，對著李清珮說道：「妳去把陛下的起居注拿來。」又對王總管說道：「你領著李大人過去吧。」

李清珮趕忙起身，跟著王總管一同出來。

原本皇帝的起居注是單獨保管在文史館，且不會給皇帝過目，只是後來不知道哪個皇帝起了頭，壞了規矩，因此現在的起居注，其實都是按照皇帝的意願，只寫好的，不寫壞的，如果只看起居注，每一個皇帝都是賢明的君主。

不過想要寫訃告，肯定是要把一些事情記錄下來，所以需要起居注。

李清珮到了文史館，那內侍卻問她要哪一年的，李清珮這才知道，起居注從每日吃什麼、做什麼，都事無鉅細地記錄下來，皇帝十一年當政，幾乎有好幾車的起居注了。

李清珮一時有些傻眼，那人不耐煩地說道：「妳去問清楚再來吧。」

王總管皺眉罵道：「這是太子殿下吩咐的，你耍什麼滑頭？」

那內侍卻傲慢地說道：「又不是不給，少拿太子殿下來壓人。」又指了指東邊的櫃子，道：「精簡版的起居注在那邊的櫃子裡，自己去拿！」說完就靠在椅背上，閉上眼睛，一副不願意搭理的樣子。

王總管有些生氣正要說話卻被李清珮攔住，她已經見識過宮人的傲慢，完成差事要緊，實在沒工夫吵架。

兩個人一同來到東邊的櫃子前，李清珮很快就看到放得整整齊齊的五本精簡版起居注。李清珮一拿起來，看到最下面放的是先帝孝宗皇帝的起居注，書鼓鼓的，有些奇怪，她打開看了下，看到一頁夾著畫著蘭花水墨畫的書籤，那書籤沒有放平，這才鼓出一大截。

拿開書籤，李清珮有些好奇是什麼內容，讓史官一定要特意拿書籤標記，便順手瞧了一眼，看到有一段內容用朱筆劃線，寫的是天順七年春，孝宗皇帝病危，連著三日昏迷不醒，太子趙健——就是如今的皇帝，在旁侍疾，並代為處理政務。

倒沒什麼新奇的內容。

李清珮滿心思都在皇帝的起居注上，用錦緞包好書，來到內侍跟前寫好借條，這才出了門，回到景陽宮。

太子看到起居注，很是傷感，一邊翻著、一邊和趙璟說起皇帝這些年的作為，說幾句就哽咽。

趙璟少不得跟著一起嘆氣，皇帝到底也努力過朝政，只是想起如今敗壞的朝綱，連小小的江匪都敢劫持官糧，他有些茫然，當初孝宗皇帝想讓他繼承大統，是不是應該接受？

如果是那樣，皇帝雖然會有些埋怨，但不會被國事拖累，還能多活一些日子，朝政也不會變成如今這般，連賑災的糧食都拿不出來。

不過，這些想法是短暫的，很快地趙璟就意識到，這件事要處理到很晚，他不想讓李清珮跟著熬夜。

「李大人，今日辛勞了，就先回去吧。」

李清珮很是不捨，卻也知道今日估計沒什麼機會了，恭敬地說道：「殿下，那微臣告辭了。」

第六十一章

李清珮回去得晚，家裡備好的飯菜都已經涼了。

郭氏不是嘮叨的性子，卻還是忍不住說道：「看來以後要把三叔找回來了，專門給妳趕車。」然後說起最近災民的事情。「一些人總有門路混入城中，前面幾家說已經有竊賊偷糧食，世道開始亂起來了，妳夜裡一個人回來，娘實在是不放心。」

因為整個北地受災，京城人心惶惶，糧價暴漲，也多虧李清珮之前買入不少，他們家倒是不愁，但許多貧戶都是吃多少、買多少，如今米價暴漲，已經是平時的三倍——這還是睿王下旨，不讓它繼續漲價，許多人家仍捉襟見肘，日子過得拮据。

李清珮已經在路上遇到好幾次，餓得臉色發黃的孩子當眾偷東西。

想到這些，李清珮就覺得有些難以下嚥，她以前總認為當局者都是比平常百姓還要聰明的人，不會發生蠢到不可思議的事情，但是等她在皇宮裡做了一陣子的差事，她就發現，皇帝常年沒有監管，朝廷內結黨營私，朝綱混亂，疏於管制，很多事情都令她覺得不可思議，比如堂堂大趙竟然拿不出賑災的糧食，已經是初現破敗之象了。

又想起今天晚上太子談起皇帝的功德，她忍不住嗤之以鼻，在位十年，卻下江南七次之多，只因為南方氣候溫暖，對皇帝的病情好，結果每一次下江南就要損耗幾百萬兩的銀子，一路上還重新修路，可謂怨聲載道。

而太子呢？為了祈願皇帝長壽，不斷修建寺廟，大行佛法，其鋪張浪費程度簡直叫人瞠目結舌。

據說朝廷欠許多官員俸祿好幾年了，這些上位者有錢大肆做佛法、做金身，卻沒有錢給官員和衛所的兵士發糧餉。

官吏們拿不到俸祿，兵士拿不到糧餉，就只能自己找門路，都不正經做事，哪裡還有朝廷的律法在？

李清珮嘆氣，頓時就沒有胃口，匆匆吃了兩口，就跟郭氏道晚安，漱洗一番就上了炕。

今天下了初雪，郭氏已經燒了暖炕，她躺在溫暖的炕頭上，翻來覆去地想著，如今大雪，外面那些災民會不會凍得受不了？又想到趙璟今天拍桌子生氣的事情，他身上擔子真重，要一肩扛起這樣破敗的朝政……

孝宗皇帝雖然排斥女官，但是倒也有些能力，他在位的時候也沒有像如今這般亂象叢生……

忽然間，想起今天看到的起居注，她睜開了眼睛。

如果沒記錯，那上頭記載的正是孝宗皇帝下聖旨滿門抄斬穆氏一族的時候。

大半夜的，李清珮只覺得有些寒毛直豎，她坐起來，神色凝重，反反覆覆想了好久，把事情捋了一遍又一遍，越想越覺得這就是隱藏在歲月中的真相。

這一天晚上，她怎麼樣也沒辦法睡著，越想越覺得這天家當真是沒有人情可言，實在可怕。

臨到凌晨，她才迷迷糊糊打了一個盹，精神萎靡地去宮裡。

夏息看到李清珮這樣一個大美人頂著黑眼圈，頗有些好笑，還以為昨天第一次當差太過緊張，安慰道：「李大人，睿王殿下雖然嚴謹仔細，卻不是苛刻之人，妳大可不必這般緊張。」

一旁正在寫文書的居一正，嗤一聲，明顯在嘲弄李清珮難當大任，道：「李大人，下次本官替妳去吧。」

要是往常，李清珮總要回嘴幾句，但今天滿腹心事，無心和居一正鬥嘴，她沈默下來，滿腦子都是想著一會兒要用什麼藉口去找睿王，又或者到底要不要告訴他？

居一正看了眼無精打采的李清珮，沒有像往常那般嘴尖舌巧地回擊，想著到底是女子，生出幾分憐惜的心思來，道：「既然害怕，又何必來做官？在家裡做女紅，照顧孩子，豈不是更好？」

李清珮氣得快吐血了，終於忍無可忍，瞪著居一正，義正詞嚴地說道：「居大人，不只是男子嚮往憂國忘家，捐軀濟難，女子也想不惜一死，詣闕上書，勇於言事。」

居一正紋絲未動，繼續寫字，頭也不抬，只當沒有聽見。

李清珮氣得牙癢癢，只要她反駁兩句，居一正就一副「我一個堂堂七尺男兒不跟妳一個婦人計較」的神態，比真正跟你對峙，還要氣人。

這個時候，外面傳來一道尖細的聲音。「李大人在嗎？」

來者是一位內侍，傳達睿王的口信，讓她去景陽宮，繼續昨天沒寫完的聖旨。

李清珮心裡想著，不用她找藉口了，收拾了下東西，就跟著內侍去景陽宮，因為是第二次來，熟門熟路的，沒有第一次那般小心翼翼。

趙璟穿著一件玄色底金線繡著游龍的蟒袍，頭戴翼善冠，皺著眉頭跟內閣首輔廖北商量事情，顯然也是沒睡好，眼下有些暗沈，只是他出身尊貴，即使在外也是眾人矚目的對象，這會兒在宮裡無所顧忌，整個人氣場全開，有種威嚴天成的肅穆。

李清珮注意到，曾經提議讓秦王當攝政王的內閣首輔廖北，這會兒也是恭恭敬敬的，沒有一絲不耐和敷衍。她又想起皇帝堅持讓趙璟當攝政王的事情，果然也是有緣由的，趙璟要比秦王更合適這裡，能鎮得住場子，讓人信服。

趙璟看到李清珮，先是一愣，不過很快就恢復了從容，徐徐道：「今日又要煩勞李大人了。」

之後李清珮還是按照昨日那般，老老實實地寫文書，寫得忘我，忽然看到王總管行來，端了一杯茶水放在旁邊，悄聲說道：「李大人，瞧著您這模樣，昨天也沒有睡好，喝杯參茶補一補吧。」

李清珮喝了一口，覺得有點甜，往常她都嫌參茶有一股怪味，其實她就是不習慣人參的味道，趙璟就會在她的杯子裡放糖。她想著，這定然是趙璟的主意，忍不住扭過頭去看趙璟。

趙璟像是感應到李清珮的目光一般，抬頭望了過來，兩個人遠遠對視，李清珮朝著他甜甜地笑了起來，趙璟一時恍惚，好不容易克制住心神，耳根一紅，輕咳一聲，低下頭來繼續跟廖北議事。

到了中午，趙璟終於騰出時間，便找藉口讓李清珮一同用膳。飯菜很是簡單，兩碗羊肉湯麵加幾碟小菜。

趙璟解釋道：「最近減了許多用度，反正按規矩上菜，幾十種，總是吃不完，想著不要浪費了。」他把切好的醃火腿往李清珮跟前推了推，道：「妳不是很喜歡吃這個嗎？多吃點。」

這會兒能吃上羊肉就已經不得了了，再說李清珮也不是那嬌貴的人。

「沒吃過宮中御廚的手藝，倒是要好好品一品。」司正的小廚房大多是御廚的徒弟，不算真正的國手。

趙璟溫柔地看著李清珮，忍不住握了握她的手，這才放開。

兩個人難得一起用膳，時不時相視一笑，即使最平常的相處，也是這般令人愉悅。

李清珮忽然想起昨天發現的事情，又覺得心事重重。

趙璟知道了會怎麼想？

趙璟自然看出李清珮有些不對勁，等用膳之後一起喝茶，這才問道：「瞧妳有心事的樣子，到底是何事？難道不能對本王言明？」

李清珮看著趙璟清亮的目光，忍不住嘆了一口氣，握住他的手，道：「王爺，我說了，您可別生氣……」

趙璟卻誤會了，略有幾分醋意地道：「本王可是聽說了，司正來了個天仙般的美人，許多人正費盡心思往那邊湊。」

李清珮想到馬上就要說的事情，一時又覺得心情沈重，正襟危坐在一旁的交椅上，道：「王爺，微臣說的事情十分要緊。」

趙璟察覺到事情的嚴峻，道：「本王聽著，妳直說無妨。」

李清珮捋了捋思緒，道：「微臣記得天順七年春，三月二十五日，孝宗皇帝下了一道旨意，讓穆氏株連九族。」

「正是這個日子。」趙璟自然記得很清楚。

「可是微臣昨天去文史館拿起居注的時候，恰巧看到孝宗皇帝的起居注，裡面明明很清楚寫了，三月二十三日開始，孝宗皇帝連三日昏迷不醒，太子在旁侍疾，並代為處理政務。當初王爺說，這旨意是孝宗皇帝下的，但當時孝宗皇帝明明昏迷不醒……」

趙璟自然相信李清珮的話，但是乍聽的時候，還是震驚了。如果真是這般，先帝昏迷的時候，只有一個人可以代替他下旨意，那就是當今皇上。

趙環一直都覺得當初先帝下這個旨意，根本就是病糊塗了，聽信讒言，雖然心中不忿，也沒有真正怪過先帝，可如果這件事是當時的太子——如今的皇帝趙健所為，那麼他所圖是什麼就很明顯了。

趙環一時只覺得晴天霹靂，胸口憋悶得難受，就連呼吸也不順暢了。

第六十二章

趙璟頹然坐下來，疲憊地閉上眼睛。

李清珮很是無措，也不知道如何安慰。她知道趙璟對皇帝有手足之情，不然也不會把穆氏一案拖到現在；雖然皇帝阻攔得厲害，但是不想讓皇帝難做人也是原因之一。

她以為皇帝也是如此，不然皇帝和趙璟兩個人恐怕早就兵戎相見了，可是現在發現這件事竟然是這般……

「王爺……」

李清珮走過來，卻被趙璟一下子握住手腕，他悶聲說道：「這幾日妳先回家歇著，就不要過來了。」

李清珮一時有些不解，正要說話，卻聽趙璟說道：「妳想想，為什麼妳去拿皇帝的起居注，卻看到了先帝的？這其中難道沒有蹊蹺？」

「確實有些太湊巧了些，就好像是故意引我過去。只是思來想去，這件事不管是故意也好，有什麼目的也罷，總要告知王爺，清珮見識淺薄，難以評判。」李清珮其實也有些推測，只是覺得這件事，她做不了主，還是讓趙璟下決斷才好，雖然有些疑惑，但還是早早過來相告了。

趙環顯然好受了些，幫李清珮整了整官袍，輕柔摸著她的臉頰，道：「妳做得很對，以後遇到事情也要這般，難道我還不能護著妳？這宮裡早就有人對本王心存惡意了，本王倒是不怕，就是怕傷到妳。妳先回去歇個幾天，等過幾日事情有了結果再過來。」又道：「本王會派人護著妳。」

「不至於……」

趙環看著李清珮清澈的目光，只覺得胸口憋悶不已。他還當他們趙家兄弟，雖然是天潢貴冑，但總是親情多一些。

其實在皇權面前，一切不過都是虛言。

「本王若是猜得不錯，昨天那個管文史館的內侍恐怕是凶多吉少了。」趙環擔憂地望著李清珮。「丫頭，妳乖乖地在家裡歇個幾天。這一次竟然把妳扯了進來，本王心裡實在難安。」

對著這樣低聲下氣、放下身段哄著自己的趙環，李清珮實在說不出拒絕的話來，這才點頭。「王爺，清珮知曉了。」

到了下午，天色變得陰沈，烏雲密布，不過一會兒就下起小雪。

李清珮被睿王告了假，提著包袱提前回去，結果走到月華門附近，忽然間看到一群人圍著一口井正議論紛紛，她一驚，湊過去一看，地上躺著一個淹死的內侍，臉已經泡得發腫了，雪花紛紛落在身上，似乎也不見冷，越發帶出幾分寒氣。

王總管趕忙遮住了李清珮的眼睛，柔聲說道：「李大人，別是污了您的眼睛，咱們快走吧。」

李清珮想起剛才趙璟的話「那個管文史館的內侍恐怕是凶多吉少了」，卻是真正言中了。

她心中戚戚，想著父親的事情到現在一籌莫展，原本想著不要給趙璟添麻煩，他如今當真是抽不開身，然而，經歷過今日的事情，她出了一身冷汗，宮中當真是不同尋常，如此倒是想清楚了，下次見面必定要把這件事告知趙璟。

這邊李清珮被王總管親自送出宮，又派了暗衛護送，那頭趙璟直接去了景陽宮的內室。因為皇帝怕光，屋內大門緊閉，窗簾厚重，屋內雖然點著香，但還是遮擋不住濃重的藥味和一股沈悶的氣息。

趙璟坐在床沿邊，靜靜看著皇帝。

好一會兒，皇帝終於醒了，一睜眼就看到趙璟，想對著趙璟笑，只是扯了扯唇角又露出痛苦的神色來，好不容易忍住痛，道：「你來了？」又道：「渾身都疼，你喊李昌榮給朕施針。」

趙璟卻沒有起身，道：「陛下，你還記得嗎？小時候我頑皮爬樹傷了腿，先帝又忙著朝政，是陛下把我接到身邊，一直細心照顧。父皇去得早，是先帝撫養我長大，但真正細心照顧我的人卻是陛下，教導我，陪我玩，鼓勵我去騎射，你們都是阿璟最至親的人。」

趙璟說到這裡，落下淚來。「小時候看史書，總有皇嗣為了爭位，弄得兄弟不像兄弟，當時我就想，這種事肯定不會發生在我們趙家。」

皇帝懊惱地閉上眼睛。

「你總是阻攔我去查穆氏一案，不是因為怕先帝名譽受損，而是因為……」趙璟說到這裡目露悲傷，又繼續說道：「那滿門抄斬的旨意，是陛下讓人擬旨的吧？」

「阿璟！」皇帝喊道。

「為何要這般做？」趙璟道：「我早就嚴詞拒絕先帝，我不會要那個位置，那是陛下的，你從小看著我長大，不知道我的性情，還不信我是嗎？」

「朕信。」皇帝見趙璟哭得像個孩子，也跟著落下淚來，試圖去抓住趙璟的手，卻被他掙脫開，皇帝的手無力地垂下來，艱難地吐字道：「那是朕一時糊塗，朕聽到父皇說要讓你來繼承大統，朕心裡就……生出齷齪的心思，想著處置了穆家，就等於斬斷了你的雙臂，你就沒有機會和我爭了。

「阿璟，朕對不住你，這些年來這件事無時無刻困擾著朕。」皇帝重重咳嗽了一聲，力氣卻細細小小的，似乎連咳嗽的力氣都沒有了。「朕不僅傷了你，還讓父皇揹上誤殺忠臣的名聲，都是朕的錯。你今日找朕言明，朕反倒覺得心裡痛快了。

「阿璟，朕已經知道錯了，你瞧朕，如果不是非要坐這個位置，又何必弄到今天這樣的地步？」皇帝痛苦地嘆氣。「興許現在還能陪著皇后一起悠閒的度日，含飴弄孫。」

趙環袖子下的手握緊又放開。他這些年來不是沒有想過這種可能，只是想到和皇帝的手足之情，一次又一次否認了。

「阿環，朕快死了。」皇帝臉色灰白，哆哆嗦嗦地說道：「人之將死其言也善，你能原諒朕嗎？」

趙環起身，搖了搖頭。

皇帝把頭埋入手中，痛苦地道：「也是，是朕太過厚顏無恥。」

屋外下的雪越來越大，太子睡了一覺，穿戴整齊來到了景陽宮，卻發現今日的景陽宮似乎和以往有些不同，多了許多陌生的面孔不說，還調來了京衛把守，他猶記睿王當攝政王的第一天就提拔了一個熟悉的舊部當了統領。

忽然，他有了不好的預感。

果然，那侍衛攔住太子，道：「太子殿下，請留步。」

皇帝一直擔心太子的身體，更是怕他如自己這般，因為操持國事，傷了根基，所以在宮內幾乎沒有任何的親信和勢力。

「大膽，這是太子殿下，你一個小小的侍衛還敢攔著？」太子身旁的一個內侍忍不住大聲吼道。

那侍衛有些害怕地縮了縮身子，但還是寸步不讓，道：「這是睿王殿下吩咐的，小的不敢做主。」

那內侍氣得不輕，道：「你可看清了，這是太子殿下，睿王雖然身為攝政王，但是他能越過太子去？要知道太子才是這裡以後的主人。」

正在這時候，門被推開，趙璟無力地走出來，他眼睛紅紅的，顯然是哭過，只是等看到外人，立時就挺直腰背，目露寒光，成了那個高高在上的攝政王。

太子露出不悅的神色，道：「叔爺爺，您這是在做什麼？父皇呢！」

趙璟擺了擺手，讓那侍衛放行，眼睛卻望著不遠處的巍峨宮門，頭也不回地道：「皇上快不行了，喊皇后娘娘來吧。」

太子一時愣住，露出吃驚的神色，深深看了眼趙璟，這才「哼」一聲，甩袖進了內室。

一會兒皇后也匆匆趕過來，顧不得跟趙璟說話，直接進了內室，過了一會兒，屋內就傳來悲傷的哭聲。

趙璟閉上眼睛，深吸了一口氣，那雪落在他身上，像是披上了白衣，顯出如同這夜色一般的悲傷。

李清珮回到家中，吃了一頓飯，沐浴洗了澡，回到屋內痛快地睡了一覺，這幾天實在疲倦，一放鬆下來就覺得困頓，只是睡到半夜忽然間聽到外面傳來鐘聲。

李清珮一下子就清醒過來，側耳傾聽，那鐘聲足足敲了八十一次，而且是從五鳳樓方向傳來的。

她心中「咯噔」一聲，知道這是皇帝駕崩了。

第六十三章

皇帝駕崩，李清珮的假期就結束了，因為按規矩，無論官位大小，在京官員都需要在神武門哭喪三天。

天寒地凍，又剛剛下了雪，李清珮混在人群中，跪在地上還要假哭，凍得鼻子、臉頰通紅。她偷偷掃了眼眾人，也都好不到哪裡去。跪了一上午，好不容易到了午飯時間，因為人多，飯菜早都涼了，只有一碟豬肉筍乾加白飯，豬肉筍尖上有一層豬油油膩膩的，真是一點胃口都沒有。

她強迫自己吃了幾口，就放下筷子，躲在屋內避寒，想著這樣的日子還有兩天，就覺得當個官真心不容易。

旁邊走來一人，悄聲說道：「李大人，妳可還記得花某？」

「妳是花大人？」李清珮到現在還記得花竹意在殿試時對她的照顧，雖然是小事，但落井下石的人多，雪中送炭的人少，她對此還是很感激，一直想找機會謝謝她，沒想到在這裡遇到了。

花竹意顯然很驚喜李清珮竟然還記得她，拱了拱行禮之後說道：「聽說李大人高升，從都察院調任到司正，成了天子近臣，恭喜恭喜。」

李清珮知道自己能調過去是睿王的手筆，有些尷尬地道：「官職還是在都察院，最近司正事情多，不過就是搭把手，過幾日還是要回到都察院去。」

有些事心照不宣，花竹意知道李清珮是孔秀文的門生，而孔秀文又是睿王得意的心腹之臣，如今睿王當了攝政王，她跟著水漲船高，本就是意料之中的事，所以沒有任何不滿，進了仕途若還看不明白這一點，那就太天真了。

何況花竹意對李清珮多有欽佩，覺得像她這樣的女子能走到高位，也是她們女官的驕傲，畢竟已經許久沒有看到身居高位的女官了。

想到這些，花竹意就熱血沸騰起來，似乎看到一片光明的未來，越發生出想要結交李清珮的念頭。

花竹意拿出一個用帕子包著的糕點遞給李清珮，道：「家母以前也經歷過這些，特意讓我帶了發糕，說餓的時候可以吃，剛好帶得多了一些，還請李大人不要嫌棄食物粗陋，給個薄面品嚐下。」

李清珮看出花竹意結交的意思，也不好拒絕，隨意拿一塊吃了一口，道：「多謝花大人。」

兩個人原本就都有好感，一拍即合，很愉快地聊起天來。

李清珮問道：「伯母也曾經入朝為官？那花大人可是世家之後了。」

花竹意謙虛地擺了擺手，面上卻滿是驕傲，道：「家母是永寧十二年的二甲一十三名，七年前才致仕。」

「真是失敬。」李清珮是考過一次科舉的人，那難度當真是比高考還要難上幾倍。要不是她在現代社會正經地讀過大學，有基本的底子在，很難說能不能考中；就算有這般底子，加上後天的努力，還是跟花竹意或馮婉賢這樣萬裡挑一的天才有些差距。

而花家，母親是進士，女兒也是進士，在朝中也是罕見，李清珮真的敬佩這一點。她忽然好奇是什麼樣的人家養出花竹意這樣的女子，要知道，當朝就算有女子科舉，但是只要家裡有男孩，肯定是要先培養男子。

「那伯父是？」

「李大人，當初在太和殿，妳應是聽說過我的身世，我祖上跟那位狀元的曾曾爺爺和離之後就自立門戶，之後凡是我花家女子，只要是支撐門庭者，皆是找男子入贅，家父是，下官的夫君也是入贅的。」

李清珮頓時無語。「……」

時間過得很快，李清珮和花竹意談得很投機，覺得不過說了幾句話，卻已經到了下午哭喪的時間。她無精打采地推門出去，一陣冷風吹來，她忍不住哆嗦了下身子，卻不得不硬著頭皮過去，結果剛走出院子就看到一個穿著綠色衣服的內侍，急急忙忙朝著她而來。

「您是李大人吧？」

「正是。」

那內侍笑道：「李大人，小的是宮裡的燕七，您上次見過小的，今日司正那邊有許多旨意要下筆，正好人手不夠。」

李清珮心裡琢磨著，這應該是睿王的安排，心裡甜絲絲的，面上卻是不顯露一分，道：「那就有勞公公帶路了。」

李清珮進宮，熟門熟路地去司正，卻只有溫顧源一個人。

溫顧源見到李清珮鬆了一口氣，道：「李大人，妳來得正好，這許多事情，卻只讓老夫一個人做……」

所有衙門，包括大理寺在內，都是留一、二個人留守，其他人都要去哭喪，司正只留了溫顧源一個人。

李清珮在神武門跟夏息和居一正跪在一處，猶記自己快跪不住的時候，居一正把自己的墊子拿給李清珮，雖然李清珮根本沒準備接受，很快地還回去，但心裡還是挺感動的，結果還沒說謝謝，就聽居一正翻著白眼，道：「女人就是受不了一點苦。」

她氣得差點把墊子丟到他臉上。

李清珮見溫顧源忙碌不已，馬上就脫斗篷，搓了搓因為太冷而有些僵硬的手指，跟著一起忙起來。

從下午一直忙到晚上，再去公廚用餐，雖然只有一碗湯、一碟菜和一碗飯，但是熱騰騰的，李清珮很是滿足。

自從宮糧被劫走，宮裡用度就變得拮据，睿王臨時決定把宮中預備的糧食分出一半給外城的災民，有人覺得睿王做得對，當然也有許多人覺得睿王不顧京城百官和老百姓的安危。

吃過飯，差不多可以回去了，溫顧源讓李清珮送文書給睿王，送完就可以下衙。

她一路上心情雀躍，直到接近停放皇帝棺木的潛心殿——其實原本皇帝的寢殿在這裡，後來因為皇帝身子不適，這才搬去離御花園近且相對安靜的景陽宮。

皇帝駕崩之後，為了顯示其尊貴，自然是搬回潛心殿。

李清珮還沒到門口就感覺到氣氛有些不尋常，雖然這裡擺著棺木，要比別的地方顯得肅穆，但是和那種陰沈不同，眼前站著的侍衛，來來回回的內侍、宮女，都緊繃著精神。

她來到門外，見王總管黑著臉，皺眉嘆氣。

一旁的孔秀文負手而立，對著王總管說話。「這新帝和王爺，意見不合，叫我等臣下如何辦事？」

皇帝昨天駕崩，入殮之後，今天早上太子就在太和殿百官前頒布遺詔，如此一來，太子趙恆雖然還沒舉行登基大典，卻已經被稱為新帝了。

王總管道：「孔大人，小的不過就是一個內侍，如何能左右王爺的想法？」隨即嘆氣道：「您找小的也是沒用呀！」

孔秀文當然知道王總管沒辦法，可是這會兒他又不知道找誰去說動睿王，一抬頭卻看到李清珮，道：「李大人，妳怎地來了？」

李清珮把手上的文書拿出來，道：「是溫大人派下官送來的，王爺可是在此？」

孔秀文看了眼天色，道：「王爺是在此，可是他誰都不見……」想了想很是體貼地說道：「妳且給本官吧，今日要去哭喪，又要忙著政務，累著了吧？先回去歇著吧。」

李清珮原本想好馬上回去，可是見孔秀文等人都在這邊忙著，根本就沒有離開的意思，自己有些不好意思起來，道：「下官聽聞孔大人從昨夜就一直在宮裡沒有回去，說起辛勞，下官怎麼能跟孔大人相比？下官甚是惶恐。」

孔秀文見李清珮燈下嬌顏，又見她進退有度，言語和緩，心中甚是滿意，神色終於緩和一些，越發溫和地說道：「不礙事，且去吧。」

王總管卻是盯著李清珮，一副沈思的樣子。

正在這時候，有個內侍急急忙忙跑過來，道：「孔大人，陛下說要親自去城外護國寺請國師祁紅大師過來，給先帝做水路法場，可……睿王殿下不是不同意嗎？說城外都是災民，怕有個閃失，陛下偏偏要親自去，這會兒已經開始發脾氣了！」

這個祁紅大師是先帝最為看重的僧人，還封為國師，早就言明，以後自己的喪事要請他來做法事。

誰都沒有想到，原本和氣的攝政王和新帝，這會兒竟然為了先帝的喪事吵起來，結果神仙打架，小鬼遭殃，最難的就是他們這些下人。

「孔大人，您倒是拿個主意呀！」內侍急得團團轉，忍不住說道。

孔秀文很是頭疼，他一個做臣下的要如何勸說？他想來想去還是請太后出來調解最為好。

「太后娘娘現在何處？」

內侍苦著臉，道：「太后娘娘承受不住悲痛，一直哭，大長公主陪在身旁，旁人根本沒辦法靠近。」

誰都知道先帝就這麼一個皇后，據說當時為了娶她，還是等了許久才成親，可見兩個人鶼鰈情深，太后娘娘承受不住也是常理之中。

只是現在這個時候，誰能出來調停？

太皇太妃？皇帝駕崩之後，就讓秦王連夜把消息送出去，順道去接人，結果現在一點消息都沒有，至於太子妃，則是一直被關在房間內，還沒出來。

孔秀文一抬頭，看到站在一旁的廖北，見他捋鬍子裝作沒有看見，心中就生出幾分危機感。廖北一直支持秦王當攝政王，這會兒看到新帝和睿王失和，恐怕最是高興吧。

孔秀文一轉頭就看到站在旁邊默默不語的李清珮，心中一動，道：「李大人。」

「下官在。」

「這些文書妳且送給王爺過目。」孔秀文愁眉苦臉地說道：「瞧瞧，這一件件事情，真是讓人……」很是無奈的樣子。

李清珮有些不明白，剛才孔秀文還說讓她把文書給他，怎麼一轉眼就讓她去送？但是她比誰都希望能見到趙璟，想問問他到底發生了什麼事，也就沒追究緣由，點頭說道：「下官知曉了。」

孔秀文見李清珮進了屋內後，他扭過頭就朝著廖北而去。廖北畢竟有了年紀，熬夜一個晚上，明顯很疲憊。

孔秀文很是客氣地笑，言語卻非常犀利，道：「廖大人，您是內閣首輔，更是我們這些臣子的榜樣，也是先帝的顧命大臣。下官想著，如今陛下這般置氣，總要有人規勸，除了您就沒有更合適的人選了。」

廖北心中暗諷：想在這時候把我推到風口浪尖上，你當我是傻子？

「哪裡，哪裡，說起來孔大人才是我朝棟梁，中流砥柱，不然王爺怎麼會把孔大人當作最親近的臣下呢？」

兩個人你來我往的，明嘲暗諷了好幾句，最後卻還是一同去規勸新帝。因為旁人已經擋不住新帝要親自出宮的決定，整個宮裡都鬧得沸沸揚揚的，如果當作沒看見，自是不可能，只好硬著頭皮去規勸。

第六十四章

李清珮剛進內室，看到趙璟靠在案桌上睡了過去，頓時不知道該不該進去，結果看到趙璟慢慢抬頭起來，揉了揉因為熬夜而發紅的眼睛，笑著說道：「怎麼剛來就要走？」

李清珮頓時笑了起來，走過去把文書放在案桌上，問道：「王爺，您昨天一夜沒睡？」

趙璟點頭，問道：「現在什麼時辰了？」

李清珮重新給趙璟沏了茶水，遞了過去，道：「已經是戌時一刻鐘，天都黑了。」

趙璟接過杯子，輕輕地吹了吹，慢慢地喝了半杯，臉色逐漸變得有些血色，這才舒了一口氣，把茶杯放下，朝著李清珮招了招手，等人過來就握住她的手，柔聲問道：「早上去哭喪了？我一時忙就忘記了，後來才記得吩咐孔大人把妳調回來。」

李清珮的一雙小手被趙璟握在手裡，甜蜜而溫暖，她羞澀笑道：「本就是應該的，王爺別把微臣說得一點苦都受不得。」

趙璟卻是說道：「我知道妳沒有那般嬌氣，妳一直都做得很好。」

兩個人一時目光糾纏，怎麼樣也沒辦法分開，卻也知道這會兒不是親近的時候。

趙璟壓下心頭的渴望，只輕輕地握著李清珮的手說著話。

閒聊了幾句，李清珮把話題引到新帝要出城親迎國師的事情。「微臣聽著，剛才陛下還在那邊鬧著要出宮呢。」

趙璟嘆氣，忽然道：「想不想出城看看？」

「什麼？」

新帝還沒換上皇帝的龍袍，仍穿著太子時穿的玄色蟒袍，只是臉色憔悴，眼睛裡布滿血絲，早就沒有之前發脾氣的怒意，而是乖巧得像個孩子，帶著幾分內疚說道：「叔爺爺，朕也不是想讓您過去，只是祁紅大師不僅是聖僧，更是父皇最為信任之人，讓祁紅大師給父皇做法事，這是父皇的遺願，自是要親自迎回來。」

新帝作為兒子，在喪事上親力親為，親自去迎接祁紅大師來也是無可厚非，大家都會說太子至孝，是作為兒子的一份心意，但是這件事讓睿王去做就有些微妙了。

為了阻擋新帝，這也是沒辦法中的辦法。

趙璟半跪在新帝前面，說道：「陛下不用憂心，臣自會早去早回。」

誰都不知道事情怎麼會變成這個樣子，之前睿王因為不同意新帝親自出城而吵架，新帝還在屋內發了好一頓脾氣，這會兒一轉眼就改變主意，說服了新帝，由他代替出城。

孔秀文想到城外的混亂，很是憂心，想著是不是要多安排些人手一同過去，而廖北則是深深看了眼睿王，先打了一巴掌，再給一顆甜棗吃，當真是好手段，恐怕這會兒新帝心裡不僅沒有怨恨，反而都是感激和愧疚。

攝政王的儀仗自然要比一般王爺高，李清珮以要替睿王草擬旨意為藉口，上了趙璟的馬車，兩個人一同出城。

已經是晚上了，領頭的侍衛舉著火把，急急忙忙在路上奔馳。

趙璟原本靠在車壁上休息，他熬了一個晚上沒睡，自然十分疲憊，結果很快就睜開眼睛，攬住李清珮，無奈地說道：「想問什麼就問吧。」

「虧微臣還擔心王爺，原來王爺早就有了打算。」

趙璟無奈搖頭，握著她的手說道：「陛下性子執拗，一旦決定做一件事就很難更改，可是妳也瞧見了，陛下的身子骨兒，哪裡容許他折騰一趟，更別說城外都是災民，萬一唐突了陛下……這也是沒辦法了。」

原來之前睿王是故意發脾氣，和新帝爭吵。

兩個人正說著話，馬車突然停了下來，外面傳來喧譁聲。

有人在大喊：「站住，這是睿王的馬車，你們是吃了熊心豹子膽，竟然敢到這裡尋麻煩。」

之後聲音就小了下來，李清珮還以為結束了，誰知道忽然有侍衛過來道：「王爺，那些災民想要見王爺，小的實在有些攔不住了。」

或許是感覺到李清珮的緊張，趙璟安撫地拍了拍她，說道：「不要害怕。」

等掀開簾子，看到外面的光景，李清珮震驚了，也終於知道剛才侍衛雖然說攔不住人，語氣卻沒有一絲緊張的原因。

前方都是衣衫襤褸的災民，領頭的男子舉著火把，見到睿王的面目，忍不住熱淚盈眶，道：「真的是睿王爺！」

隨著那人的話，一群災民不顧雪地冰冷，就跪了下來。「王爺，千歲千歲千歲！」

那侍衛正是二十多歲的年紀，頗為感觸地道：「王爺，這些都是城外的災民，知道您路過，非要過來給您磕頭，說沒有您，他們根本就活不到現在。」

冷風裹著寒氣從半開的車簾吹了進來，李清珮的官服內穿著郭氏特意為她縫製的裡衣，兩頭布料夾了羊絨，貼在身上格外暖和，官袍外又加了斗篷，可就算是這樣，長時間不動，也會感到冷。

可是外面那些災民，有許多人穿著補了又補的麻衣，衣不蔽體。這麼冷的天，城外災民住的地方是臨時搭的帳篷，用稻草糊住天棚，相當簡陋。

車子駛出去很遠，李清珮撩開簾子，依然可以模糊地看到那群災民跪在地上沒有起來。要是放到現代，這些人估計早就罵起來了，說官方整治不力，可是在古代，只要一點點的稀粥和簡陋的棲身之地，就可以讓人這般感激。

馬車內，兩個人許久都沒有說話，好一會兒，趙璟才嘆了一口氣說道：「先帝在位十年，從沒有任何大災之年，只是如今，國庫卻空虛無銀，糧倉裡則是一粒米都拿不出來了。

「清清，這都是為什麼？還不是先帝縱容朝內結黨營私，哪些官吏不貪贓枉法，百姓們辛勞一年交上來的賦稅，全流入那些貪官的口袋裡。」趙瓌吐出這些話，心裡終於舒服一些。

先帝是他親近之人，且人去燈滅，他實在不想在大臣前面說他做錯的這些事，可是看見那些衣不蔽體的災民，他心裡實在難受。

「施粥的糧食已經供應不上了，妳應該也聽聞了，從湖廣調來的糧食被江匪給劫了，本王說開宮裡的私庫，將預備的糧食分一半出去。」趙瓌說到這裡，臉色陰沈。「頭一個反對的，是孔秀文。」

李清珮很是吃驚，她一直都知道孔秀文是睿王的心腹之臣。

趙瓌見她吃驚的模樣，小眼睛瞪得圓溜溜的，甚是可愛，驅散了心裡那麼一點的無奈。他伸手把李清珮攬入懷裡，卻沒有說話。

有些話他不好對李清珮講，比如他很看重的孔秀文，辦事實在是不入他眼，反倒是廖北，做事情更踏實，但是這個人心思叵測，不為他用，早晚要從內閣裡踢出去，只是現在他剛做了攝政王，實在不是好時機。

當然，這些都是小事，給他時間，都足以解決，趙瓌很有信心。

李清珮也不知道怎麼安慰趙瓌，只緊緊地抱著他，用臉頰蹭了蹭他，跟一隻小貓似的。

趙瓌心裡軟綿綿的，心情緩和不少。

兩個人就這般緊緊抱在一起，比往日還要覺得親密。

李清珮第一次來到護國寺，往常聽說這是先帝親自監督修繕的寺院，還以為十分宏偉、奢華，誰知道不過就是一座山中的普通廟宇，如果說要從哪裡看出是皇家寺院，恐怕也就是「護國寺」三個字是先帝親自提筆寫的。

祁紅大師個子不高，身形乾瘦，皮膚粗糙得像是被吹乾的樹皮，穿著一件打了補丁的夾棉袈裟，雖然這般其貌不揚，奇異的是身上卻有一股說不上來的風骨。

李清珮心裡猜測，這個祁紅大師應該是苦行僧，果然不出她所料，晚飯是一碗稀粥和榨菜，而且那粥裡還吃得到沙子。

勉強應付了晚飯，李清珮只求著早點睡覺，一覺醒來就回去。

隔天一早，似乎許多人得了消息，這會兒路上要給睿王磕頭的災民更多了。

李清珮聽說城外聚集了上萬的難民，被睿王安置到郊外的黃陽山，結果許多災民聞訊而來又聚集了幾萬人，人群黑壓壓的跪在一處，用帶著期盼、崇拜、火熱的目光看著你的時候，忽然有種說不出的滋味。

回去之後，趙璟就忙得跟陀螺一樣，李清珮又有幾日沒有見到他，但是她每次只要覺得難受的時候，想一想那些災民，又覺得心中充滿幹勁，總覺得她還能做得更好、更多。

先帝被追封為神宗仁顯文光武純德孝皇帝，埋在清德陵。

一個月之後，國喪總算是結束了，當然中間也不是沒有波折。新帝要大辦喪事，但是戶部一點銀子都拿不出來，也不知道攝政王和新帝如何商量，最後新帝退了一步，開了自己的私庫，這才把喪事辦完了。

之後被派去剿匪的大將也帶來好消息，最終擊潰了江匪，抓住一千多名的匪徒，只不過被掠走的糧食卻沒有找回來；要知道那可是十萬擔的糧食，幾乎是江南所有可以調動的存糧。

攝政王趙璟原本很高興，結果知道糧食沒有找回來，氣得發了一頓脾氣，因為這件事被牽連的孔秀文，很是恐慌，跪在文華殿外請罪，最後被人架回家裡。

自從神宗歸天之後，攝政王趙璟就改在文華殿內處理政務，文華殿和武英殿隔著一扇太和門，所以李清珮很快就知道這個消息。

李清珮沈思許久，頗有些食不下咽，郭氏見李清珮沒有什麼胃口，特意下廚親手做了拱麵給她吃。

李清珮吃著滿是母親愛意的食物，終於胃口大開，吃了一大碗，然後撒嬌地蹭了蹭郭氏，道：「娘，咱家還有多少存糧？」

郭氏瞪了眼李清珮，道：「妳想做什麼？」

李清珮結結巴巴地說了自己的想法。「娘，我不是想出什麼風頭，您是沒見過城外的那些災民，真的太可憐了。」

郭氏道：「那些糧食本就是妳自己攢來的銀子買的，又是身外之物，能這般獻出去，也算是妳的大功德了，娘有什麼理由反對？」

李清珮滿是感動，她一直都以為，郭氏會不同意，畢竟這種時候，大多數人只想把糧食捂得越來越嚴實，當作救命稻草一般。

「娘，您就不怕……」

「怕什麼？」郭氏卻是傲然道：「娘一個人帶著你們倆，尚且還沒餓死，如今妳和念兒都大了，妳又是朝中官吏，有俸祿可拿，難道還找不到出路，餓死不成？」

其實郭氏看得很明白，如果作為朝廷官吏的李清珮都會餓死，這朝廷已經完了；朝廷都完了，他們這些手無縛雞之力的婦孺，難道還能保住那許多糧食不成？

「這世上最怕的不是沒有飯吃，沒有睡覺的地方，而是根本就沒有存活的希望。」

李清珮緊緊抱住郭氏，道：「娘，多謝您。」

當天晚上，李清珮寫了一道摺子，第二天就去文華殿。

昨天孔秀文是被人架著回去，畢竟沒有讓攝政王釋懷，今天一大早又過來跪著了。

李清珮走過去，跪在孔秀文的旁邊，道：「王爺，微臣有事啟奏。」

孔秀文一驚，沙啞地說道：「李大人……」

他門生無數，也算是在朝中經營許久，但是從來沒有想過，這時候站出來的人，竟然是這個十分稚嫩的新科狀元。

第六十五章

廖北這兩天告病在家，閉門謝客，專心地養病。聽著好像該是如此，畢竟年紀大了，又剛操辦完神宗皇帝的大喪，身體自然扛不住。但是總有人不相信，比如刑部尚書王廷見，他一大早就來到廖府。

廖府管事很是難辦，道：「王閣老，您來的真不是時候，老爺這兩天都病著，根本沒精神見客呢。」

王廷見呵呵冷笑，道：「騙得了別人，可是騙不了我。」說完就硬是要往裡闖。

廖府管事叫苦連天，當真是不知道怎麼辦，擋得狠了怕傷到對方，但是不用力又沒有辦法阻擋。

兩個人在這邊吵了起來，終於還是驚動廖北，他穿著一件居家石青色的夾棉杭綢直裰，沒有戴冠，拄著一根枴杖走了過來。

「吵什麼？」廖北一抬頭，看到王廷見，這才露出驚訝的神情來，兩撇小鬍子一動一動的，道：「竟然王大人，真是稀客呀。」

王廷見哼道：「稀客？」

廖北上前笑著說道：「當然是稀客了，咱倆什麼交情？你還不知道。」然後對著管事說道：「還不去沏茶？把王大人喜歡的大紅袍沏一壺來，還有存放在窖子裡的蜜桔。」

兩個人分主次坐下，王廷見忍不住說道：「你怎麼偏這時候生病？」頗為不解。「上個月，十天半個月不睡的，就是為了順利打點喪事，結果累死累活的事情完了，等著讓攝政王行賞，你卻偏巧病了。」

正好有丫鬟把茶水端過來，還有一碟子蜜桔，一個各式糕點的攢盒，放在廖北和王廷見中間的長几上。

廖北揮了揮手叫丫鬟下去，正要替王廷見斟茶，卻被王廷見擋下來。

王廷見起身接過茶壺，哼道：「您是兩朝元老，是顧命大臣，下官可不敢讓您斟茶，再說，您不是還病著？」

廖北接了茶水，道：「你呀，就是這樣，得理不饒人。」

兩個人喝了茶，廖北把茶杯放下，捋了捋鬍鬚，道：「喪事是辦完了，可是你知道江匪劫官糧的事情吧？沒有找到被劫走的官糧在哪裡，光是抓到那些江匪有什麼用？王爺之前讓孔秀文戴罪立功，不過是想著，就算江匪本事滔天，難道還追不回糧食？結果這糧食還真沒追回來！這一次他必然會發怒，責罰孔秀文，老夫在場做什麼？」

之前雖然知道孔秀文督導不力，但當時是用人之際，又想著能追回糧食；未料，這會兒喪事辦完了，糧食卻還是沒有追回來。

廖北敲了敲桌面。「當初老夫是支持過秦王，現在今非昔比了嘛！大家可不這麼認為，還以為我心裡裝著秦王，排擠孔秀文，這會兒見孔秀文難堪，還當是老夫做的手腳。哼，老夫自然要避嫌，不告病在家，難道看著那孔秀文跪在文華殿門口不成？豈不是要讓他難堪？」

王廷見卻瞇著眼睛，道：「江匪那件事，真沒有老哥的手筆？」

廖北瞪了眼王廷見，道：「你這說的什麼話，老夫和孔秀文是政見不和，但是老夫還不至於拿著國家大事，拿著老百姓活命的糧食動手腳。」又指著王廷見，道：「你瞧，你也是這麼想的，估計旁人也跑不了。」

王廷見心裡就是這麼想，剛才進廖府的時候，只覺得雕梁畫棟，倒是比去年來的時候還要奢華一些，特別是喝茶的茶杯，竟然是一套冰裂紋藍釉的汝窯，恐怕都是下面的人孝敬的。

王廷見想起在城外見到衣不蔽體的災民，心裡就有些洸旬旬，他手上當然也不乾淨，朝廷走到這個地步，其實他們這些朝臣都有一份。

「你說這次王爺真的要拿孔秀文開刀？」王廷見知道問不出什麼來，便換了個話題。

「十萬擔的糧食呀！就算是找回一半也是可以，現在卻一粒米都沒有，孔秀文這個監督不力是跑不了的。」廖北愜意地喝了一口茶水，笑著說道：「除非……我們這位攝政王是一位為了私情，昏庸無道之人。」

兩個人對視一眼，又都轉開目光。無論是廖北也好，王廷見也罷，都清楚這個攝政王，做事雷厲風行，賞罰分明，比起溫和沒有主見的先帝神宗、做事圓滑老練的秦王、沒見過世面的太子，都更適合當上位者。

攝政王協理政務不到三個月，他們都明顯感覺到威脅了。

廖北低下頭喝茶，不再言語，有些事不用說出來，兩個人都心知肚明。

王總管端了茶點要送進去給趙璟，就看到李清珮跪在滿是白雪的青石板上，連個墊子都沒有，心裡咯噔一下，暗道：真是個傻的，沒有墊子，好歹穿得厚一些呀！

王總管腳步急促起來，等進了屋內，看到趙璟穿著玄色蟒袍，端坐在案桌後面，正執筆寫字，只是顯然不太滿意，一會兒皺眉，一會兒又停筆想了下，見王總管進來，道：「放那邊吧，現在沒胃口。」

王總管卻沒如往常退下去，反而露出一副欲言又止的模樣。

趙璟很快感覺到不尋常，抬頭挑眉道：「何事？」

王總管露出愁眉苦臉的樣子。「王爺，您沒聽到外面有人喊有事啟奏嗎？」

趙璟把筆丟到筆筒裡，那聲音有點大，顯得很不耐煩，道：「不是說過了，今日上午，本王誰都不見。」

王總管垂下眼瞼，道：「行吧，那奴才去跟李大人說，讓她別跪著了，趕緊回司正辦自己的差事去。」

趙環一聽是李清珮，臉色立時緩和過來，沒好氣地道：「好你個王總管，居然在這裡等著本王！」又瞧了眼外面的天色，見又開始下起雪來，急道：「還不趕緊把人喊進來，是不是真要跪出個毛病來？」

王總管笑著，轉身去喊人，腳步卻是飛快。

孔秀文凍得臉色紅紅的，身子僵硬得像是一塊木雕，見李清珮也跪在旁邊，忽然有種說不出來的心情。他真的沒想過，這時候站出來的人竟然是李清珮，只是他知道，這次就算是李清珮也無能為力，這一次他捅的婁子太大了。

王總管走出來，怕讓旁人看出什麼，忍住沒有上前親自去攙扶李清珮，而是尖聲說道：「李大人，王爺喊您呢，快進去吧。」

李清珮這才起身，只是就這麼一會兒，就已經有些凍僵了，青石地板可真是涼呀！

王總管見了，也顧不得其他，上前就去攙扶李清珮，幾乎是半架著才把人帶到殿內。

趙環一抬頭就看到李清珮臉色凍得紅紅的。

王總管想把人攙扶著坐在旁邊的臥榻上，李清珮卻阻攔道：「王總管，您別管我了。」接著朝趙環行禮道：「王爺，下官有事啟奏。」

王總管氣笑了，道：「李大人，您在王爺跟前逞強什麼？」

李清珮這會兒已經緩過來了，很是一本正經地看著趙環。

王總管看出來，這一次李清珮可是要來真的了，怕自己待在這裡，王爺就算想給李清珮面子，也拉不下來臉，便找藉口急急忙忙地退下去。

屋內只剩下兩個人，趙璟見李清珮難得這麼認真，也是極給面子，正襟危坐，目不斜視地看著李清珮道：「李大人，有何事啟奏？」隨即又補了一句。「什麼事都行，唯獨要是給孔大人求情，就不用講了。」

「微臣不是來給孔大人求情的。」

「哦？那是何事？」

李清珮一直緊繃著，覺得今天她就是以都察院兼司正的身分來的，結果想要上前遞摺子，膝蓋上卻劇痛起來，「哎喲」一聲，直接坐在地上。

趙璟哪裡還忍得住，趕忙繞過案桌，來到李清珮跟前，抱著她來到一旁的臥榻上，彎腰把官袍往外撩起，挽起褲腳，結果看到白嫩嫩的膝蓋上綁著拇指厚的護膝。

李清珮被逮個正著，有些羞澀地把腿縮回去，趙璟卻是沒好氣地道：「也不是傻到家了，還知道戴個護膝跪著。」

李清珮又惱又羞，忍不住捶打了下趙璟，趙璟卻被逗樂了，忍不住哈哈大笑起來。

王總管在外面聽到兩個人的笑聲便鬆一口氣，好一會兒聽到趙璟喊人拿來藥水，他早就備著了，這才推門進去，看到李清珮坐在臥榻上，那褲腳卻是往上撩起，露出白皙纖細的小腿，膝蓋處有一塊紅痕，雖然不嚴重，但是襯著如凝脂般白皙的肌膚，越發顯得觸目驚心。

李清珮心裡還是個現代人，覺得在人前露個小腿沒什麼。

趙璟卻因為王總管是個淨身的太監，才覺得沒什麼顧忌，拿了藥水，倒在手心裡，搓了搓，反反覆覆替李清珮揉搓，不過一會兒，李清珮就覺得舒服很多。

趙璟見李清珮哼哼唧唧的，手上一用勁，頓時讓李清珮疼得喊出來，差點飆出眼淚，可憐兮兮地說道：「王爺，您輕點。」

「這時候就知道要輕點？這腿不要了？」話是這樣說，但動作還是輕柔下來。

李清珮乖乖坐著，等著趙璟揉完。

趙璟問道：「妳到底想說什麼？」

李清珮也不說讓趙璟看摺子，徑直把來意道明白。「王爺，今年下官買了一千擔的糧食放在家裡，下官算了算，留個二百擔就夠了，剩下的都捐出來給城外的災民。」說完目光亮晶晶地看著趙璟，道：「下官能想到的事情，旁人都可以想到。王爺，您何不讓人都跟著捐贈糧食？」

趙璟心裡感慨萬千，緊抱著李清珮，道：「妳倒是赤子之心，只是現在這時候，誰都恨不得捂著糧食不放，還會有人捐贈？」

「人心都是肉長的，難道整個大趙就找不到一個能看清大局的人？下官不信！」

趙璟見李清珮說得認真，卻沒有說話，他覺得這不過就是李清珮一腔熱血，怕說出實話傷了她的心，於是親了親她的面頰，兩個人心情都有點沈重。

李清珮怕耽誤趙璟的正事，起身說道：「王爺，下官就先告辭了。」

趙璟不捨地親了親李清珮的面頰，讓王總管送她出去。

李清珮出門後，走到孔秀文的跟前，道：「孔大人，下官跟著王爺出城，看到許多災民，真是民不聊生，令人心裡難受。正好下官存了一些糧食，把部分的口糧留下來，準備捐出八百擔，剛才給王爺遞摺子，王爺准許了。」

孔秀文盯著李清珮，目光深深，好一會兒道：「李大人憂國憂民，肯慷慨解囊，真是叫本官欽佩。」

「孔大人，您要保重呀！」李清珮憂愁地看了眼他的腿。

孔秀文心裡感慨萬千，終是認真地說道：「多謝李大人了。」

等李清珮走了，孔秀文派人給家裡遞了信。第二天李清珮就聽到孔秀文捐出自己全部家當買糧食，一共七千擔的糧食，裡面有他原先的存糧，也有用銀子買來的，若是往常應該會更多，但是今年米價太貴，最多也就這些了。

攝政王終於鬆口，有了這個名目，終於找到讓孔秀文戴罪立功的理由，徹查江匪一案，限期三個月，找回丟失的糧食。

雖然時間很短，不過已經讓孔秀文找到了活路。

第六十六章

李清珮在司正做得越來越順手，她本就是用心做事的性格，不浮躁也很有耐心，慢慢地就連居一正也找不到她的錯處。

在這邊她終於透過關係跟吏部的人混熟了，想調官員的名單來看，但也不容易，主要是她想要查找父親去世那一年，在京姓梅的官員。

陳年舊事，翻檔也要翻半天，古代沒有電子檔，那些文書的字體再小，也沒有打印字體小，所以要翻出來也是費了一番心血，她那一點關係根本不夠用。她曾經想過不要煩勞趙璟，結果最後還是找了王總管，透過王總管的關係，這才讓人找出來。

李清珮心裡想，還不如一開始就託王總管得了。

文檔是找出來了，其實李清珮沒抱多少希望，那人自稱姓梅，但也有可能是假姓，不過，她總要查一查。

好在郭氏見過這個人，按照李清珮的要求，只要閒下來就琢磨他的面容，一點一點地畫下來，過了幾個月，終於畫完了。

憑著一張靠記憶畫出來的畫像，又加上一個姓氏，說起來要找，真是大海撈針，但是李清珮覺得只要有一線希望，她就不會放棄。

多少午夜夢迴，她只想著，父親那樣君子如玉一般的人物，到底是誰下這麼大的狠心，又或者他到底得罪了什麼人？擋了誰的路？如果不是父親早逝，她是不是就不會給人當妾？當然她也不是怨恨秦王，只是覺得，人生如果能過得順遂一點，誰又願意揹負一個不好的名聲過一輩子？

想到這裡，她就覺得心裡難受不已。

下次見到趙環，還是全盤說出來吧！趙環如今是攝政王，無論是能力或權勢，都比她大，也更有希望。

其實李清珮原本憋著一股勁，想要靠自己替父親報仇雪恨，可是等真正做下去才發現自己那一點力量根本就不夠看，光是一個查檔的事還是託了王總管，她很悲哀地察覺了這一點。

好在她不是一根筋走到底的人，準備找個合適的機會跟趙環說明。

不過，她一直沒找到這個機會，因為趙環真的太忙了，據說他每天只睡二個時辰，平時批奏摺，察看公文。李清珮時常被趙環喊過去幫他擬旨，一開始她還以為兩個人能找機會親近，但真的就是單純的擬旨。內閣的人，宮裡的人，來來往往的，幾乎是榨光他所有的時間。

一轉眼又過了半個月，到了十二月分，自從李清珮捐糧之後，孔秀文也把全身家當都拿出來，據說連祖宅都賣了。當然，孔秀文不會沒地方住，只是用這種方式表達自己豁出去的決心給趙璟和朝臣看，暫時堵住他們的嘴而已。

買那祖宅的人，是一個叫滙豐樓的當家，實際上，誰敢買這間祖宅？不過就是跟活當一樣，押了房子拿銀錢過去，但宅子還是讓孔秀文繼續住。

之後其他官員也陸陸續續捐了一些，但是不多，也就幾十擔，畢竟不是誰家都像孔秀文一般家底厚實，原本就是個世家大族，拿出許多銀子也不會令人起疑。

一般的官員，就算你是好意，捐多了出來，就會讓人聯想到行賄，所以這股風氣並沒有帶起來，就像趙璟說的那般，李清珮雖有赤子之心，但是過於天真了。

這一天下午，李清珮接到花竹意的邀請，邀請她去喝一杯，結果是到玉樹閣赴約，李清珮當時還猶豫了半天。

這世上有需求就有買賣，男人可以去青樓，那些有地位、有財富的女人呢？玉樹閣就是這樣一個地方，裡面都是面容俊俏的男子，從小也是學習琴棋書畫，然後再來哄女子花錢的。

其實李清珮心裡還真是有些好奇，倒不是想要什麼服侍，就只是想去開開眼界而已。

等到了赴約地點，就看到跟豪門大宅一樣的白牆黑瓦，高高的牆壁圍著宅子，有穿著體面的門子守著門，屋簷下掛著紅色燈籠，上面寫了「玉樹閣」三個字。

花竹意領著李清珮走進去，道：「別看外面這般，裡面可是別有洞天。」

「花大小姐，您可來了。」有個長得頗為俊俏、抹胭脂的男子笑著走過來，約莫三十來歲，那妝容恰到好處，行動做派也是很得體。

花竹意說這男子叫玉峰，正是這玉樹閣的主人。

李清珮努力讓自己看起來從容一點，儘量不去跟男子對視，玉峰卻不以為意，似乎早就見慣了像李清珮這般第一次來的女子。

裡面確實是別有洞天，布置得非常雅致，亭臺樓閣，小橋流水，典型的江南風格。青石板鋪就的路上，一路擺了開得正濃的菊花，那香味很是濃郁，讓李清珮恍惚地以為還在夏季。

李清珮只有一個感覺，這個玉樹閣有錢，而且還非常有錢。她忍不住想，要是把這些錢換成糧食，那該有多好——她覺得自己快病入膏肓了。

花竹意把她領到一個房間，香樟木的圓桌鋪著天青色的錦緞桌布，中間放著一只梅瓶，插著一枝怒放的梅花，牆壁上掛著幾幅字畫，雖不是名家手筆，但也是頗有意境。

要不是知道來的是玉樹閣，李清珮根本就認不出來。

李清珮坐下來，笑著對花竹意說道：「花大人……」

花竹意笑道：「真是瞞不住李大人。」之後才露出一本正經的神色來，道：「李大人也看到如今朝廷的狀況，我們女子當官是越來越難了。」

李清珮很認同這個觀點，要不是趙璟的關係，其實她根本沒辦法調到司正這個天子近臣的地方。這些日子她在宮裡做事，沒看到一個女官，就算是每六年取士，這些年下來也總有幾百個女進士吧？但是這些人就好像消失一樣，一個都見不到。

「現在有個人就想著讓咱們女子也出風頭，把那些男官壓一壓。」花竹意有些憤恨地說道。

她沒辦法不恨，自己是進士，母親是進士，曾祖母也是進士出身，可以說一步步看著女官沒落下來。她不甘心，她們女子同樣憑本事考上進士，為何和那些男官的際遇大為不同？

花竹意說完拍了拍手，從屏風後走出一個年約三十左右的女子，高䠷的個子，斜長的濃眉，一雙眼睛裡滿是精光。

「這是？」

「小的付元寶見過李大人，見過花大人。」原來這女子就是滙豐樓的大當家。

要說聖尊皇后開創女子科舉，提高女子的地位，但是在她逝去之後，一年一年的，女官的地位日漸沒落；可是生意場上卻不同，既然女人可以支撐門庭，女人也可以出去應酬，不需要遵守男女大防。

在重利的商人家庭裡，都是看誰更有本事，就來做當家的。付元寶就是這樣一個人，她年歲也不大，今年三十來歲，卻已經是滙豐樓大當家的。

要說大趙最有錢的幾戶人家，其中就有滙豐樓的付家，所以這個大當家的付元寶實在不是一個簡單的人。

付元寶也很痛快，直接說道：「小的想捐贈一萬擔的糧食。」

花竹意起身介紹付元寶，幾個人說了幾句客套話，丫鬟上了菜，雖然外面糧食緊缺，可是這裡卻有酒有肉，還有少見的蔬菜，就跟太平盛世一般。

李清珮率先起身對著付元寶道：「付大當家的，這杯酒我先敬妳！付大當家的忠義仁厚，金玉其質，實乃我朝的大儒商也。」

付元寶雖然貴為匯豐樓的大當家，但到底是商賈，地位不如官紳，無論如何顯赫，財力通天，在明面上就是一個七品芝麻官也能踩到她頭上。她來之前，早就做好心理建設，李清珮不僅是新科狀元，如今還是攝政王前的紅人，前途不可限量，給她難堪也不無可能。她早就知道怎麼不卑不亢地對待這種輕視，可是萬萬沒有想到，這位李大人竟然這般赤忱。

付元寶畢竟是經歷過大風大浪之人，面上卻十分平靜，說道：「李大人過譽了。」等敬酒之後，李清珮很是真心誠意地說道：「付大當家的，我跟著攝政王一同出過城，看到外面那些災民，我當時心裡真是……我替那些災民多謝付大當家的慷慨解囊，而付當家這一壯舉必會上報朝廷，給予嘉獎，成為眾人仿效的楷模。」

付元寶到了這會兒，有些激動，道：「如果真是這般，那真是感激不盡。」

「自是我應該做的。」

兩個人一來一往，說得很投機。

李清珮自然知道付元寶的目的不僅是捐糧，也想結交她，但只要肯捐糧，她就特別高興。她從宮裡回來就在算餘下的糧食還能撐多久，比戶部還緊張，有一次趙璟還拿這件事取笑過她，說他肯定能想辦法找到糧食，叫她不要擔心。

其實她怎麼不擔心？多一點糧食就能讓城外的災民活得更好一點，那可是活生生的人命呀！

所以這時候，她根本就不會推脫，更何況之前花竹意就說過這件事，說自己有些人脈，可以攛掇富商捐糧。她當時還有些不相信，誰知道竟然辦成了。

等兩個人說完，李清珮就迫不及待地問道：「付大當家的，妳這糧食何時可以運到？全部都是粗糧還是有精米？」

付元寶一下子無語了。

花竹意卻忍不住笑了起來，對著付元寶道：「付大當家的，我說得沒錯吧，我們李大人可是一心繫於國事，不聞窗外事呀！」

付元寶哈哈大笑。

一時屋內的氣氛很是熱絡，兩個人商定何時送糧，多少是粳米，多少是精米等等，等一切都安排妥當，李清珮很是高興，還特意敬了一杯花竹意，道：「花大人，請飲了此杯。」

花竹意心裡也很高興，當初聽到李清珮自己捐了八百擔的糧食之後，她就生出想要助李清珮一臂之力的想法。

剛好她家和付家有些姻親關係，她和付元寶也能說得上話，畢竟一個是女當家，一個是女官吏，都有些惺惺相惜的意思。

當時花竹意就是這麼勸付元寶。「朝廷缺糧食，從湖廣調來的還不知道什麼能找到，到時候不夠了，第一個肯定找四大家商賈開刀，你們家肯定是跑不了，妳既然連孔秀文的渾水都蹚了，何不乾脆自己主動站出來獻糧，還能結交這位李大人？」

孔秀文的祖宅賣給匯豐樓，但其實就是抵押，孔秀文一家子還是住在那裡。

商人對官場動靜，比起官吏，關心只多不少，畢竟賺再多的銀子，上面一句話就有可能傾覆。

付元寶比花竹意更早注意到李清珮，她一直期待著，能有個女官走到高位，也能拉她一把。

付元寶聽了花竹意的話，老道地吐了一句，道：「妳是想讓我給李大人當墊腳石？」

花竹意臉色有些不好看，但是付元寶很快就狡黠地笑了起來，說道：「好，我就當這個墊腳石。」

無論怎樣的買賣，都是帶著幾分賭注，畢竟沒有百分之百的可能性，在付元寶眼中這就是一場豪賭，賭對了，她就可以青雲直上。但是她沒有想到的是李清珮和旁人不同，一點都不扭扭捏捏，反而很痛快地接受了，且對待他們這些商賈很是禮讓，這讓她更是有了幾分信心。

等公事談妥了，付元寶笑著說道：「既然來了玉樹閣，總要喊一些公子過來助助興。」

李清珮倒不是真有想法，畢竟她已經心有所屬，她就是覺得好奇，想著是不是那些所謂的公子也都塗脂抹粉的？

見李清珮目光亮晶晶的，滿是好奇，付元寶忍不住笑，想著到底還年少，禁不住好奇這種事情，於是拍了拍手，讓外面丫鬟進來，道：「蘭公子可是有空了？」

李清珮一旁的花竹意悄聲說道：「這個蘭公子是玉樹閣的頭牌，到現在還沒讓客人在房裡過夜。」然後促狹地看著李清珮。

李清珮心裡越發好奇了。

不過一會兒，丫鬟就領著一個男子走進來，他穿著一件天青色錦緞聯珠小團花的長袍，腰上用一根同色系的絲絛繫著，那衣服極為合身，勾勒出男子高瘦修長的身段。外面罩著白狐的緞面斗篷，那雪白的毛，映襯著玉白的肌膚越發瑩白。

李清珮忍不住摸了摸自己臉頰，還是挺滑的，但是最近沒工夫捯飭，自是比不上這位蘭公子。

等真正看清蘭公子的全貌，李清珮就覺得胸口一緊。

眼前男子約莫二十出頭，正是介於男人和少年之間，芝蘭玉樹，眉目如畫，當真是十分少見的美貌；但是他行走之間，卻是高視闊步，帶著一絲微妙的傲慢。

蘭公子走到桌前，指著李清珮道：「今日，我只伺候李大人。」

花竹意和付元寶同時看了眼李清珮，那意思就是妳豔福不淺。

李清珮頓時尷尬不已，覺得人見過了，事情也辦完了，還是趕緊走吧！

李清珮起身正要說話，蘭公子以為她要來迎他，很是得意地走過來，隨意地坐在李清珮原來的椅子上，然後伸手要去攬李清珮，那意思就是讓她坐自己腿上。

李清珮的臉一下子就紅了。

第六十七章

宮中，趙環坐在下首，旁邊是剛剛病癒的廖北，還有王廷見、溫顧源，而上座則是新帝趙恆。

幾人正一起商量新帝登基大典的事情。

「雖然今年是大災之年，這登基大典卻不能有失皇家風範，就讓禮部按照規矩大辦吧。」

廖北有些詫異，他還記得當初皇帝大喪，新帝要大辦，攝政王卻是不同意，覺得如今民不聊生，太過鋪張浪費，最後還是新帝開了自己的私庫，這才補齊銀兩體面地辦了喪事。只是廖北這個人城府極深，自然不會表露一分，道：「王爺，您也知道，戶部可是再也拿不出銀子來了。」

趙環似乎早就料到，道：「不夠的，就從我這裡拿。」

攝政王趙環是德宗皇帝的老來子，一生下來就備受寵愛，據說德宗皇帝走的時候，私庫裡一大半都留給睿王，還有一對聖尊皇后傳下來的翡翠白菜，價值連城，多少人惦記的東西，也是留給了他。

廖北還是有些不明白，只是瞄了眼上首的新帝，見他露出動容的神色，這才恍然大悟，攝政王因為先帝的喪事，跟新帝有些爭執，現如今這般做，是要重新做臉面給新帝。

至於為什麼不是在大喪的時候？自然是因為辦喪事和登基大典需要補的銀子，兩者相差不是一星半點兒，而且，先帝神宗的喪事在新帝眼裡，畢竟不如自己的登基大典重要。

攝政王能這般無私地支持新帝，也可以消除他與新帝之前的隔閡了。

打一巴掌再給個甜棗，當真是好手段，可是偏偏十分管用，果然他聽到新帝很是感動地對攝政王說道：「叔爺爺，還是從簡吧。」

「這怎麼行？」

兩個人你推我讓，最後還是新帝承不住攝政王的情，勉強同意大辦登基大典。

一時氣氛和氣融融，好像根本就忘記了前幾天的隔閡一般。

廖北冷眼看著，心裡發涼，覺得攝政王的手段越發讓人看不懂。

一行人到了宮裡快落鎖的時候，才不得已離開。

趙璟送走新帝，正想著把昨天沒看完的奏摺看完，忽然間看到一個內侍急急忙忙地行來，在他耳邊嘀咕了幾句。

趙璟目光凝重，神色一沈，道：「真是好雅興。」

李清珮好不容易找了藉口離開玉樹閣，上馬車的時候忍不住擦汗。

一開始李清珮說要走時，付元寶還當她是客套話，以為她害臊。她們當然知道她的過往，知道她是經歷過人事的，自然跟大姑娘不同，這才領著她來這裡。而且李清珮一開始就知道玉樹閣是什麼地方，也同意在這裡見面，自然是有所準備。結果她們勸了半天，最後見李清珮當真是意志堅定，這才明白，人家不是客氣，也不是害臊，就是不喜歡而已。

付元寶覺得本就是想讓李清珮高興，但是她如今拒絕，也沒必要讓人不痛快，於是遣走了蘭公子，喝了幾杯水酒。

付元寶是個能人，能言善道，幾句話哄得李清珮和花竹意大笑，三個人吃吃喝喝玩鬧了一場，就一同出了玉樹閣，各自分開。

李清珮帶著幾分醉意躺在馬車上，涼風從縫隙吹了進來，讓她覺得有些發冷，不知道怎麼回事，竟然就想起趙璟來，也不知道他是不是還在忙碌？

李清珮回到家裡，讓彩蝶伺候著漱洗了，悶頭睡去，這一覺就睡到日上三竿，自然是遲到了。

自從孔秀文負責查江匪一案之後，親自去了漕運那邊，頂替他的人是溫顧源。原來溫顧源不僅管著司正，還兼禮部侍郎。

李清珮問了問夏息和居一正，兩人都是翰林院的，而她則是都察院的，所以很多人都是兼職。司正這個秘書組，忙的時候可以在，不忙的時候也能各自歸位，算是挺合理的安排。

李清珮一來，就看到屋內只有夏息，溫顧源顯然被攝政王喊去了，這樣一來，四個人的活變成三個人做，真是有些忙不過來。

夏息聽到動靜，抬頭，見李清珮因為一路小跑，臉蛋紅撲撲的，甚是可愛，笑著說道：「今天也沒什麼要緊事，李大人坐著歇一會兒吧。」

居一正推門而入，手裡抱著一大堆卷軸，一張方正的臉透著一股不耐煩，見到李清珮，臉更冷了，哼了一聲，算是不滿。

李清珮平時面對居一正，心情不好了就跟他頂嘴兩句，她口舌伶俐，時常說得他臉色鐵青，李清珮那時候就很開心；至於心情好，也就懶得搭理他。

只是今日是她自己遲到了，李清珮心虛，難得上前獻殷勤，道：「居大人，您來了。」

居一正道：「是呀，下官可不像某人，厚顏無恥地睡到日上三竿。」

李清珮一臉無言。

夏息正要埋頭幹活，聽了居一正這話，忍不住抬頭，李清珮和居一正兩人平日沒少吵嘴，他見李清珮臉色不對勁，正要勸幾句，卻聽李清珮很是認真地說道：「居大人說得是，是下官昨日喝多了，下次一定注意。您看，有什麼能讓下官搭把手的？」

居一正顯然沒有想到李清珮居然這般受教，還以為她會伶牙俐齒地堵他的話，猶記自己好幾次都被她的話嗆得差點喘不上來。他忍不住扭頭去看李清珮，見她正朝著自己笑，這遠山黛眉，秋水明眸……

他一時覺得心口一縮，恨恨地想著：當真是禍水一個！

只是他心裡已經沒有以往那許多反感，反而覺得她這般虛心受教，這個李大人雖然是眾多女官之一，還長得十分妖豔，但總是有些官的樣子了。

居一正冷冷地說道：「這裡有幾份文書，妳來看能不能寫。」

「好。」李清珮走過去，接過幾份文書，上面都是趙璟的批示，還有幾個內閣大臣的批注。

夏息忙完抬頭，看到居一正竟然在教李清珮寫文書。他挑眉，心中卻忍不住想笑，看來兩個人終於能好好相處了，以後終於不用每次吵架，由他去調停了。

說起來李清珮這個人，在他看來實在討喜。有文采，是真材實料的科舉出身，為人還非常謙遜，從來沒覺得自己是狀元而恃才傲物，也沒有因為自己長得貌美而以色惑人，行為舉止更是不卑不亢，落落大方。

孔閣老如今算是倒了，就算他在三個月內追回糧食，只能說免除一死，至於閣老的位置肯定是保不住了。

那他們這一派系總要有人站出來，領著大夥兒往前走，現在暫代的是溫顧源，可是這個人，夏息卻有些不看好，倒不是溫顧源沒本事，而是他這個人太過溫和隨意了。

這幾個月替攝政王寫文書和旨意，夏息已經看出睿王的脾氣，是個賞罰分明的人，並不像先帝那般喜歡溫顧源這種溫和的做派，反而更喜歡像李清珮這種，年輕、朝氣，充滿幹勁且執著的性格。

不然睿王怎麼會一直帶在身邊讓她擬旨？

雖然李清珮還太年輕了，經歷的事情太少，這件事還有待觀察，但是不管怎麼樣，夏息覺得李清珮以後的前程恐怕不可限量。

這般一想，他看著李清珮的目光，帶出和往常不同的鄭重。

李清珮對這些渾然不知，她聽著居一正的話，發現很多以前覺得生澀的地方都解開了，有時候一個旨意，換一個詞就能完全暢通，這不僅是文采的問題，還有多年來的經驗。居一正在這種文書上，當真是有自己的一套。

兩個人難得沒有吵架，居一正雖然還是冷著臉，但到底開始放手讓李清珮去做，李清珮也是誠心誠意地學習，實是一拍即合。

等忙完後，吃了午飯，李清珮開始寫自己的摺子，關於付元寶捐贈一萬擔糧食的事情，付元寶說最遲一個月就能運過來，不過現在時間緊迫，如果需要，可以七天就先送來三千擔應急。

李清珮一直在司正，自然知道賑災的情況，不僅是城外，還有北地受災的其他州縣，有餘糧的州縣還能應對，有的地方則需要運糧過去。

李清珮高高興興地寫了摺子，然後遞上去，等著趙璟的傳召。

只是一天過去了，兩天過去了，到了第三天，李清珮就覺得有些奇怪了，輪到她應該去文華殿擬旨的時候，卻是換成夏息，她才感覺到事情的嚴重。

要是以往，趙環雖然不一定會和她親近，但是三日裡總有兩日留她在旁邊擬旨，可是這已經是第三天了，該輪到她去了，他卻沒有喊她。

當文華殿的內侍來喊夏息的時候，夏息顯然有些詫異，他收拾了下筆墨硯臺，欲言又止地看了眼李清珮，最後還是什麼都沒說，跟著內侍去了。

屋內只剩下李清珮和居一正。

宮裡發來的炭終於到了，卻不是以前常用的好炭，每次燒起來總有些煙味。

李清珮只覺得胸口憋屈，狠狠地拍了拍，一抬頭見居一正望過來，她趕忙掩飾一般地說道：「有煙，難受。」

居一正什麼話都沒說，低下頭在明黃色的聖旨上寫下漂亮的最後一筆，收了筆，就放到一邊晾乾，這是一會兒要送回文華殿給攝政王蓋印的。

「發什麼呆？今日還有一堆事情要做。」居一正指了指旁邊堆積如山的卷軸。

李清珮心裡氣不過，卻也知道居一正說得對，只好埋頭苦幹起來，這一忙就到了下衙的時候。

李清珮伸著懶腰，舒了一口氣，身後的居一正一邊收拾東西、一邊看李清珮寫的文書，居然沒有像往常那般挑剔，反而說道：「當初出仕，皆是想著報效朝廷，一展宏圖，切不可忘記初心。」

等居一正走了之後，李清珮反覆回味他的話，竟然覺得有些啼笑皆非。

這是居一正在安慰她？

真沒有想到，有一天她居然會被居一正安慰。

不過被居一正這般打岔，李清珮的腦子倒是清醒起來。既然趙璟不來找她，那她就去找他問清楚。

第六十八章

李清珮叫熟悉的內侍遞信給王總管，不過半個時辰，王總管就氣喘吁吁地走過來，他臉色有些浮腫，顯然這幾天都沒休息好。

王總管站在牆角，對著李清珮道：「李大人，您總算是來找奴才了，您和王爺到底鬧什麼彆扭呀？」

李清珮一頭霧水，忽然就感到委屈，用腳在地上打圈，道：「我也不知道，今日本該是我去文華殿擬旨的日子，竟然換了夏大人。」

路上還是十步一隊的侍衛，但是已經看不到閒雜人等，下了衙門之後，不久宮裡就要落鎖，那些官員要趕在落鎖之前離開，所以沒有一個敢多待。好在有王總管領著李清珮，那些侍衛又見她穿著官袍，自然不敢攔著，兩人一路順暢地到了文華殿。

內閣是在武英殿，文華殿前面就成了議事廳，而後面主敬殿則是趙璟辦公的地方。

先帝神宗在的時候，就分別給秦王和睿王在宮裡留了住處。大趙的皇帝不比別人，后妃少，一生中能選一次妃就不錯了，所以整個偌大的皇宮，都是空盪盪的房間，又沒有男女大防，讓兩個已經成年的王爺還住在宮裡，留了地方，不算是什麼出格的事情。

趙璟這幾日忙得厲害，晚上都是歇在宮裡，他嫌棄原來住的宮殿離辦公處太遠，跟新帝啟稟之後，就搬到文華殿後面的文清閣，雖然不大，但是趙環一個人住卻綽綽有餘，最重要的是離文華殿近，只要五十步的距離，這讓他很滿意。

李清珮被王總管領著進了主敬殿，屋內只有趙環一個人，後面則站著伺候的宮女和內侍。

王總管道：「王爺，李大人來了。」

趙環頭也不抬，顯然很是專注的樣子，王總管卻使了眼色，讓那個幾個宮女和內侍退下去，自己也悄聲出去，然後守在門口。

李清珮見沒外人了，就湊到趙環前面，道：「王爺，您是不是在生我的氣？」

李清珮盯著趙環看，卻見他跟沒聽見一般還是繼續寫字，她低頭一瞧，忍不住噗哧笑了出來。

趙環被李清珮笑得心亂如麻，索性把筆一丟，道：「本王就那般好笑？」

「是王爺寫錯字了嘛！」

趙環起身，他個頭比李清珮高又魁梧，站起來跟李清珮對視，一下子就把她給罩住了。

「狠心的丫頭！」

李清珮只覺得天旋地轉，被趙環兩手握住腰身提了起來，然後被放到案桌上。旁邊的筆洗被推倒，掉在地上發出哐噹的聲音。

李清珮驚愕地看著趙環，道：「王爺……」

她話還沒說完就看到趙瓌怒氣沖沖地瞪著她，然後捏著她的下巴吻了過來。

一開始本就是無措的撫慰之吻，到後面就有點變味了，主要是李清珮也被趙瓌帶動起來，聞著熟悉的氣息，還有那樣珍惜溫柔的吻，李清珮一邊覺得委屈，一邊又有種被人萬般珍惜的感覺。

李清珮被趙瓌滿足地抱在懷裡，問道：「您到底在生什麼氣？」

趙瓌聽了，冷著臉道：「妳去了玉樹閣那種地方，還指望本王高興？」

「我不過是去看看……」

「妳還想做點什麼？嗯？那本王問妳，有一天，本王只是想看看青樓，就算什麼都沒做，妳心裡舒坦？」

李清珮立時就被噎住了。

鬧來鬧去，原來趙瓌在為這件事生氣，只不過轉念一想，自己好像也理解，光是聽到青樓兩個字就不舒服，更何況自己不僅入了玉樹閣，還在那邊高高興興地喝了許多酒。

「王爺……」

趙瓌見李清珮可憐兮兮地望著自己，心裡那一點氣就消掉了，其實他心裡也清楚李清珮不會做什麼，但是一想到她不願意成親，又聯想這一點，就讓人心裡很不舒服，擰了擰她的鼻子說道：「以後可不許這樣了。」

「嗯。」李清珮乖巧地說道。

這模樣讓趙璟看著心裡越發憐愛，忍不住捧著臉又吻了過去。

等兩人氣喘吁吁地分開，李清珮紅著臉道：「王爺，我以後自是不去那種地方了，但是王爺您也要答應我一件事。」

趙璟挑眉，見李清珮繼續說道：「以後有事就要直接告訴我，不能自己生悶氣，不然誰知道您到底在想什麼。」說完，低下頭來用腳在地上打圈，很是委屈的模樣。

趙璟一下子就心軟了，攬著她的腰身，柔聲說道：「好。」

兩個人耳鬢廝磨了半晌，直到炭盆裡的炭都熄了，屋裡一點點地變冷了，這才起身。

等收拾妥當，喊王總管進來擺膳，也是很簡單的四菜一湯。

李清珮知道如今用度緊張，也就沒說話，反倒是王總管在一旁解釋道：「平日裡咱們王爺都是只吃一菜一湯，今日還是李大人來了，這才加菜。」

李清珮說起付元寶捐糧的事情，趙璟笑著挾了一塊胡瓜給李清珮，道：「早就批好交給溫大人了，只是溫大人一直在猶豫，到底要給付家立碑還是要送牌匾，如果是牌匾，到底是不是要聖上親筆？這都還在討論，所以沒告訴妳。」

李清珮想起這兩日溫顧源見她焦躁的樣子，還安慰她，想來當時就知道這件事了。

兩個人一談論公事就沒完，很快就到了落鎖的時候，趙璟很是不捨，親自送她到宮門口。

這兩天，付元寶有些不安，自從和李清珮分開之後，她就馬上讓下面的掌櫃去調集糧食。

為了這件事，家裡也有不少意見，特別是一直想取代她的堂弟付呈最為積極，還特意在父親跟前大鬧過，說：「女人當家就是不行，別人一說點什麼，腦袋一熱就答應了。」

當時，她氣得發了一頓火。

今日難得清閒，付元寶在家裡教女兒打算盤，付元寶的女兒剛剛四歲，長得粉妝玉琢，又是能言善道，很得付家人的喜歡，如此倒是讓付元寶那個玉樹閣出身的相公也臉上沾光。

付元寶容貌只能算是一般人，這個女兒的長相都是隨她爹爹。

「一加二等於……」付仙兒白嫩的小指頭壓在黑圓的算珠上，結果多撥上去了一珠，差一點喊成四。「哎呀，錯了。」

付元寶聽著女兒奶聲奶氣的聲音，心裡軟得要化成水一般，哈哈大笑，低頭剝了一顆橘子遞給她，道：「先吃橘子，一會兒再算。」

兩個人說話這會兒，看到一個穿著月白色長袍的修長男子走過來，暖房裡一屋子的玉蘭花，也遮擋不住他的美貌，他臉上卻毫無笑容，唯獨看到女兒的時候才露出幾分緩和的神色。

付元寶卻全然不在意，當初為了娶這個相公，贖人的銀子不說，光是家裡就鬧得不成樣子，她也是花費不少的心血，即使已經成親六年，但是依然不減她的熱情。

「這幾日在家裡都做了什麼？」
李志遠給女兒重新整了整衣裳，又掏出帕子來給她擦唇角，上面都是橘子的汁水，頭也不抬地說道：「不過就是讀閒書，打發時間而已。」
付元寶道：「這次等朝廷那邊有消息，我就說服爹讓你去管銀樓的生意，這次爹總不會反對了吧。」
李志遠神色一動，只是很快就垂下眼瞼，把女兒抱到膝上，將帕子收回袖子裡，道：「我一個在玉樹閣當過頭牌的男子，娶進門就算了，還出去招搖，不是丟你們付家人的臉面嗎？」
因為是入贅，自然就用了娶這個字。
當初李志遠想要出去做事，付老爺子就是拿這句話堵李志遠的，他拗不過女兒讓她娶了李志遠，但是心裡就沒接受過，覺得他是個不三不四的男子，比他們家的夥計還不如，根本就看不上眼。
「我爹那是氣話，你別當真。」付元寶馬上哄道：「知道我這次攀上了誰？新科狀元李清珮，就是那個攝政王欽點的女狀元。說起來，她曾經是做妾的，你看如今，還不是憑著自己的本事當上狀元，是攝政王跟前的大紅人了，不知道現在有多少人想巴結她，她說一定給我們付家一個名頭。」
李志遠頗有些動容，只是很快就收了念頭，道：「他們這些做官的看得起我們商賈嗎？

別是跟孔家一般，竹籃打水一場空。」

這一次孔秀文受累，賣了祖宅，還是付家出銀子，說起來也幫了不少，但是孔秀文到現在連見都沒見過付家的人。

「不過一萬擔糧食，朝廷要，我們還能不給？」

付元寶想著這幾日來毫無動靜，也是有些心裡沒底，低頭沒有言語。

李志遠見了說道：「算了，我在家裡照顧仙兒，妳也能放心。」話題一轉，忽然問道：「妳是在哪裡招待那位李大人？」

付元寶頓時就不自在了，李志遠哪裡不清楚，冷冷地說道：「又是去玉樹閣？那裡還有人能入妳的眼？哦，是了，蘭弟弟長大了，可以接客了。」

「相公，你聽我說，我真的一眼都沒看過蘭弟，這不是想要讓李大人高興嗎？也就只能去那個地方了。」

「妳是一家之主，我不過是個下賤的人，哪裡能管得著妳。」

兩個人說著話，忽然見到小廝急急忙忙跑來，道：「大小姐，老爺找您呢。」

「什麼事？」

「付呈少爺帶著一幫人過來，其中有五叔老爺、七叔老爺。」那小廝有些不安地看著付元寶，這些人顯然就是來挑事的。

付元寶冷笑，當初她坐上大當家的位置，就有許多人不服，這會兒不過一萬擔的糧食就以為可以把她逼退下來，她這些年替家裡賺的銀子，可是一萬擔糧食的數十倍。

等付元寶走到前廳，看到廳堂裡坐滿人，付老爺子很是頭疼地扶著額頭，見到女兒過來，忙說道：「大丫頭，妳快過來。」

中間一個年約三十、戴著方巾的男子，很是不依不饒地說道：「付元寶，妳是不是腦子被門給夾了，現在這會兒捐出一萬擔的糧食？」

「付呈，一萬擔的糧食我們付家還出不起了？」

「現在的糧食可不是以前的價格了，可是一斗米就是一斗東珠的價格，妳說一萬擔多不多？果然是女人，當不得家，心慈手軟的，別人幾句話哄著捐糧，就同意了，那可不是妳一個人的銀子，是我們付家的，大夥兒可都是有份呢！」

付呈這番話，馬上就引起眾人的共鳴。

「這一萬擔的糧食不是白捐的，李大人可是答應過我，要給我們付家討個嘉獎，再說，朝廷如今這般艱難，找我們要糧不過就是早晚的事情，真要到了那時候，可就不是這麼好聽的說法了。」付元寶冷冷地說道。

付呈譏諷一笑，道：「嘉獎呢？妳能討來？自先帝登基，對我們這些商賈就不滿了，說我們是吃人骨頭的敗類。如今這攝政王雖然不知道如何，但是恐怕也不會違逆先帝的意願，妳能討來才怪！那個孔家，妳塞了多少的銀兩，如今連個屁都沒放！」

「付呈！」付老爺子冷聲說道。

付元寶想起這幾日來的靜悄悄，心裡也開始沒底了。李清珮雖然是攝政王身邊的紅人，但到底是新進官員，底子不穩，而且他們也不清楚攝政王的想法。

付呈見了，很是高興，道：「這下沒話了吧！」又道：「妳託的那個人，我也打聽過，不就是曾經給人做過妾的賤人？」

正在這時候，忽然聽到外面有人說：「聖旨到！」

付元寶簡直驚喜萬分，立時就來了精神，指著付呈道：「好你個付呈，竟然敢這般誣衊李大人，這話要是傳到李大人面前，可沒有你的好果子吃。」

付呈一時傻眼，竟然說不出一句話來。

第六十九章

春暖花開，一轉眼天氣就變得暖和起來，李清珮換上輕薄的春裝，吃著野薺菜肉的餛飩，幾乎是一口一個，不過一會兒，額頭上便滲出細密的汗珠子。

郭氏見狀，忍不住笑，道：「慢點吃。」

「慢點吃就來不及了。」李清珮囫圇吃掉碗裡的餛飩，又喝了一口湯，忍不住露出滿足的神色。「娘，您做的菜真好吃。」

熬了一個冬天，李清珮就沒好好地吃過飯，有時候不是錢的事情，主要是買不到。那時候覺得萬事艱難，大家都不知道怎麼度過這個冬天，但就是熬過來了。

自從付元寶帶頭捐贈一萬擔的糧食，禮部送了皇帝親自提筆的牌匾過去，寫了四個大字「宅心仁厚」。之後許多人競相仿效，又加上一個月前孔秀文終於追回了糧食，危機一下子就解除了。

等到了春天，萬物復甦，地裡長了野菜，大家更有許多活路，而且趙璟也開始安置災民返鄉，縣衙裡提供種子不說，今年的稅收也都免了。

李清珮起身出門，看到李念飛也似的跑過來，嘴裡還咬著一塊糖心餅，笑著說道：「姊姊，我送妳去。」

「好。」

過了年，李念十四歲了，按照古代年歲，明年都可以成親了，不過在李清珮眼裡還是個小孩子。

如今李念也冒了喉結，因為長個子，像是一根竹竿一樣，臉頰也消瘦，好像總是吃不飽，那些平日裡大碗裝的食物就好像是填了無底洞。

這個冬天，李念店裡的生意不好，剛好隔壁關門大吉，李念乾脆買了下來，打通兩間房，開間茶樓。一開始只是免費提供人熱茶水，本想著這個冬天賺不到錢，只當作善事，捧個人場就行，夏天在書鋪裡賺的銀子正好墊上這虧損。

茶樓開業起初當然是賠錢的，為了省點銀子，李念只顧了一個老伯燒火，店裡就他一個人既當夥計還兼掌櫃的，後來郭氏見他忙碌不已，也跟著去幫忙。

其間還收留了一對逃難的父女，正巧那男子會說書，平日搭把手充當夥計換了餐飯，後來見人多乾脆說起書來，也算是報答李念的恩情。

等到了今年春，許多災民都安置出去，整個京城恢復往常的熱鬧，一個名不見經傳的小茶樓就這樣立了起來。

那些主顧一開始不過就是想占便宜，畢竟可以免費喝茶，雖然那茶水粗陋不已，很多時候去晚了也只有白開水，但是在這災年也就不講究了，等後來成了習慣，一天不去就渾身難受，這生意也就紅火起來。當然，李清珮也是出了力的。

李念一邊趕車，一邊笑著說道：「姊姊，妳說的那個西遊記，到底是誰寫的？怎麼那麼有趣，現如今我們茶樓可是一整天都是爆滿的。」

李清珮可不打算歸功於自己身上，那也太對不起老祖宗了，笑著說道：「是叫吳承恩的人，是一個了不起的人物。」

「可不是。要不是姊姊說早就仙逝了，弟弟還想去拜訪一下。」李念很是惋惜地說道。

李清珮知道李念是真的很喜歡西遊記，她一直以為弟弟不喜語文，後來發現並非如此，李清珮講了西遊記，都是李念一個字、一個字默寫下來，等寫完了還會拿給李清珮看，很是認真的模樣，一點也不復曾經的困難。

兩個人一路閒聊，正是說得投機，到了西北那條街路口的時候，突然看到禁衛軍騎著馬急急忙忙過來，李念立刻把馬趕到一邊，卻還是來不及，撞上了領頭的禁衛軍。

「什麼人？竟然敢擋路！」那領頭的男子忍不住喝道，結果一抬頭就看到李清珮拉開簾子露出頭來看他，兩個人遠遠對視，他露出吃驚的神色來。「啊，是李大人。」

李清珮認得這個人，他是九門提督莊厚的兒子莊田。趙璟當上攝政王之後，就將莊厚從齊州府調過來當九門提督，畢竟這是十分要緊的位置，要他自己的人才放心，而莊田則被安插入禁衛軍。

「莊大人，您這是公務在身？」

莊田中等個子，皮膚白皙，看起來不過二十多歲，正是年輕力壯的時候，等勒住馬，這才帶著幾分歉意地說道：「正是，李大人，下官有要事在身，下次再下馬賠罪。」

李清珮點頭說道：「不敢耽誤莊大人的正事。」

兩個人客客氣氣地分開，李念也將馬車趕到路邊，莊田顯然很急，甩了馬鞭頭也不抬地朝著前面而去，李清珮用袖子捂住臉，這才擋住揚起的灰塵。

李清珮看著莊田去的方向，道：「好像是去柳樹胡同。」

「姊姊，他們這是要……」李念知道許多朝廷大員都住在柳樹胡同裡。

「估計朝廷出事了。」李清珮道，能讓禁衛軍出馬肯定是趙璟的手筆，但是不知道這次出了什麼事。「你趕到裡面去看看。」

李念駕著馬車跟了過去，一路上見到許多人對著莊田等人避讓，但是也指指點點的，露出好奇的神色。

李清珮到了巷子口就不讓李念進去，因為裡面滿滿都是禁衛軍的人，不過一會兒就聽到一個女子的哭聲。「老爺，您可是冤枉的呀！」

一個穿著白色裡衣的中年男子被莊田五花大綁地押出來，臉上卻是面無表情，似乎已經心如死灰。

後面跟著一個女子，被左右兩個稍微年幼的女孩拉著，哭得不能自已。

「王廷見？」李清珮總算知道為什麼要派禁衛軍而不是大理寺出面了，原來是要抓內閣之一的刑部尚書王廷見。

這可算是轟動朝野的大案子，她還記得當初自己剛到宮裡的時候，王廷見沒少給自己難堪，見面的時候總是愛理不理的，那眼睛好像長在頭頂上。

當然這種人她見多了，只當沒有看見就行，能記住王廷見不僅因為他是內閣之一，且居一正就是王廷見的學生，兩個人在歧視女官上簡直如出一轍。

莊田押著王廷見上馬，如同貨物般直接掛在馬背上，顯然是要快速回去覆命，自然沒有人敢擋路，一路順暢奔出巷子。

李清珮正好跟趴在馬背上的王廷見對了個眼。

王廷見看到她一愣，轉了轉眼珠，好像是有話要說，但最後還是垂下眼瞼。

李清珮心中更是好奇，等到了宮裡，就直接去司正。

居一正還是那般早到，認真地整理文書，夏息則是在李清珮之後到。

有內侍端熱茶過來，李清珮特意端過去給居一正。

居一正顯然沒料到李清珮這般體貼，哼道：「女人還是做這個合適。」

李清珮氣得差點把茶杯丟在地上，最後還是忍住了，不過心裡那一點憐憫也就煙消雲散了。

王廷見被抓，肯定是犯了什麼大事，不然趙璟不可能在根基還沒穩的時候去動廖北的人。

只不過這些和她沒關係，李清珮穩住心神投入整理文書當中，因為她知道這件事早晚都會爆發出來，她如果想知道具體內情，晚上問趙璟就能清楚了。

一切如常，中午三個人還是按照以往去公廚用飯，如今用度不像以前那麼緊張，但還是沒有恢復以往的奢侈，不過倒是出現幾樣野菜，比如車前子湯水，吃起來雖然有些苦澀，但還是很爽口。

居一正吃飯一向一板一眼，一粒飯粒也不會留，所以吃得比較慢。

李清珮和夏息先回了司正，兩個人閒聊一會兒，又開始忙起來，結果看到居一正冷著臉走進來，忽然推開案桌的文書，一下子就掉在地上，發出「砰砰」聲響。

居一正面色鐵青，對著李清珮說道：「妳是不是早知道了？所以早上才給我斟茶！」

夏息看著李清珮，見她垂下眼瞼，上前道：「居大人，到底是什麼事？你居然這般對李大人發脾氣！」又有些生氣地說道：「平日裡你對李大人頤指氣使、呼來喝去就算了，今日又發什麼瘋？莫名其妙發脾氣不說，還摔文書，這裡面很多都是聖旨，你不要命了？」

居一正深吸一口氣，好一會兒才恢復從容，對著李清珮說道：「李大人，對不住了，今日我確實是有些失態。」這些話幾乎是一句一句擠出來的，居一正每說一次話，都覺得臉頰肉繃著。

居一正又扭過頭去看夏息，道：「夏大人，我要告假，王大人被抓，我實在是無心處理公務。」說完頭也不回地衝了出去。

夏息嘆息，低頭過去把那些文書都撿起來，一邊往案桌放，一邊說道：「李大人，妳早就知道了吧？王大人因為牽扯進江匪劫糧案裡，被禁衛軍抓了起來，是攝政王親自下的旨意。」

雖然王廷見和夏息是不同派系，但都是做官的，不免有些唏噓，道：「真是沒有想到，王大人竟然是主謀。」

李清珮並不清楚內情，想著原來夏息早就知道了。

夏息見李清珮有些疑惑地看著自己，這才頓悟，忽然住口，道：「李大人，妳不知道這件事？」

李清珮搖頭，道：「下官來的路上正好看到禁衛軍去了柳樹胡同。」

「原來是這樣。」夏息把文書整理好，這才回到座位上，想著李清珮早晚也會知道，就沒必要隱瞞了，斟酌了下，道：「早上我來得晚一些，正好遇到入宮的孔大人，聊了幾句才知道來龍去脈。」

原來一個月前雖然找回糧食，但是沒有找到主謀，孔秀文這一個月都在查這件事，江匪死活不說內應是誰，孔秀文原本幾乎要放棄了，最後還是從江匪的家眷下手，這才找出線索。他從一封沒有署名的信件，查到一個叫石六安的七品縣令身上，又從石六安身上找到王廷見府裡的管事。

「都說王大人為官清廉，他這麼做是為什麼？」雖然李清珮不太喜歡王廷見，這個人名聲卻很好，雖然過於一板一眼，但是為官較為清廉，也很是幹實事的人。

李清珮說完就看到夏息複雜的目光，馬上就想到廖北和孔秀文之間的鬥爭，當初兩人爭論到底要誰來當攝政王。

難道說，王廷見是為了故意給趙璟使絆子？為了讓趙璟坐不穩攝政王的位置，去做這種傷害老百姓的事情？

兩個人都沒有說話，各有各的心事。

夏息想起孔秀文嚴峻的表情，當時他說：「我真沒有想到，這件事會牽扯到王大人身上，恐怕要牽扯出一場腥風血雨了，你最近得謹言慎行，注意點。」

想到這裡，夏息穩住心神，重新開始做起事來。

第七十章

到了下午，王廷見被抓的事情就傳開了，許多人開始竊竊私語，就連新帝也得了消息。

趙璟正在跟廖北議事，廖北顯得很是從容，沒有說任何一句話，還問趙璟自己需不需要迴避，畢竟他和王廷見私交甚好。

倒是讓同在一個屋子裡，來為趙璟擬旨的李清珮頗為詫異，本想著這個廖北還是挺有些風骨；不過很快地，她就發現自己過於天真了。

屋內已經停了炭盆，開著窗戶，長几上冰裂紋汝窯窄口花瓶裡插著幾枝嫩黃色的迎春花，帶出春日的氣息，雖為廳堂內迎來一絲春意，卻依然掃不去屋內的沈悶。

有人稟告道：「皇帝駕到。」

原太子妃因為誠心悔過，已經被放出來，補了皇后的金冊，雖說如今還是對新帝不冷不熱的，但或許是經過那件事，態度總是軟和一些，好歹問句話也會回答，這讓新帝很愉悅。

或許是因為這樣，雖然新帝還是有些蒼白羸弱，但是氣色很好。

幾個人都起身拜見皇帝，趙璟迎著新帝坐在上位。

新帝顯得很是和藹可親，道：「不用這般緊張，朕就是來瞧瞧。」

等客套完了，新帝就說起王廷見的事情。「這其中是不是有什麼誤會？當然，朕不是說孔愛卿查案有誤，不過王大人可是父皇留下來的顧命大臣，素來清廉自重，就是脾氣有時候難免大一些……」

屋內幾個人都沒有說話，李清珮看了眼外面，見到居一正身子僵硬地站在門口。

從來不管政事的新帝過來介入這件事，她馬上就明白了，顯然是居一正去搬救兵。只是真沒看出來，居一正不過是一個五品閒職，居然在新帝前面有這份面子可以請得動人，又或者是他後面的人？比如廖北？

「這朝中，大家都知道下官和王大人有多年的交情，原本這話不該下官來說，但是王大人這件事，確實是太輕率了一些。」廖北面無表情，臉上根本看不到一點情緒，捋了捋鬍鬚說道。

果然，李清珮知道自己想對了，剛才還覺得廖北有些風骨，當真是啼笑皆非。

孔秀文冷笑，還是起身恭恭敬敬地說道：「陛下，下官原也是不信，可是那書信實是王大人親筆所寫，上面還有王大人的私印。」

「這東西，也有可能是仿寫呀！」廖北一本正經地答道，然後看了眼新帝。

新帝聽了很是認同地點頭，道：「廖首輔說得也在理，說不定是栽贓陷害！」

按道理，新帝不該參與朝政，當初先帝還特意留了遺言，叫新帝以養病為主。但是無論如何，新帝的身分都是至高無上，要比攝政王高上一截，所以真要攪和進來，也不能直接無視他的意見。

「字是仿寫的，私印也是假的不成？」孔秀文道：「如果按照廖大人這話，人證、物證俱在，這都不能讓人伏法，那還有什麼可信的？天下之大，也就沒有王法了不是？」

新帝顯然有些緊張，他不曾面對過這麼激烈的對話，忙道：「孔大人，朕當然知道這件事……」

「微臣讓人去抓王大人，是因為微臣有確鑿的證據，而廖大人說書信是仿寫的，不過就是上嘴唇碰下嘴唇，一句輕飄飄的話而已。難道我等為官之人，就憑著一句沒有實證的猜測話語來決定一個案子？」孔秀文卻毫不示弱，言語犀利地說道。

李清珮在一旁差點要為孔秀文鼓掌了，孔秀文其實就差沒罵廖北胡說八道，他的意思就是「我人證、物證俱在，你卻空口白話，一個當官的還要臉不」。

不過這話還是有點打新帝的臉，畢竟新帝剛才也認為或許是栽贓陷害，果然李清珮看到新帝的臉色有些不好看了。

趙璟見了，馬上出來打圓場，道：「孔大人，陛下也是過於震驚了，畢竟王大人的官譽一直良好，實在是讓人難以置信，你剛才實是有些過了……」說到這裡忽然語氣一轉，又道：「陛下，判斷一件案子，人證、物證最為關鍵，有了這些東西，就算讓人覺得不可思議，也不能感情用事，畢竟這是國家法度的基本，不能本末倒置了。」

新帝這才尷尬地笑道：「叔爺爺說得是，倒是朕沒有顧慮周到。」說完起身對孔秀文道：「孔大人，朕不是不相信孔大人，只是心裡難免……你瞧，這樣行不行，再仔細查一沒辦法了。

遍，緩一緩！」

到了這會兒，新帝已經是耍賴了，而遇到耍賴的皇帝，趙璟也好，孔秀文也罷，也實在

廖北道：「孔大人，人命關天呀！你也知道一旦進了死牢，那可就很難出來了。」

孔秀文抬頭去看趙璟，見趙璟微不可見地點頭，知道這是新帝的請求，總不能不給面子，這才道：「既然是陛下說的，那就再緩兩天，不能再多了。」然後看著廖北道：「廖大人，下官可是給您時間了，您要替王大人伸冤，可是記得要拿出人證、物證來，別再像今天這般，只憑一句話而已，不然您堂堂一個首輔，可真是有些難看了。」

這話要是旁人早就尷尬了，畢竟帶著暗諷，但是廖北城府極深，很是從容地說道：「孔大人說得在理，老夫記下了。」

孔秀文心裡忍不住暗罵：真是老王八，臉皮比城牆還厚。

趙璟送新帝出去，站在門口像雕塑一樣的居一正好像活了一般，頓時就朝著皇帝而去。

李清珮瞧了心裡有些不舒服，覺得這個新帝真是有些胡攪蠻纏，而廖北睜著眼睛顛倒是非，也很是讓人不喜。這麼一想，她心裡就帶著氣，下筆就格外用力了。

旁邊有人打趣地說道：「我們李大人可是要把紙張戳出一個洞來不成？」

李清珮抬頭，就看到站在旁邊笑盈盈的趙璟，忍不住道：「就會取笑我。」

那聲音明顯帶著撒嬌，趙璟聽得心裡軟軟的，上前攬住她，抱入懷裡，道：「怎麼？什

麼事情惹我們李大人不開心了？」
李清珮知道趙璟這般舉止肯定是屋裡沒人了，但還是忍不住看了眼。
趙璟見她掃了眼屋裡，便輕柔地捏住她的下巴，含笑地啄了下，道：「沒有人。」
「就是覺得廖大人狡猾得像狐狸一樣討厭。」
趙璟聽了忍不住哈哈大笑，心裡卻覺得很痛快，道：「妳真是什麼都敢說，不過說到本王心裡去了。」說到這裡，他露出冷冽的目光。「妳不用擔心，之前孔大人就猜出廖大人會出來阻攔，已經有了對策。」
「是什麼？」李清珮忽然有種柳暗花明又一村的感覺，原來她在這裡乾著急，但是孔秀文和趙璟早就已經預料到了。
趙璟從來不對李清珮隱瞞任何事情，只要是李清珮想知道的都會告訴她，聽了這話便道：「本王和孔大人都覺得王大人不是主謀，他後面肯定還有人，正好趁著這次機會引蛇出洞。」隨即擰了擰李清珮的鼻子，笑著道：「所以廖大人的要求，其實正合本王的心意。」

第七十一章

第二天早上，李清珮還沒入宮就被趙璟攔截了。

趙璟笑著說道：「上車。」

李清珮走過去，上了馬車，等坐定後，見趙璟拿出一身衣裳，道：「換上吧。」杭綢的纏枝月季花小襖，滾著邊，下身則是同色系的馬面裙，做工極為精細，更重要的是那尺寸一看就是……

李清珮紅著臉，道：「王爺，這尺寸正是合適。」

趙璟含笑望了過去，兩個人目光癡纏在一起，好一會兒才分開。

李清珮紅著臉把官袍換下來，趙璟少不得要幫忙繫帶子，這樣一來，兩個人又是磨磨蹭蹭的耳鬢廝磨，等穿戴妥當，李清珮才注意到，趙璟也是一身杭綢的菖蒲紋直裰，戴著方巾，和她竟然同樣的打扮。

趙璟笑著說道：「現在，我是老爺，妳是夫人。」

李清珮皺眉道：「王爺……」隨即知道自己說錯了，馬上改口說道：「老爺，咱們這是去哪裡呀？」

趙璟握著李清珮軟綿的手，耐心解釋道：「想去城外看看災民，都說安置妥當了，但是本王沒有親眼看到，總是不放心。」

「嗯。」

不過一會兒，馬車就駛出京城，又約莫行了半個時辰，外面有那侍衛喊道：「老爺，到地方了。」

趙璟先下馬車，接著準備扶李清珮。李清珮覺得在許多人面前很是不好意思，趙璟卻一本正經，那目光飽含委屈。「妳不是我的夫人嗎？」

對於李清珮不肯成親的事情，趙璟一直耿耿於懷，只要逮到機會，就會這般委屈地發洩一番，弄得李清珮反倒愧疚起來，這才把手伸出來給趙璟，幾乎是被抱著下了馬車。

李清珮臉上潮紅，瞄了眼四周，見那些禁衛軍彷彿什麼都沒看到的模樣，這才鬆了一口氣。

這裡原本有幾萬的災民，如今已經是人去樓空，但是還能看到曾經住過人的痕跡，比如：丟在地上的晾衣桿、碎掉的瓦罐、用樹杈和稻草糊了棚頂的帳篷。

趙璟和李清珮一起走過去，等到了裡面，還是看到了兩、三個住在帳篷裡的災民。

趙璟問道：「你們怎麼不回鄉？」

一個婦人年約三十多歲，臉曬得黝黑，春天卻依然穿著棉衣棉褲，那衣服已經看不出原來的顏色，蹭得滿是灰土，且棉褲已經破了一個大洞，有棉絮從裡面飄散出來，甚是狼狽的樣子。

婦人抱著一個剛剛滿月的孩子，正在細心餵食著米糊，聽到趙璟的話，抬頭，見是一對路過的夫妻，卻也能看出來非富即貴，便笑著說道：「這幾天走的人多，找不到馬車，妾身又是這樣的身子，實在是動不得。」

李清珮見她在餵米糊，道：「夫人，妳怎地不餵奶？」

婦人隨意梳理了下，因為長時間沒有清洗而顯得亂蓬蓬的頭髮，臉上卻滿是笑容，道：「吃得不好，沒有奶。」

說到這裡，她見李清珮露出不忍心的神色，反而安慰地說道：「夫人不必傷懷，早前妾身和夫君逃難出來的時候，還當要餓死在路上，這天寒地凍的，又沒有糧食，夫君就說，餓死也要死在京城，讓那些達官貴人們看看他們造的孽。」

婦人眼角含淚。「誰知道我們遇到活菩薩了，攝政王不僅讓人給我們施粥，還救濟衣裳，天冷的時候也會送炭火過來。」她指著自己不成樣子的棉襖，道：「夫人，妳別看這件棉襖破了，但很是暖和，這還是新棉花呢！如今，只要回鄉就能分到種子，開墾的荒地也可以歸自己，還免去一年的賦稅，好日子還在前頭呢！」

李清珮聽得有些難過，這些人要求這麼簡單，不過能活命就覺得滿足。

正在這時候，趙璟走了過來，輕輕地拍了拍她，她這才發現自己竟然跟著落下淚來。

婦人道：「夫人真是善心人，妾身一點都不苦，夫人看看我家虎兒？」

婦人把孩子抱起來給李清珮看，那孩子養得很好，雖然不胖，但是白白淨淨的，見母親逗著自己，忍不住格格笑了起來。

那笑聲清脆，一下子就傳開來，讓人愉悅。

這時候，遠遠地有一個男子走來，待見到趙璟，膝蓋一軟，一下子就跪了下來。「王爺……」指著一旁的婦人道：「二娘，還不過來給我們恩人磕頭。」

婦人這才知道，眼前這個看起來氣質不凡的男子竟然是攝政王。

男子的話一下子就引來許多還沒來得及回鄉的難民，紛紛過來要向趙璟磕頭，趙璟攔不住，這才受了禮，之後就坐在凳子上詢問家裡的情況，比如：家裡還有什麼人、都在哪裡、回鄉之後要做什麼……

那些災民簡直受寵若驚，連話都說不流暢了。

回去的時候，趙璟和李清珮都沒有說話。

好一會兒，李清珮沈澱了心思，道：「王爺，大趙百姓有您，真是他們的幸運。」

李清珮曾經建議趙璟多去聽取老百姓的話，但是她沒有想到趙璟竟然可以做到這種田地。

趙璟卻握住李清珮的手，有些沈重地說道：「讓百姓們衣食無憂，路不拾遺，夜不閉戶，還早呢。」隨即有些頭疼地揉了揉眉心，道：「總有些人不讓本王如意。」

李清珮緊緊地回握了過去。

到了宮中，兩個人各自分開，李清珮去公廚用飯，今日難得有糖醋排骨，公廚的內侍和王總管相熟，特意給李清珮多加了一小碟。

李清珮想到那些災民，居然有些難以下嚥，卻也知道不能浪費糧食，就這樣食不知味地吃光了。

到了司正，只有夏息一個人在，見到李清珮問道：「妳有看到居大人嗎？」

昨天居一正告假，今天卻沒有，早上李清珮又被趙璟調走了，等於從昨天下午到今天上午，都是夏息一個人在忙。

夏息很是無奈地說道：「連喝茶水的時間都沒有。」

李清珮捲起袖子，一副要大幹一場的神態，道：「夏大人，你去歇會兒吧，剩下的就由下官來做。」

這模樣逗得夏息哈哈大笑，他本就是性格溫和之人，鮮少生氣，剛才不過就是發牢騷而已，道：「怎能讓我們御前紅人李大人一個人做？」

「夏大人，你可是折煞下官了。」

兩個人互相調侃，事情卻沒有耽誤下來，漸漸地不說話了，都在忙著。

就在這時候，忽然間門被推開，居一正面無血色地走進來，要不是扶著門框，幾乎要坐在地上，道：「李大人，妳能不能去求王爺，讓下官去見老師最後一面？」說著就潸然淚下，一副痛不欲生的樣子。

李清珮問：「居大人，這是怎麼了？」

居一正痛苦地閉上眼睛，吐出一句讓李清珮驚愕不已的話。「老師早上咬舌自盡了。」

李清珮大為震驚。

「我不相信老師會做出那等事情。」居一正很快恢復從容，但是眼中有一種奇異的神色，就好像是不達目的不罷休的神態。「李大人，我知道妳是孔大人的門生，可能覺得我是為老師開脫，但是黨派之爭，又怎麼能拿百姓的安危做兒戲？這件事，我居一正會調查到底。」

早上牢房的看守發現王廷見的異樣時，他身上毫無外傷，嘴裡咬著斷掉的舌頭，因為趴著睡，雖然流了很多血，但是都流到身體下面，這才沒有被立刻察覺。

王廷見神態痛苦，地上都被他挖出一道道印記。

看守表示，王廷見自從入獄後，不說話也不吃東西，似乎早就想尋死了。

這件事很快轟動朝野內外，甚至有人說是孔秀文冤枉王廷見，他才用這種激烈的方式尋死抗議。

只不過王廷見罪證確鑿，就算傳也傳不出個什麼來，等抄家的時候，王家地窖竟然搜出上百萬兩的銀子，居一正就好像是失了魂一樣，好幾天都不說話。

王廷見貪污的事情就如此坐實了，實在是打臉為他求情的新帝和廖北，如此一來，很快就止住這些謠言了。

但是，李清珮總覺得王廷見後面還有許多事情沒有被查出來，就像趙璟說的那般，王廷見背後還有人，原本想留著他引蛇出洞，那誘餌卻自己埋了活路，斷了線索。

見李清珮有些不安，趙璟還安慰她道：「總有水落石出的那一天。」

李清珮還是繼續忙碌的生活，轉眼已經到五月分，天氣漸漸地炎熱起來。

城外的災民也都安置回鄉，趙璟為了查實這一點，怕有人貪污賑災糧食，特意命溫顧源為欽差大臣，去北地各個受災的縣走一圈。

朝廷漸漸步入正軌，攝政王的聲望也越來越高。

第七十二章

司正後面有個大房間，許多文書、來往的旨意都放在後面，他們一個月都要整理一次。

這次輪到李清珮，她一大早就過來了，雖然工作內容有些枯燥，卻很長見識，比如：往年的旨意是怎麼寫的，很多能被調來司正的人都是寫了一手好字，都可以借鑑。

李清珮一邊整理、一邊看，忽然看到了一張手稿，那字實在寫得好，清俊飄逸，風骨自成，看了半天，下面竟然蓋著孝宗皇帝的私印。

李清珮又翻了幾張，好像都是孝宗皇帝的手稿，正有些納悶，門口突然有人敲門，她扭過頭去，看到夏息靠在門口。

夏息笑著道：「李大人，妳來錯地方了，這裡都是先帝和孝宗皇帝的，旁邊那間屋子才是我們要整理的。」

「原來是這樣。」

「我就知道妳會弄錯，這裡十幾個房間，都是放著以前的文書、旨意，稍微不小心就會走錯。」

晚上，李清珮回到家中，不知道為什麼，越想越覺得那字跡有些眼熟，於是睡到半夜就爬起來，走到了書房，那裡還放著許多年前父親用的書，她翻了半天，看到父親留下給她練字帖用的文本。

李清珮已經很多年沒看過，今天打開翻閱，明明字跡不一樣，但是越看越發覺得和孝宗皇帝的字有些相似。

她想起孝宗皇帝微服私行，後來無意中看到父親李唐的字，求了一幅回去掛在御書房裡，父親這才聲名大噪。

孝宗皇帝顯然很喜歡父親的字，會不會寫的時候，不自覺帶出父親下筆的神韻？

李清珮腦子渾渾噩噩的，只覺得有什麼重要的東西，卻又想不起來，好像找到了什麼線索，但是又斷掉了。

這一天晚上，李清珮睡得很不安穩，有時候覺得看到父親在教自己寫字時候的場景；有時候是在送葬那天，父親躺在冰冷的棺材裡，母親扶著棺材啼哭不止的樣子，那樣的悲傷和難過，好像天都塌下來了。

早上醒來的時候，李清珮覺得有點無精打采，吃飯的時候都提不起精神。

郭氏最近跟著李念在茶樓裡幫忙，穿著碎花細棉小襖，用布包著頭，行動很是幹練，見李清珮用調羹扒拉稀粥半天也沒喝下去，就直接撤走。

「不想吃就別吃了，中午去公廚多吃點。」郭氏將碗遞給彩蝶又道：「動作快點，今天早點去茶樓。」

先前李嬤嬤因為家裡有事回去一趟，彩蝶又被李清珮喊去通州，如今人都回來了，正好被郭氏拉去茶樓幫忙。

李清珮拿著調羹，委屈地扁嘴道：「娘，您現在一點都不關心我了。」

郭氏包了幾塊糕點，塞到李清珮的手裡，道：「在外面還是李大人呢，為了一口早飯就跟娘撒嬌。」

李清珮見那糕點是她最喜歡吃的發糕，熱呼呼的，應該是一早就起來做好的，知道自己誤會了郭氏，於是撒嬌地拽著郭氏的胳膊道：「女兒就算是七老八十了，在娘面前還是個孩子。」

李念朝著李清珮擠眉弄眼，道：「姊姊，妳真是不害臊。」

李清珮被弟弟嘲笑，就算臉皮堪比城牆，也忍不住紅了臉，起身要打李念。

李念手長腳長的，極為機靈，一下子就跑開了。

郭氏見李清珮臉上終於恢復了幾分血色，這才鬆了一口氣。

自從把夫君的事情告訴李清珮之後，郭氏自己雖然放下十幾年來的包袱，一直緊繃的精神總算是放鬆下來，卻又覺得把這種負擔給了女兒，頗為不忍。她昨天夜裡起來，看到李清珮翻箱倒櫃地找書，最後翻出一本夫君的字帖，她忍不住淚流滿面，怕讓孩子看見，這才生生忍住。

十幾年的生活，已經讓郭氏放棄過許多次尋找當年事情的真相，但是李清珮的認真讓她重新燃起希望，她卻又不希望李清珮因為這件事而整日悶悶不樂。

李念趕著馬車先把郭氏和李嬤嬤等人載到茶樓，又送李清珮去宮裡，他離開之前，還是被李清珮逮住機會擰耳朵出氣。

「敢嘲笑姊姊！」

李念卻好脾氣地笑道：「姊姊，妳要是覺得擰了弟弟的耳朵，心情能好點，那就多擰點。」

李清珮這才知道不僅是郭氏，李念也在關心她，心裡頓時暖暖的。

等到了司正，見到溫顧源難得人在這裡，他如今都在外面忙，很少回來。

溫顧源正在跟夏息說話，見到李清珮這才說道：「李大人，來得真早。」

李清珮跟溫顧源打了招呼，說了幾句客套話。

溫顧源掃了眼眾人，說道：「今日誰去擬旨？」然後又補了一句。「王爺心情很不好，早上已經把我等臭罵了一頓。」

一般是三個人輪流過去，但是總有多出來的日子，比如今天。

夏息原本正要說自己去，馬上就低下頭來。至於居一正，自從王廷見的案子結束之後，一直繃著臉，很是沈默，就好像是被抽走了活力，面對溫顧源的話，只道：「聽溫大人的安排。」

溫顧源想來想去，還是覺得李清珮最為合適。居一正太過沈悶，特別是這種生氣全無的樣子，說不定會惹怒睿王。再說，睿王顯然更為喜愛李清珮。

「李大人，還是妳去吧。」

李清珮倒不怕趙璟生氣，趙璟就算是發脾氣，卻從來不曾大聲對她說過一句話，只是她有些好奇，到底是什麼事讓趙璟生氣，所以一路上小心翼翼地打探道：「溫大人，是不是又出什麼事了？」

溫顧源覺得把人送到槍口上，不能不告訴李清珮事情的原委，道：「涼州發生瘟疫，但是涼州縣令鄭永賀沒有往上報，瞞了一個多月，瞞不住了，這才被人告發上來。」

「疫情？」

李清珮心情沈重，跟著進了屋子，氣氛很壓抑。

趙璟正憋著氣，指著因為害怕走不動而被架過來的男子說道：「那有病的人都藏哪裡去了？」

溫顧源小聲說道：「這就是鄭永賀。」

「微臣都……就地掩埋了。」鄭永賀終於找到了聲音。

「上千的活口，你說埋了就埋了？」

趙璟顯然極為生氣，氣得臉色鐵青，隨手抓起一旁的碧璽砸過去，正好砸在鄭永賀的臉頰上，立時就腫了起來，就好像含著雞蛋一樣，鼓鼓的一大塊，但是他不敢摸，只是一個勁地磕頭謝罪。

趙璟的眼睛彷彿快噴火了，李清珮斟了一杯茶水放在趙璟的案桌上，又趁著沒人注意時輕拍了下趙環的手背。

趙環的身子頓了下，很快又開始說起話，雖然還是發脾氣，但是顯然要比之前好多了。

李清珮鬆了一口氣，到一旁開始忙起來。

鄭永賀是被架來的，不過離開的時候則是被押下去。據說他一開始只埋了死人，再後來則是半死不活的人，又後來開始屠村——只要有一個村子出現疫情，便將村子裡的所有人都趕到挖好的土坑活埋。

事件起因是鄭永賀貪污了賑災的糧食，讓許多村民餓死，過了冬天，天氣炎熱起來，屍體腐爛才引發疫情——這是鄭永賀死命要瞞住的原因。

據說這個鄭永賀後面還有人，不然誰有這樣大的膽子？

趙環馬上就聯想到其他州縣，道：「溫大人，你上次不是去北方各地尋訪過，都說那些糧食都按時發放下去了，怎麼如今出了這樣的狀況？」

其實溫顧源尋訪一個月的時間，根本就不可能監督得面面俱到，特別是像鄭永賀這般處心積慮隱瞞的。

趙環也知道當初派溫顧源去，震懾作用大於其他，真想要杜絕這一點，其實應該是從根基著手，比如重新矯正朝中的風氣，不過這種事不是馬上就可以辦成，總要有時間徐徐圖之。

於是，趙環罰了溫顧源半年的俸祿，暫時革職，在家裡閉門思過一個月，以觀後效。

孔秀文剛查完王廷見的案子，又被趙環授命去查這件案子，他心中很是忐忑，卻也知道這是個機會。雖說他將功贖罪了，但是已經回不到原來的位置，如果還想回去，那就要再辦個大案子，於是一咬牙就領命去了。

等一切都安置妥當，已經是晚上了。

李清珮提筆寫完最後一個字，正在看自己的字，覺得越發進益了，聽到旁邊有人說道：「李大人可真是用心。」

李清珮一扭頭，正好看到趙環慵懶地坐在案桌後面，既無奈又好笑地看著她。

原本還想著她剛才安慰自己，總是會多關注自己，誰知道這丫頭一開始忙起來就什麼都忘了，他等了快一刻鐘，屋內靜悄悄的，竟然毫無反應。只是想到剛才疫情的事情，他的心情又沈重了起來。

御膳房端了晚膳過來，想來也是精心準備，雖然只有八道菜，但是涼菜、素菜樣樣俱全，還有一碟元寶蝦。這會兒剛好五月分，蝦確實是不太好找，也是難得，但是兩個人吃著都有些食不知味。

趙環是想到疫情，李清珮則是想到父親的死。

兩個人沈默不語，隨即對視一眼，忽然忍不住一起笑。

趙環道：「在想什麼？」

「想父親的事情。」

趙環聽了安慰道：「已經叫人去查了，妳且安心，一定會找出來的。」說到這裡露出幾分內疚的神色。「說起來既是本王的岳丈，又是老師，本王應該親自去查這件事，但實在是太忙了。」

李清珮稍早之前就跟趙環坦誠父親的事情。

「什麼岳丈？」

趙環委屈地道：「也是，本王都三十歲了，居然還是孤身一人。」他湊到李清珮的旁邊。「妳道，最近朝廷裡都謠傳什麼？」

「什麼？」

「說本王有龍陽之好。」然後趙環挑眉又補了一句。「妳當妳日日留在本王身邊，旁人為什麼沒有閒言碎語？就是認定了本王不喜女子。」

李清珮忍不住哈哈大笑起來，挾了一片火腿到趙環的碗裡，道：「我知曉您不是不行，而且他們是沒見過王爺……」

兩個人對視了一眼，李清珮紅了臉，趙環卻是目光閃閃，很顯然想到床笫之事，癡癡纏纏的，竟是分不開。

趙環俯身過來，吻掉李清珮唇邊的飯粒，呢喃道：「還像個孩子一樣。」

兩個人心潮澎湃，卻克制了下來。這會兒地點不合適，況且想到白天的事情，也都沒有心情了。

用過了晚膳，李清珮準備回去了，趙璟握著她的手不肯放開，道：「本王年紀委實不小了。」

李清珮簡直無法直視趙璟的臉，回府的時候，忽然覺得自己一個人坐在馬車裡孤零零的，是不是也應該成親了？

可是想到父親的事情，李清珮又沒有了心情。

第七十三章

第二天休沐，李清珮卻起了個大早。

原來她早就和付元寶約好了，不過這一次赴約的地點不是玉樹閣，而是付家開的酒樓。

等到了地方，就看到付元寶早就等候多時。她穿著一件石青色男子長袍，如同男子一般束髮，不過她身材頎長，倒也不顯得奇怪，還多了一分女子的英姿。

「李大人，付某早就等候多時了。」付元寶親自領著李清珮上了二樓的雅間。

自從付家得了皇帝親賜的匾額之後，付元寶對李清珮幾乎是奉若上賓，到了雅間裡面坐下，很快就有夥計開始上菜。

李清珮喜歡的食物偏甜，而且更喜歡淮揚菜，案桌上幾乎都是她喜歡吃的佳餚，還有螃蟹之類的海鮮。

付元寶指著螃蟹，道：「如今不是盛產的季節，味道不算佳，不過倒是可以吃個鮮勁，正好我們家在塘沽也有生意，順道帶了過來。」

李清珮已經許久沒吃過螃蟹，廚子只是放了薑蒜清蒸，但那鮮味吃到嘴裡，滋味相當美妙。

兩個人賓主盡歡，吃得很是開心，等撤了桌，付元寶拍了拍手掌，有一男子走進來，穿著一件玄色底銀線繡著纏枝柳紋的寬袖圓領長袍，頭上戴著玉冠，令人矚目。

李清珮詫異，這不是蘭公子嗎？

蘭公子顯然有些不高興，一直都不冷不熱的，微微頷首行了禮，從廣袖裡拿出一把玉簫，緩慢地吹了起來。

李清珮一直都覺得簫這個樂器有一些傷感，果然那簫聲慢慢地帶出幾分傷心的意境，由於吹得實在是太好了，很容易把人帶進去，到了動情處，李清珮差點落下淚來，她抬頭看到蘭公子其實早就哭了。

一旁的付元寶心裡很是鬱悶，等蘭公子吹完後，問道：「今日吹的是什麼曲子？倒是讓我們李大人落下淚來。」

蘭公子瞧見李清珮眼角含淚，漸冷的目光也變得暖和起來，坐在李清珮的身旁，道：「小生見過李大人。」

經過上次的事，李清珮哪裡還敢跟玉樹閣的人有牽扯，忙挪了下屁股，坐到蘭公子的對面，道：「付大當家的，妳不是有事嗎？怎麼就……」那意思不言而喻了。

付元寶很是鬱結，原本覺得李清珮對蘭公子可能有點想法，就想著拿蘭公子來討好李清珮，誰知道竟然這麼晦氣，吹簫就跟喪曲一樣，他們做生意的最討厭這種哭哭啼啼的事情了。

付元寶就算心裡苦得不行，面上也要維持笑容，再說，今日這件事還真要請蘭公子幫忙，只好拉住李清珮，道：「李大人，妳上次不是託我去查一個人？」

李清珮也是為了這件事而來，聽了付元寶的話，很是驚喜道：「妳查出來了？」

「不是我。」付元寶指了指神色黯然的蘭公子，道：「他說見過那個人。」

自從郭氏把那個梅大人的畫像描出來之後，李清珮不僅給了趙璟，希望他能幫她找出來，又想著付元寶是商人，家裡的生意遍布大江南北，消息總是靈通，和趙璟是不同門路，所以也託了付元寶。

今日付元寶約她過來，她就猜測應該是這件事。

李清珮起身，對著蘭公子急切地問道：「你真見過那個人？那人叫什麼，住在哪裡？」

兩個人挨得很近，蘭公子知道李清珮是難得的美人，其實他也是極為矛盾的性子，他一直自視甚高，覺得所有人都配不上自己，他聰慧且多才多藝，還出身名門，要不是命運捉弄也不會淪落到今日這個田地；但是他也極為自卑，無論如何，在玉樹閣就等於出身娼門。

李清珮的出現讓他很是猶豫，他沒見過比李清珮還要美的女子，即使站在他身邊也絲毫不遜色，更不要說她才華橫溢，自己考取狀元，還成了攝政王跟前的紅人。

這是他一輩子都沒辦法達到的高度，不，應該說他一輩子都不會乾淨了。

「是的，我見過這個人，並且，我還能替李大人找到他。」

李清珮為了找這個梅大人可是下了不少工夫，除了託關係，調查父親死的那一年所有在京姓梅的官員，接著是趙璟那邊，然後是付元寶這裡，誰知道會在此有了線索。

李清珮簡直欣喜若狂，不過很快地她就冷靜下來，因為她看到蘭公子眼中的執念，便坐回座位，道：「蘭公子，你想要什麼作為交換？」

蘭公子有些詫異，不過很快就露出欽佩的神色，道：「李大人，小生確實是有一事相求。」說著就撩起袍子，也不管下面沒有墊子，就這麼直直地跪了下來，磕頭道：「小生想請李大人幫忙伸冤！」

李清珮一愣，一旁的付元寶卻是冷著臉道：「蘭公子，我給你引薦李大人，不過是看在你和夫君相知的分上，想讓你有個好的歸屬而已，不是讓你這般要脅人的！你要是真知道那個梅大人在哪裡，就自己說出來，不然，別說李大人這邊不答應，就是我們付家也不會同意的。」

付元寶生氣不已，沈著臉，言語犀利，幾乎是半威脅、半勸戒了，一下子就顯露出一個大當家的氣度來。

李清珮想著，到底是掌管著四大商賈之一的大當家，還是有著不同於常人的手段，平時在她面前過於和藹可親，倒是讓她忘記了這個人的身分。

蘭公子聽了，額頭上冒出細密的汗珠子，不說李清珮是攝政王跟前的紅人，他得罪不起，就是付元寶這個大當家，他也惹不起。這兩個人想要弄死他，就跟踩死一隻螞蟻一樣。

他不說話，只一個勁兒地磕頭，就是不說話。

這下倒是把付元寶惹怒了，道：「你還賴上了？」

「小生自知身分卑微，不該這般，但是小生帶著莫大的冤屈，要不是為了伸冤，小生早就活不下去了。李大人不是在都察院任職嗎？難道有那官員貪贓枉法，誣陷良臣，李大人都不管？」蘭公子幾乎是嘶吼一般說道。

他此刻很是狼狽，因為磕頭，額頭都青了，在原本瑩白的臉上顯出一大片青紫，特別的顯眼，他的目光卻是那樣的絕望和憤慨！

李清珮心裡忽然間生出幾分悲憐的情緒來，道：「你要狀告誰？」

蘭公子幾乎是一字一句咬牙說道：「廖北，內閣首輔！」

如果可能，付元寶真想把蘭公子的嘴給堵上，然後塞入麻袋，丟到護城河裡。

她心中叫苦連天，廖北是什麼人？那是在孝宗皇帝的時候就當閣老的人，更在神宗皇帝的時候，十一年間地位穩固如山，誰敢動他？

這話要是讓有心人傳到廖北的耳朵裡，別說是她了，就算是李清珮也沒有好果子吃。

李清珮是新進紅人，哪能和當朝首輔相比？

「你給我閉嘴！」付元寶大為發怒，顯然要撕破臉了，道：「蘭公子，我因著夫君，一直對你多有提攜，我不求你對我感激，只是你別恩將仇報，害我行嗎？」

蘭公子不說話，還是一個勁兒磕頭。

李清珮心裡嘆氣，特別理解付元寶此刻的心情，要不是自己和趙璟關係匪淺，這會兒聽到蘭公子這話，只怕嚇得話都不敢說了。

趙環當然不是沒想過動廖北，但是他現在根基不穩，且沒有很好的名目，根本就動不了他，而且滿朝文武，不知道有多少是廖北的人，牽一髮而動全身，很是要緊。

李清珮斟酌半天，最後還是決定這件事她不能應，起碼現在不能應。

「付大當家的，今日我先回去了。」

李清珮起身，只當沒有看見蘭公子磕得青紫的頭，結果人還沒出去就聽到蘭公子很平靜地說道：「李大人，妳不想知道那畫上人是誰嗎？」

「你會輕易告訴我？」

蘭公子低下頭來。

李清珮搖頭，腳步越發俐落地走了。

付元寶去追李清珮也不是，待在這裡也不是，最後只好跺著腳道：「你呀，害死我不算，還要害死自己！」

蘭公子難掩失望，他當然知道廖北多麼厲害，三朝元老，門生故交遍布天下，跺一跺腳都能驚動朝廷的人，可是他實在沒辦法了，就這麼等著機會，也不知道何年何月才能報仇雪恨，剛好李清珮有所求，他就試著說了，結果還是這般結果。

第七十四章

從酒樓出來，一陣風吹來，倒是讓李清珮清醒了幾分，只是越想這件事就越發覺得不同尋常，一扭頭就看到付元寶急忙追了過來。

李清珮沈著臉道：「我們還是進去。」

付元寶已經嚇到了，忍不住拽住李清珮，道：「李大人……」那眼睛通紅，就好像馬上要哭出來了。

李清珮特別理解付元寶，談及廖北這個人，別說是付元寶，真要去動他，就連她也害怕，所以付元寶這反應也是情理之中，但是她到外面被冷風一吹，又清醒了過來。

當初當官的時候不就是想要為民做主？不然她這番辛苦科舉，難道只是為了權勢？要說真正的權勢，嫁給趙璟，當個攝政王妃，不是更輕鬆自在？

原本她要走的路就和旁人不同。她身後要是沒有趙璟撐腰，她為了家人明哲保身，興許就退縮了，可是她有趙璟這樣一個大靠山，她怕什麼？更不要說蘭公子還知道那個梅大人的事情，若真是不問了，殺父之仇豈不是一輩子都查不出來？

李清珮拍了拍她的肩膀，重新回到酒樓裡。

蘭公子失魂落魄地跪在地上，那樣子狼狽不堪，可是更令人心悸的是他的目光，滿是灰白的暗沈，似乎已經失去了活著的勇氣，一轉眼看到李清珮又走了進來，他的目光立時就明亮了起來。

「李大人！」

真是一個漂亮的人，李清珮忍不住想著，就是這般額頭青紫，髮鬢散亂，但是那一雙眼睛還是清澈如泉水般熠熠生輝。

李清珮坐回了位置，等付元寶進來，顫抖地關上雅間的門，這才說道：「付大當家的，妳不用怕，今日從這裡出去後，知道這件事的只有我和蘭公子，沒有妳。」

付元寶一時大喜，只是很快又沈下臉來，這件事她根本就避不開呀！廖北要是真心想查，總會查到是她把蘭公子引薦給李清珮。現在真是……就算知道是個火坑，她也只能跟著跳了！

這麼一想，付元寶看著蘭公子的目光，就跟看著仇人似的。

蘭公子卻是渾然不在意，他既然說了，那就準備好面對一切的後果，別說付元寶的不滿了，只要能給他們家翻案，就是這會兒死了也是甘願的。

「小生原本姓彭，家父是天順三年的進士叫彭樂志，後來被調任司正，幫孝宗皇帝擬旨，天順七年的春天，忽然被抓進去，第二天就因怠忽職守，肆意竄改聖旨，滿門抄斬。」

「你是怎麼活下來的？」

「小生自幼因為體弱，算命的說不能養在父母膝下，如此就過繼到父親一至交好友郭叔叔的家中，想著冠禮之後就回到家中。這件事鮮少有人知道，偏巧逃過一劫，只是父親一死，郭叔叔怕受我拖累，又轉手把我賣出去，兜兜轉轉，就來到玉樹閣。」

李清珮道：「你怎麼知道，你父親是被冤枉的？」

彭蘭道：「小生手裡有當年父親遺留下來的證據，李大人瞧了便知曉。」

「那東西在何處？」

彭蘭卻含淚看著李清珮，求道：「李大人，妳能為小的伸冤嗎？」

李清珮很是肯定地點頭，道：「本官只能說盡力而為。」

彭蘭卻覺得這話比起一口答應還要讓他放心，李清珮這話顯然是實話，說明她是真的打算要管這檔事了。

彭蘭一咬牙，解下腰帶上的香囊，那香囊約巴掌大小，待拆開後，裡面露出一封信。彭蘭雙手捧著信，送了上去。

李清珮打開信看了幾眼，臉色大變，道：「彭蘭，你這是……」

彭蘭越發低著頭，只道：「還請李大人為小生討回一個公道。」

「彭蘭，這裡面的東西你看過沒有？」

彭蘭在李清珮逼視下，垂下眼瞼，點頭說道：「小生看過了，還請大人恕罪。」

李清珮把彭蘭交給付元寶，道：「付大當家的，妳今日就把彭蘭給贖出來，安置在家中，等我消息，切勿讓旁人看見。」然後又對彭蘭說道：「這件事，事關重大，我要親自入宮一趟。」

李清珮顧不得今天是休沐，就這般拿著玉牌入宮。

趙璟正是忙的時候，即使休沐的日子，旁人可以歇著，但是趙璟不同，還有那些值班的人。

李清珮這時候想要見趙璟，最好的辦法就是找王總管。

王總管入宮之後，日子似乎過得極為愜意，養得白白胖胖的，據說還在宮裡認了幾個乾兒子，每日都孝敬他，很是誠懇。

王總管正在茶室裡喝茶、下棋，十分自在，見到李清珮來找自己，很是驚喜地道：「李大人，裡面坐。」接著給李清珮斟茶。「什麼事這般著急？」

王總管對李清珮一直都像是一個和藹的長輩，這讓李清珮越發尊敬他，顯然王總管也感覺到李清珮的態度，自是越發對她好了。

「天塌下來，還有高個兒頂著呢。」王總管把幾樣新做的糕點推到了李清珮的面前。「雲片糕，嚐嚐。」

李清珮哪裡有心情吃東西，一想到那信中的內容就好像是窺探了十分了不得的秘密，簡直是心急如焚。

喝了一口茶水，李清珮挑最薄的雲片糕吃了，道：「王總管，我可是嚐完了。」

王總管無奈一笑，道：「真是拿您沒辦法。」然後起身道：「王爺這會兒正在午歇呢，不過知道李大人來了，只會高興。」

怪不得王總管沒直接把她帶過去，原來在睡覺。

李清珮雖然有官職在身，畢竟是女子，而趙璟則是男子，別人可以去趙璟休息的宮裡，她卻不合適。

於是王總管把李清珮塞入轎子，然後七彎八拐地走了近道，這才到了趙璟住的地方。

「進去吧。」王總管給李清珮開了門，笑著說道，那行為就跟偷偷促成一對戀人幽會一般。

趙璟正躺在床上睡覺，這些日子顯然都沒好好休息，眼袋發黑，下巴的鬍渣也冒出來，青青的一片。

李清珮來的時候心急如焚，但是真正到了這裡卻又不急了，靜靜地坐在床邊的太師椅上，想等趙璟睡醒了再說。

只是趙璟顯然聽到了動靜，一下子就睜開眼睛，又驚又喜地道：「清清？」

「再睡會兒吧。」

趙璟看了眼外面的天色，道：「還有一堆事呢。」隨即對著李清珮招了招手，一下子就將人抱入懷裡，柔聲問道：「出了什麼事？」

「果然瞞不過你。」

趙璟的懷抱溫暖而厚實，讓李清珮一下子就放鬆了，她拿出那封信，放到了趙璟的手心裡，道：「王爺看了就知曉。」

趙璟看完後，臉色馬上就變了，道：「這是從何處得來的？」

李清珮原本覺得這件事實話實說就好了，結果想到彭蘭的身分，臉色一下子就垮了下來，結結巴巴地說道：「就是我託付元寶去找那個梅大人，後來……」

趙璟目光犀利地看著李清珮，她聲音越來越低，道：「就是那個玉樹閣的彭蘭。」說完就覺得有些心虛，不管不顧地把頭埋入趙璟的懷裡，像是小豬一樣拱了拱，道：「我已經嚴詞拒絕過付元寶了，誰知道她把人帶到酒樓裡。」

趙璟見李清珮這模樣，既好氣、又好笑，抱著投入懷裡的溫香軟玉，低頭親了親她的髮鬢，道：「本王知道了。」

兩個人耳鬢廝磨了一場，到底也沒有真的做什麼，主要是李清珮帶來的消息太過震撼，趙璟實在沒辦法專心。

等兩個人都平靜下來，李清珮道：「王爺怎麼看？」

趙璟嘆口氣道：「應該是真的。」

「王爺……」

「這個彭樂志應該是擋了他們的道。」趙璟冷笑兩聲。「當真是心狠手辣，一點情面都不留。」

「妳做得很好。」趙璟見李清珮若有所思，怕她心裡有負擔，安慰道：「這種事，妳自己應付不來，更何況牽扯到廖北，更要告知本王才是。那彭蘭現今位於何處？」

「怕回到玉樹閣不妥當，就叫付元寶暫時帶回家去了。」

趙璟讚賞地看了眼李清珮，道：「安置得很妥帖。本王要見見他。」說完朝著外面喊道：「外面可是有人？」

第七十五章

付府裡，彭蘭正跟李志遠說話。

當年李志遠是頭牌，那時候彭蘭還小，但是想著彼此都是沒爹娘的人，倒真的把他當作弟弟一般照顧，所以兩個人很是相熟。

不過一開始見付元寶領著彭蘭回來，李志遠還是嚇了一跳。

如今彭蘭是玉樹閣的頭牌，且還沒開始接客留宿，不知道多少人盼著這一點，能在這種如日中天的時候把他贖出來，可是不簡單。

付元寶怕李志遠誤會，馬上道：「是李大人吩咐的，我可是一點別的心思都沒有。」

李志遠瞪了眼付元寶，冷哼道：「有我這一個夫君就夠父親煩心的了，妳還想再領一個玉樹閣的男子回來？就算是我同意，父親也不會同意的。」

付元寶尷尬一笑，道：「相公說得是。」

「行了，妳去看看仙兒吧，剛才不肯吃飯，說是要等娘回來。」

付仙兒是付家的寶貝，付老爺子一輩子就付元寶這麼一個女兒，而付仙兒也是付元寶二十多歲才得的孩子，恐怕後面都不太有可能有了，也是獨苗。

「那我去瞧瞧，以後彭蘭少不得要多住些日子，夫君你看住哪裡合適？安置下吧。」付元寶聽說女兒在等自己，很是著急，匆匆交代幾句就走了。

付仙兒想來是等不到母親，自己先睡午覺了，此時，小臉蛋睡得紅撲撲的，長睫毛翹翹的，很是天真無邪的模樣。

付元寶看著心都柔軟了，摸了摸女兒的臉頰，心中嘆氣，也不知道這一次彭蘭的事情能不能順利扛過去。

只是想到女兒，付元寶就下了決心，這件事橫豎是逃不開，為了女兒，無論如何也要順順利利的，說不定還能讓他們付家更上一層樓。

這邊，聽了前因後果的李志遠冷著臉對彭蘭道：「好你個彭蘭，不說娘子平日裡對你多有照顧，沒少給老鴇塞銀子，就是我以前在玉樹閣的時候也對你照顧有加，如今你卻把髒水潑到我們家來，牽扯進這樣大的案子裡，你到底有沒有良心？」

彭蘭原本就因為磕頭顯得狼狽不堪，額頭上的青紫還沒消，聽了這話，他一句話也不說，很是痛快地跪下來，砰砰的磕頭。

李志遠目光裡滿是惱怒，彎下腰拽著彭蘭的領子，朝著他的臉就打了一巴掌，打得尤其狠辣，都出了血，彭蘭也不擦。

「大哥，你要是打著心裡舒服，就多打幾下。」彭蘭又道：「我知道對不住哥哥，也對不住付大當家的，這一份恩情，我彭蘭下輩子做牛做馬也報答不完。」

李志遠見他這般也是沒脾氣了，終於緩和神色，坐回座位，道：「我何嘗不知道你出身不凡，不像我，也不知道爹娘是誰。但你要告的人可是廖北！除非是攝政王親自過問這件事，不然憑著李大人一個新寵，又如何能左右？都察院原本與六部齊驅，就因為廖北等人刻意壓制，如今根本是形同虛設。你這一舉，不僅害了我們，還要拖李大人下水！」

李志遠對李清珮很是欽佩，畢竟她曾經委身做妾，和他一樣出身不好，如今卻是正正經經進了仕途。

當然，更重要的是，付元寶跟他說過好多次，李清珮居然是一點賄賂都不要，每次付元寶想要孝敬，都被李清珮擋回去，還說如果真要感激她，還不如換成糧食捐給災民。

李志遠會有今天，也是家裡遭災，父母皆餓死，他因為面相好被老鴇拐回去，當時也不過用了一顆饅頭而已。

想起來也是好笑，他這個曾經風靡京城的玉樹閣頭牌，日進斗金，當年卻只值一顆饅頭。

他是真心實意希望朝廷裡能有真正為民著想的清官。

「你是什麼時候開始起了這個念頭的？」

彭蘭也不隱瞞，道：「是李大人為付家求來嘉獎的時候。」

那時候很多人都說付家是竹籃打水一場空，一萬擔的糧食就是有去無回，結果李清珮居然真的做到了。

彭蘭當時就知道李清珮恐怕本事不小，最重要的是她應該很得攝政王的喜歡，而他要告發廖北的事情，也跟攝政王有關，且對攝政王有利，只要李清珮如傳說中得攝政王信任，這件事就能成。

「你早就在籌謀了？」

彭蘭低著頭沒說話，算是回答了。

「仙兒還小……」

李志遠說到這裡，忍不住露出幾分譏諷的神色。

他不過是一個出身玉樹閣的娼門，還有什麼資格說這些話？

但是想起彭蘭的話，李志遠還是把醜話說在前頭。「希望你賭對了。萬一你拖累我們，別怪我不念往日的情分。」

李志遠到底是娼門出身，有許多見不得人的手段，他雖然對自己的處境不滿，但付仙兒卻是他的心頭肉，就算犧牲自己一條性命，也不能讓別人傷了她。

彭蘭臉色灰白地道：「大哥放心，到時候真有什麼，弟弟就是豁出性命，也會撇清付家的。」

李志遠心不在焉地點頭。

其實兩個人知道這不過就是客氣話，要真是事敗，廖北絕不會饒恕參與這件事的任何人，但是現在只能這樣了。

李志遠給彭蘭安排了住處，之後就陪著付元寶用晚膳，等太陽下山也沒見有什麼消息，只不過兩個人都已經有了心理準備。

狀告廖北是大案子，怎麼可能今天就有消息？快也要三、四天，慢的話估計十天、半個月，甚至一個月都有可能。

誰知道剛撤菜，正準備喝茶，忽然間看到丫鬟急急忙忙跑了進來，臉色大變，結結巴巴地說道：「大小姐，外面有內侍說要見大小姐！」

「內侍？可是宮裡的？」

「是！」

很快地，彭蘭知道自己就要進宮拜見攝政王，呆呆地站了半天，只覺得猶如作夢一般，他本來已做了最壞的打算，但是人算不如天算，誰知道竟然成事了，他禁不住淚流滿面。

付元寶把彭蘭送上馬車的時候，再三叮嚀道：「謹言慎行！」

只是等彭蘭走後，付元寶好半天才對著一旁同樣擔憂的李志遠道：「相公，這個李大人可真是不同凡響。」

她心裡卻想著，以後當真要以李清珮馬首是瞻了。

屋內點了燭火，趙璟坐在案桌上反反覆覆看著泛黃紙張上的內容。

這是彭樂志寫給舊友的一封信，內文寫到最近閣老廖北竟然趁著孝宗皇帝昏睡，擅自篡改旨意，他把這件事偷偷告訴了清醒之後的孝宗皇帝。

孝宗皇帝當時沒說什麼，還找了個藉口罰他閉門思過。

彭樂志怕被廖北報復，也是給自己留了一手，那被竄改過的聖旨被他藏了起來，希望舊友拿著這份證據找機會給他翻案，就算不是翻案，也要讓世人知道廖北的真面目。

彭蘭第一次見攝政王，心裡很是緊張，但到底沒有忘了出身書香門第的根本，收斂了在玉樹閣學的勾人手段，直接給攝政王磕頭，起身後就老實地站在一旁，手心都是汗水。

後面應答了幾次，彭蘭發現這位攝政王很是和藹可親，也沒有露出任何鄙夷之態，又想起攝政王重用侍妾出身的李清珮，還為了瞭解災民的情況親自出訪好幾次，心裡對他越發敬重，只覺得自己渾渾噩噩的日子終於有了盡頭，可以有所期盼。

彭蘭對趙璟是知無不言、言無不盡，不過片刻就把聖旨的藏匿處說了出來，道：「怕是有個不妥，一直藏在一處秘密的地方。」

侍禁衛軍去把聖旨拿來，趙璟看著上面滿是灰塵，輕輕用袖子掃了下，然後打開，臉上的表情十分微妙。

李清珮好奇不已，一直伸長著脖子往這裡瞧。

趙璟似乎是後腦勺長了眼睛一般，道：「想看就過來。」

這時候，屋內只剩下趙璟和李清珮兩人，李清珮倒也沒有顧忌，湊了過來。

這是孝宗皇帝的聖旨，其他都是彭樂志代寫的，唯獨後面的印章是孝宗皇帝親自蓋的。

屋內一陣沈寂，顯然都被聖旨的內容震撼到了。

李清珮道：「王爺，這是真的嗎？」

「應是真的。」趙璟說完，像是生出幾分緬懷之色，隨即搖了搖頭。「這旨意恐怕要一輩子見不得光了。」

「王爺，您……」

上面的內容是孝宗皇帝醒來後發現太子——前陣子已經故去的神宗，竟然用他的名義代發旨意，治了穆氏一族的罪名，讓忠良之後的穆氏滿門抄斬，說他心胸狹隘，無容人之量又資質平庸，無法勝任皇位，要把皇位傳給趙璟。

李清珮能看出旨意裡言詞激烈，可見孝宗皇帝當時肯定惱怒極了，恐怕是清醒之後，看到太子怕趙璟取代自己，就這樣下狠手除掉穆氏，他心痛之餘才寫的，更別說還盜用自己的名義。

可是據彭蘭所言，孝宗皇帝知道廖北竄改旨意之後，只保持沈默，難道他當下很生氣，之後終究還是覺得，畢竟是自己的兒子，不想家醜外揚，所以默認了這件事？

不過按照廖北的手段，這個旨意不可能遺留下來，而現在竟然保存完好，彭蘭雖然入了娼門卻也活著，這後面是不是有孝宗皇帝的手筆？

李清珮並不清楚，但是她覺得這裡面的東西越來越讓人看不懂。

李清珮抬頭，看到趙璟也朝著自己望了過來，那目光有幾分難言的脆弱。

她忍不住嘆了一口氣，想著：生在皇家當真是一種悲哀，無論外面看著如何和睦，實際上裡面總是藏著殺人不見血的冷酷。

忽然間，她不想跟趙璟繼續這個話題。

第七十六章

晚上從宮裡出來的時候，李清珮一路心事重重，這件事當然是先擱置一旁，趙璟如今地位不穩，真想要扳倒三朝元老的廖北，可不是一朝一夕的事，必須要從長計議。

顯然彭蘭也知道情況，趙璟只說讓他等一等，他便一句話也沒有。

李清珮一開始對彭蘭也是多有顧慮，到了這會兒，心想這傢伙總算是知進退了。

今日的事情一時壓得她喘不過氣，畢竟事情牽扯太廣，好在最後都處理好了。其實在酒樓的時候，她的腿都在發抖，那時候在管和不管之間，她糾結良久，甚至想過放棄找到殺父仇人的唯一線索。

現在一切都安置妥當，她也知道後面的事情不容易，好在有趙璟頂著，父親的事情終於有了線索，彭蘭不僅告知了她關於那個梅大人的線索，連具體地址都告訴她了。

晚上，回到家裡，李清珮漱洗完正準備睡覺，就聽到了敲門的聲音。她披著外衣打開門，看到郭氏拿著托盤，上面擺著一碗銀耳羹。

李清珮好不容易知道了線索，心裡正是激動難安，見到郭氏就忍不住想說出來。

郭氏倒是率先開口說道：「我想起妳父親的一件事情來。」

郭氏一邊把銀耳羹放到她前面，示意她喝，一邊說道：「妳知道孝宗皇帝微服私行的時候見到妳父親的字，驚為天人，很是喜歡，還帶了一些回去，那之後妳父親的字才聲名大噪。孝宗皇帝每次都是帶著幾個人偷偷出來，母親還記得給他斟茶的時候，緊張到差點打翻了熱水。」

「娘，我記得孝宗皇帝也就來過三次還是四次？」

李清珮因為穿越的關係，和別人不同，她雖保有兒時記憶，不過隨著時間流逝，許多記憶還是有些模糊了。

郭氏道：「妳從小就聰慧，這都記得呢。」

李清珮尷尬地摸了摸下巴，低頭喝了一口銀耳羹，最近家裡日子又好了起來，郭氏就很少下廚，不過這銀耳羹肯定是郭氏親自熬的。

她喜歡甜一點，要比平常人喝的味道更甜，李嬤嬤沒注意過這個問題，郭氏卻是仔細地察覺到了，所以每次郭氏給她做銀耳羹的時候都會多放半勺糖。

溫熱的銀耳羹滑入嗓子，到了胃裡，感覺暖烘烘的……

只是很快地，郭氏下一句話就讓她如鯁在喉，僵硬地握著調羹停在半空中。

「娘，您剛才說什麼？」

郭氏帶著幾分忐忑，但還是堅定地說道：「有一次，孝宗皇帝走後，我進了書房，看到妳爹爹鋪在案桌上的字，娘一看就知道不是妳爹的筆跡，問過妳爹爹，他卻搖頭不肯說話。前幾日娘看到妳弟弟收來的幾幅字畫，是孝宗皇帝的，那上面的字和妳爹爹寫過的竟然一模一樣。」郭氏咬唇，握緊拳頭，滿是擔憂的說道：「妳爹爹竟然仿寫了孝宗皇帝的字！娘雖然是個婦道人家，但也知道這是欺君大罪！」

李清珮早就知道了這一點，但是從郭氏口裡得知，還是覺得很驚人，正不知道說什麼，郭氏卻又道：「清清，妳爹的事會不會和這個有關？」

送走郭氏後，李清珮發愣了半天，總覺得這件事情越挖越深，就像是看不見的深淵一樣，讓人心裡找不到方向。

李清珮上了床，卻覺得腰部有些鼓起，壓著硬邦邦的，她挪開身子，看到掛在腰間的一枚光澤水透的龍形玉珮，摸著還有些冰涼，此刻卻奇異地溫暖了她的內心。

這是趙璟送給她的，卻不僅僅是一枚玉珮，更代表著他的身分，如遇到緊急的事情，見此玉珮就如同見到攝政王本人。

她把玉珮握在手裡，慢慢地閉上了眼睛。

第二天，李清珮破天荒地告了假，坐上馬車和王總管會合。

趙璟特意派了自己的侍衛護送李清珮到西城尋那位梅大人，結果剛出胡同口，就看到一輛十分顯眼的馬車停靠在旁邊，有十幾個王府侍衛威嚴地圍著馬車，似乎在等著什麼人。

李清珮愣了下，原因沒有別的，這路口，這時間，沒有意外，等的人應該就是她。

她現在猶豫的是，來人不是別人，竟然是闊別多日的秦王！

別說男女授受不親，更不要提曾經兩個人之間有過關係需要避嫌，她本想著如何找藉口避開，只是轉念一想，王府侍衛候在此處堵人，肯定就是志在必得，容不得她退縮。

正如李清珮想的那樣，侍衛一看到李清珮的馬車，立時就迎上來，道：「李大人，我們王爺有請。」

李清珮矜持一笑，微微昂著頭，道：「不知道秦王找本官是何事？如果是公事大可在宮裡商量；如果是私事，我雖有官職在身，畢竟也是女子，總要避嫌。」

這話說得冠冕堂皇，李清珮又不卑不亢的，面上還帶著笑容，俗話說「伸手不打笑臉人」，明知道李清珮態度疏遠，侍衛就是找不到合適的話回覆，不過一息的工夫好像是漫長的一個時辰。

正在這時，王府馬車的門簾被掀開，露出黑色翼善冠鑲嵌在一角的赤金鏤空的飛龍，在清晨的陽光下反射出刺目的光。

李清珮聽到秦王熟悉而又陌生的聲音——熟悉是因為朝夕相處了五年，她早就聽習慣他的聲音；陌生是因為他從來沒有用這種溫和而鄭重的態度跟她說話，那模樣似乎她是他很重要的人一樣。

突然間，李清珮有了很不好的預感。

秦王顯得很是好說話，下了馬車，整了整衣冠，說道：「李大人，本王知道妳有所顧忌，確實是男女授受不親，不過事關李大人的家事，還須找一個妥當的地方去聊。」

李清珮皺起眉頭，冷聲道：「到底是何事？」又有些生氣。「我和秦王沒有什麼家事要說，恕下官不能奉陪了。」說完就要走。

結果秦王竟然笑了起來，露出幾分寵溺的神色，李清珮心裡驚得下巴差點掉下來，只是秦王後面一句話，卻讓李清珮再也沒有旁的心思。

秦王說道：「是關於梅大人的事情。」

自從趙璟當了攝政王之後，秦王一直都很安靜，不像曾經的鋒芒畢露，大家幾乎都快要忘了還有這樣一個人，可是現今，秦王腰背挺直，目光篤定，就好像是掌握乾坤的上位者，依然是那樣的沈著從容。

李清珮只覺得，那種不好的感覺越發強烈了。

狹隘的茶樓雅間裡布置得都很老舊，裡面坐著一男一女。

小二端著茶水進來，見到女子容貌傾城，卻穿著官服，忍不住心裡嘀咕著，這是哪一科的女官，當真是才貌雙全，令人仰慕。

小二又瞧了眼旁邊的男子，雖然穿著尋常衣裳，但是風姿俊美，雍容高貴，一看就是出身不凡。

真是賞心悅目的一對，跟金童玉女一般。

「夫人，這是我們店裡最好的龍井。」小二又瞧了眼一旁的男子說道：「這是夫人的相公吧？一看就是貴人，和您當真是相配。」

李清珮在附近隨意找了一家小茶樓，小二的話很粗俗，甚至沒有一點修飾，就是赤裸裸的獻媚，這要是大一點的茶樓內的夥計，總會看出點異樣來。

秦王笑了，沒有發脾氣。

李清珮怕秦王耍手段，選了一個地方，又讓秦王不要帶著隨身侍衛，並換掉一身引人注目的王爺服飾。

雖然知道兩個人肯定要談一番，但她也在給秦王一個下馬威，誰知道曾經那麼高傲的秦王，竟然毫不猶豫地都接受了，半個時辰之後，兩個人就在這家小店見面。

店小二說了一番好話，伸長脖子等著貴人打賞，結果卻見到李清珮皺了皺眉，只覺得心中一凜，很是懼怕地低下頭來。

李清珮當然不高興，覺得這個小二可真是亂拍馬屁。不過這茶樓就是一個小地方，所謂的雅間也不過就是多了層屏風而已，裡面的裝飾已經相當陳舊了。再說，她自從當官之後，心胸也跟以前不同了，因為身分而更加寬容，只要不觸及底線，都會睜一隻眼、閉一隻眼，於是什麼都沒說，讓小二退下去。

李清珮回頭，正要跟秦王說話，卻看到秦王露出笑容——如果是以前，她會覺得受寵若驚；放到現在，她只覺得是極為厭惡的風流賣相。

李清珮又皺了皺眉，道：「王爺到底有何事？」隨即又補了一句。「如果無事，下官就此告辭。」

秦王皺眉道：「妳是不是很恨本王？」

李清珮頓時無言。

秦王說著話，見李清珮臉上毫無波瀾，忍不住失望的嘆氣，想著事已至此，還奢求什麼？

秦王面上終於恢復以往的冷漠高深，道：「妳一直在查妳父親的死因是不是？」

李清珮警覺地看著秦王。

秦王雖然做了許多心理準備，但還是覺得那目光有些刺目；以往那雙眼是多麼似水柔情地看著他，不過他也知道如今奢求這個是水中望月。

秦王轉過臉，避開那太過銳利的目光，冷聲道：「如果本王說知道這個人是誰，妳會怎麼做？」

李清珮皺眉。

「本王說，別白費力氣去看那個所謂的梅大人了，因為他肯定不在了。」秦王語氣肯定地說道。

「妳就沒有想過，妳自己找不到，但是憑著趙璟，一個攝政王的人脈，怎麼到現在還沒有一點線索？」秦王說到這裡停頓了下，看到越發壓抑的氣氛中，李清珮雖然故作鎮靜，但是變得有些驚懼的眼眸。

他和她在一起五年，沒有誰比他更清楚她細微的情緒變化。

秦王越發冷酷地說道：「那只能是因為他不願意讓妳知道，所以妳今天去了也是白去。」

「王爺請慎言！」李清珮覺得秦王說的話簡直就是無聊荒誕到極點。

秦王似乎早就有所覺悟，抱胸氣定神閒地道：「妳先別生氣，今日去看看就知道我說的是否為真。」

李清珮根本不想聽下去了，起身出門，正要邁出門口，就聽到後面的秦王涼涼地說道：「本王知道真凶是誰，李大人不想知道？」

李清珮停頓了下，還是毫不猶豫地走了。

第七十七章

呂達是一個正值花信年華的女子，卻梳著未婚女子的髮髻，並沒有盤頭，嬌小的身子裹在一身黑底滾邊的仵作服裡，目光老道地盯著俯身躺在地上早就閉氣的屍首。

「這個人不是喝酒致死的。」

雖然秦王出現耽擱了一點時間，但是李清珮並沒有遲到，應該說來得還挺早的，因為早市還沒散，可是她帶著無限希望趕來，卻看到已經成屍首的「梅大人」。

梅大人當然不姓梅，他真名叫李德和，原是宮裡一名太監，至於為什麼要害死李唐，這自然還是一個謎。

李清珮原本要來問清楚，但是他如今變成屍首，已經不會說話了。

她突然想起秦王說的話。「既然知道了消息，為什麼不連夜追捕？還要等到今天？妳不覺得這位攝政王大人在拖延時間嗎？」

李清珮搖了搖頭，把這個念頭丟出腦外，看著呂達道：「呂大人，那他是怎麼死的？」

呂達原本今天早上不應該過來的，她早上路過這個早市，順便買早飯吃，誰知道就遇到這件命案，便帶著本能過來看了一眼。

死掉的李德和穿著幾天沒洗且綴巴巴的棉布衣裳，渾身上下滿是酒味，臉上表情並無痛苦的神色，看起來就像是酒喝多了醉死一般。

李清珮恰巧遇到了呂達，呂達家裡世代做仵作，到了她這一輩，原本有個哥哥，當初為了救掉入湖中的呂達而淹死了。呂達為了繼承家業，同時彌補心中愧疚就跟呂父學了仵作，也算是整個大趙唯一的女仵作，而這職責總是接觸死人，所以旁人都覺得晦氣，她到現在這般年紀都沒有成親。

呂達卻不甚在意，比起嫁人生子，勞作一生，她更願意這樣在外遊走，替死人喊冤，這讓她覺得更愉快。

呂達因為是女仵作一直飽受非議，後來聽說朝廷出了一個女狀元叫李清珮，又聽聞她的所作所為，隱隱成了女官的領頭人，早就想要相交一番，沒有想到今日就遇到了。

呂達按捺住激動的心情，讓語氣更加鎮定，顯得自己從容。因為她知道只有這樣才能讓人信服，她希望能得到李清珮的關注。

「他其實是中毒而死。」說完，怕李清珮不相信，呂達用攜帶的工具技巧性地撬開李德和的下頷，詭異的事情發生了，那口中的舌頭變黃，有股奇怪的味道。「這是江湖一種昂貴的毒藥，叫鬼見愁，要是一般人只會當作喝酒醉死。」

李清珮面色一沈，心中說不出的失望，但是看到呂達期盼的眼神，還是上前拍了拍她的肩膀說道：「多謝呂大人了。」

李清珮心裡卻如同被一層陰影籠罩住一般，半天都沒有緩過來。雖然不想在意，但是秦王的話像是一隻帶著魔力的手，忽然勒住她的喉嚨，讓她一時喘不上氣。

是呀，為什麼沒有昨天晚上就來拘捕？憑趙璟的勢力，為什麼到現在一點線索都沒有？她等這一天很久了，昨夜幾乎是在鬼門關之前轉了一圈，誰知道竟然是這樣的結果！

呂達之前還想著要鎮定，結果看到李清珮這般平易近人，簡直高興不已，掩飾不住喜悅，道：「小的不過一個仵作，稱不上大人。」

李清珮看到呂達眼中的興奮，忽然一凜，想起多少朝中女官以她馬首是瞻，期盼著她能帶著她們重返聖尊皇后的鼎盛時期。

看來眼前這個呂達也是一般，見其行事說話應該十分老練，而且又是極為少見的女仵作。別小看一個仵作，能待在衙門許久，還是順天府，那是很不容易的事，可見她自有過人之處。

此刻，呂達露出赤子一般的目光，這讓李清珮原本有些茫然的心境忽然清明了起來。她這是在做什麼？她現在是官身，更是承載了許多人的期盼，不應該這般失態。因一件意外就開始懷疑，興許這就是秦王想看到的結果吧？

李清珮穩住心神，和呂達攀談了幾句，又把這邊的事情處理完就回家裡。

家裡靜悄悄的，李清珮有些疑惑，今日是母親和弟弟休息的日子；也不是說茶樓今日不營業，只是李清珮看兩個人整日泡在那邊太累，於是訂了個上工五天、休息兩天的制度，其實現在那邊凡事都已經步上軌道了，有掌櫃和小二可以獨當一面，根本不用郭氏他們天天過去。

今天恰好是休息的日子，李清珮一邊覺得納悶，一邊走進去，看到一個身影靠在書房內的座椅上，手裡抱著放父親遺物的一個匣子。

夕陽照在郭氏的身上，帶著一種暗沈的深紅色，有種觸目驚心的傷感。

李清珮一直覺得郭氏性子強硬，可是此刻她才發現，其實郭氏已經漸漸地變老了。

李清珮靜悄悄退出去，想到自己今天又一無所獲，就覺得有股說不出的滋味。她一直都說要為民做主，可是實際上她連自己父親的死因都沒查出來，而這件事最大的阻礙可能是……

不能再想了，也不會那樣的。

只要種下懷疑的種子，很快就會發芽成長，人的信任就是這樣一點一點地崩塌。

李清珮坐在外面院子的石桌旁發呆了半天，直到李念拎著大包小包、大呼小叫地回來，這才讓她回神過來。

「姊，我今天遇到一個老顧客，以前是做書行的，後來不做了，如今行走四方販賣南北貨，正好來店裡用茶，我們就聊上了，又瞧著東西都不錯，給的還是行價，就買了許多。妳快過來瞧瞧，包准妳喜歡。」

李念腦子活絡，算術又快，還十分勤快，就好像是天生做買賣之人，茶樓不僅給他經營得有聲有色，最近又在京城其他兩地開了分店，因著聲望在前，生意火爆不已，日進斗金也不過如此。

所以別看李念小小年紀，已經是身價不凡了。

賺了錢自然就想花，想要孝敬父母，饋贈姊姊，這是一種急切想要被認可的心情，所以今天遇到合適的東西，自然就買了下來。

李念滿腦子都是想要被誇讚的渴望，目光一閃一閃地望著李清珮。

李清珮被李念豐富的表情逗笑，正想著怎麼誇他。

誰知道郭氏聽到動靜走了出來，看到李念正在拆包袱，忍不住道：「怎麼又買這麼多東西？」語氣裡諸多埋怨。

李念站在一旁，身子僵硬，瞬間有點不知所措，哪裡還有剛才的笑容。

雖然已經過了許久，李念還是從心裡懼怕郭氏，只要郭氏一板著臉，他就會如驚弓之鳥一般瑟縮地抖動身子。

其實郭氏已經很久都沒訓斥過李念了，甚至大多數情況下還是和顏悅色的，但是一個人長久的習慣，很難更改。

李清珮頗有些頭疼，想要安慰李念，上前親暱地攬住李念的肩膀，結果發現這肩膀要比以前厚實，個子也高了。

剛見面的時候，李念還比她矮，抱他需要稍微彎下腰，如今她則要抬著胳膊才能摸到，忽然有種家中孩子長大的滿足感。

「娘，您看，念兒比我們都要高了。」

原本只是想要安慰下李念，結果卻發現這個單薄且逆來順受的弟弟，不知不自覺中就這樣長大了，以後可以承擔起一片天地。

李清珮忍不住感慨地說道：「時間過得可真是快，好像你們從江南回來不過昨天的事情，一轉眼其實也過了好幾年。」

郭氏順著李清珮的目光看向李念，見兒子個子高了，身板也結實，擺脫了稚嫩，開始顯現出青年特有的輪廓，陽光照在他的臉上，映出青春活潑的樣子，那模樣竟然和多年前自己的夫君那麼相似。

郭氏愣住，皺著的眉頭不自覺放鬆下來，目光凝注，好一會兒才回過神，說道：「你姊姊說得是，年紀也不小了，怎麼做事這般不知輕重。」

李念還以為郭氏會如同往常好好說教一番，結果只說了這麼一句就回屋裡去了，他頗有些不自在，反而更恐慌了，怕這次郭氏氣急了，以求救的目光看了眼李清珮，卻見她朝著自己笑得柔和，心才稍微安穩了。

李清珮說道：「沒事，進屋去吧。」

聽到姊姊這話，李念才放下一顆提著的心。

在李念心裡，李清珮既是姊姊，也是他敬重之人，自然很聽信於她。

「姊姊，娘剛才是生氣了嗎？」

「沒有。」

李清珮摸著那一兜子東西，見確實有不少好玩意兒，不是什麼貴重之物，但是這個商人顯然去了南邊，因為許多東西都是海上運輸過來的，很有特色，比如李清珮隨手一抓就摸出用海珠串起來的手鍊。

「這是送給姊姊的？我很喜歡。」李清珮戴上手鍊，白皙的珍珠配著圓潤的手腕，十分相得益彰。

這樣的神情終於打消了李念最後一點顧慮，反而眉開眼笑地說道：「姊姊喜歡就好，裡面還有一串紅珊瑚的，那是孝敬娘的。」顯然很是高興自己的行為得到認可。

姊弟倆一起進了屋子，一開始李念還諸多顧慮，裹足不前，看到坐在堂屋內的郭氏，猶如老鼠見到貓，但或許是李清珮的鼓勵奏效，又或者郭氏終於不再唸他了。

李念僵硬地從包裡拿出一個紅色錦盒道：「娘，這是念兒孝敬您的。」說完，他就覺得嗓子又乾又澀，說不出其他話來。

郭氏覺得這好日子剛過幾天，兒子花錢就大手大腳的，實在是沒有個輕重，跟當了狀元郎給家裡光宗耀祖的女兒相比，真是天差地別，資質就是差，果然相公是否親自指導過，就是不一樣。

雖然兒子一點都不穩重，可是那些訓斥的話語，郭氏卻不像往常那般輕易說出口了。

就如同剛才李清珮所言，兒子已經顯出少年的輪廓，郭氏忽然意識到這就是大孩子了，更不要說還帶著幾分夫君的樣貌。

李念原本鼓著勇氣，卻見郭氏冷著臉遲遲不接，心裡又開始緊張起來。

李清珮接過錦盒，然後打開，對著郭氏說道：「娘，您看，這成色真是好。」

郭氏總是不忍拂了李清珮的好意，只好順著李清珮的話看去，忽然就愣住了，目光閃動，好一會兒才伸出手去摸那珊瑚，道：「竟然是珊瑚手鍊。」

李清珮有些不明所以，卻看到李念的目光裡帶著愧疚。

「兒子有了錢就想把原來的那一串贖回來，可是那紅珊瑚轉手了許多次，已經尋不到了。」

原來郭氏有一串珊瑚手鍊，很是珍貴，後來為了補貼家用，只好典當了。那是郭氏心愛之物，亦是李唐給她的訂親信物之一，對郭氏來說尤為珍貴，卻為了供李念讀書不得不賣掉了。

李清珮知道前因後果，忍不住嘆氣，對著郭氏說道：「娘，念兒真的長大了。」

郭氏沒說什麼，一聲不響回了自己的屋子，但是李清珮能感覺到，郭氏沒有像往常那樣苛刻。

或許郭氏也終於意識到李念已經長大了。

稍晚，一家人吃了飯，難得今天有空在家，李清珮陪著郭氏和李念聊了家常和生意上的事情。一家子和和美美的，時間過得很快，一下子就到了睡覺的時候。

這一覺，李清珮睡得極為安穩。

原本還以為秦王又會來找她，誰知道之後幾天都是靜悄悄的。

日子還是照舊，趙璟處事嚴謹有度，賞罰分明，又有一雙洞察是非的眼睛，老辣地處理著政務，在朝中威望日益上升。

第七十八章

一轉眼就是秋季，大雪年之後就是一個大豐年，據說糧食產地的江南，穀倉裡已經裝不下糧食了。

雖然豐年代表糧食的價格賣不上價，但是耕農卻更喜歡這樣的豐年，因為有了糧食，好歹能吃口飽飯，不至於餓死；若是災年，沒有糧食，既交不上稅，欠銀子不說，也沒辦法吃飽飯。

李清珮最近被趙璟調到戶部，看著各地報上來的數據，她也很高興，覺得終於有好的開端；雖然一開始十分艱難，但是一切都朝著最好的方向進行。

李清珮的算術比不上李念，因為李念簡直就是天生的數學家，那些數字到他手裡就跟玩具一樣，隨意的搭配、排列，她不過教了一些簡單的數學，就已經青出於藍了。

李清珮可是惋惜不已，李念要是生在現代，成就肯定不凡。

但是李清珮這算術能力，在戶部算是翹楚了，畢竟古代並不重視數學，覺得不過就是一種技藝。而李清珮正經地讀完大學，好歹有底子在，並且貼著攝政王身邊紅人的標籤，幾乎是隨心所欲，根本沒有人給她難堪，反而還會巴結她，她的日子過得如魚得水，極為舒坦。

不過幾個月，隨著趙璟的聲望上升，同樣李清珮的影響力也越來越深了，願意跟隨她腳步的女官越來越多，許多人都以認識李清珮為榮；要不是朝廷嚴懲結黨營私的官吏，估計那些女官都會去李清珮家裡求教了。

這天，處理完一天的公務，李清珮出了戶部，抱著厚厚的帳冊去宮裡，自然是見趙璟。這是兩個人之間不成文的約定。

忙起來之後，兩個人聚少離多，特別是李清珮去了戶部，雖然身在京城，但總是見不到面，所以每天晚上都會假借公務的名義入宮。

其實王總管相當高興，因為只要李清珮在，趙璟才能按時用膳。

到了皇宮的時候，天已經黑了，好在宮裡還沒落鎖，李清珮加快步伐，打算今天早去早回。

等臨近了，李清珮的心裡還是帶著幾分雀躍，兩個人在一起不短的時間了，感情一直都甜如蜜。

至於秦王曾經說過的話，李清珮早就拋到九霄雲外了。

屋裡只有趙璟一個人，桌上點著一盞宮燈，橘紅色的光芒溫柔地照亮這一方天地。趙璟伏案疾書，俊美的臉龐染上肅穆，帶著特有的認真，和身後的黑暗形成鮮明對比。

李清珮屏息，雖然每次看到都會心動，但是不得不承認，她很喜歡這樣的趙璟，認真做事，帶著大趙的老百姓走向更美好的生活。

她以前是一個小市民，覺得關於國家的事情距離她太遙遠，但是如今能站在這裡，還能看到一個偉大的君主崛起，不得不說這是一種榮耀，而這個男人還是自己的。

李清珮問道：「王爺，我聽說陛下想讓王爺成婚，還讓皇后去相看許多京城裡的閨秀，不知道是不是真的？」

趙璟見李清珮語氣平和，想要裝作不在意的樣子，但目光卻緊盯著自己，心中忍不住想笑，感受到久違的得意。

誰知道自己會栽在這丫頭手裡，只管和她卿卿我我，卻從來不提成親的事情，趙璟經常覺得自己才是女子。

別人都是女子著急嫁人，怎麼到了他這裡，竟然是他先著急。

趙璟裝作驚訝的樣子，道：「有這樣的事情？」

李清珮瞇著眼。

趙璟原本想吊著李清珮，讓她也著急一下，但是看到她這樣子，立時就不忍心了，再加上兩個人聚少離多，彼此都太忙碌了，前幾日李清珮還被派出去當欽差，察看各地民情。

趙璟趕忙解釋道：「本王已經回絕陛下了。」

李清珮臉色馬上緩和許多，但忍不住好奇。「王爺，您跟陛下是怎麼說的？」

怎麼說也是一國之主，趙璟不能一口回絕吧？好歹得找個合適的藉口。

趙璟臉色肅穆，深吸了一口氣，立時就讓四周的氣氛變得凝重，他道：「不安國何以安家？」

兩個人正說著悄悄話，忽然就聽到了王總管略微急促的咳嗽聲。

「陛下正在路上了，怎麼不先打個招呼？哎呀，王爺自是高興，怎麼會覺得突然……」

趙璟皺眉，正要說話，卻聽到穩重有序的腳步聲，隨後就是「皇帝駕到」的唱喝聲。

一瞬間，李清珮和趙璟的目光對視。

兩個人馬上就想到了一個問題，這時候李清珮在這裡，實在是有些太晚了，雖然朝廷裡有許多女官，男女還是要適當避嫌，真要是傳出個什麼就不好聽了。

李清珮每次都來得比較晚，因為已經沒有旁人，也沒人會去計較，可真要認真來講有些不合適，何況讓皇帝看到就更為不恰當。

趙璟想了想，道：「妳暫時躲一下。」

其實李清珮還有個小心思，她暫時還沒打算成親，真要被皇帝看出什麼，趙璟肯定會逼她盡快成親。

李清珮躲到了屋內，隔間用的屏風後面，原想著不過待一會兒就可以了，誰知道這次卻讓她聽到了一輩子都不會忘記的事情，她想這或許是巧合，也或許就是上天注定的。

皇帝顯然很著急，急急忙忙走了進來，在趙璟行禮之前，就很是恐慌地上前攙扶，道：「跟叔爺爺說過多少次了，朕和叔爺爺是一家人，不必如此。」

皇帝待趙璟一直很親厚，外人都說皇帝仁厚和藹，從來都沒有架子，是仁君。

李清珮當時就想，所謂的仁君也不過是前面有趙璟頂著，如果沒有趙璟，這樣風雨飄搖的大趙，估計要爛到骨子裡。

不是說仁厚不好，只是說現在這個時候，更需要一個雷霆手段的上位者。

兩個人寒暄一番，皇帝就讓侍從下去，殿內只剩下趙瑑和皇帝兩個人，當然還有個藏在屏風後面的李清珮。

皇帝顯然有些難以開口，欲言又止許久，才在趙瑑幾乎有些疑惑的眼神下開口說道：「叔爺爺，朕聽說叔爺爺一直不成親是……」

趙瑑道：「陛下直說無妨。」

「朕看叔爺爺對待李清珮很是親厚，是不是心裡屬意她？」

趙瑑挑眉道：「陛下，這是從哪裡聽到的消息？」

其實皇帝一直都有點怕趙瑑，見他皺眉，忍不住瑟縮了下，但是想起皇后的話，還是覺得這件事需要盡快解決，這麼一想，語氣就顯得平穩多了。「叔爺爺不必驚訝，這件事只有皇后和朕知曉。」

其實皇帝知道這件事也是偶然，趙瑑顯然是刻意隱瞞。

藏在裡面的李清珮只覺得心裡咯噔一下，怎麼怕什麼就來什麼？

只不過後面那一句話，讓李清珮如同墜入懸崖一般，頓時手腳冰涼起來。

「朕查到李清珮就是那位李唐的女兒，可當初李唐卻是因叔爺爺而死，這等於是殺父之仇了，是不是因為這件事，叔爺爺遲遲不肯成親？」

皇帝看到趙環突然冷冽的目光，忍不住打了一個寒顫，很是有些不安。

如果趙環屬意的女子是別人，皇帝自然樂於做順水人情，但是李清珮的身分卻有些特殊。

「朕當初以為叔爺爺提攜李大人，不過是因為念著往日……」皇帝的話被趙環打斷，兩個人都知道他下半句的意思。

皇帝當初會記住李清珮，是因為知道她父親是李唐，看到她在朝中大放異彩，以為趙環是在彌補愧疚，誰知道這一番暗查下來，其實趙環和李清珮早就心生情愫。

趙環握緊茶杯，手指都泛白，顯然很是用力，冷冷地說道：「陛下，夜色深了，您還是先回去吧。」

皇帝一直以來都十分敬重趙環，對趙環幾乎是言聽計從，更不要說讓他不高興了，見趙環頭一次這般冷淡，心裡七上八下的，聽見趕人的話就準備起身離開，可到底還是有些不放心，臨走前仍勸道：「叔爺爺，這世上女子千千萬萬個，何必執著於一人？先不說殺父之仇不共戴天，她又是被秦王捨棄的侍妾，一女侍二夫，無論如何都是不合適，太不成體統了！」

說完這話，皇帝就如同被嚇到的兔子一樣，麻溜地跑出去。

等皇帝的龍輦離去，四周又恢復安靜，只是已經不復剛才溫馨的氣氛，反而有種讓人窒息般的氣壓。

趙環邁著沈重的步子走到屏風的旁邊，看到李清珮癱坐在地上，臉色煞白。

看到趙環過來，李清珮哆哆嗦嗦地問道：「這是……真的嗎？」

趙環艱澀地吞嚥了下口水，卻不知道如何回答，這件事壓在他心裡很久了，也想過要找個機會坦誠，但是一直沒有合適的時機，所以就拖著，誰知道會這樣措手不及地捅了出來。

趙環的沈默讓李清珮原本殘存的希冀徹底破滅。

「其實並非妳想的那樣……」趙環看到李清珮的臉色，這才感覺到事情的棘手，趕忙想要解釋，卻被李清珮打斷。

「王爺，您只說，皇帝說的是不是真的？」

趙環艱澀的開口，道：「是真的，但是事情很複雜……」

哪怕趙環願意說一個「不」字，沒有任何解釋，她都肯相信他，但是他卻承認了。

按照趙環的性子，說明這件事就是和他有關！

如果這是真的，許多以前覺得有些不解的事情都有了答案。

「所以王爺當時說想幫我，是覺得愧對我父親，是嗎？」

趙環看到李清珮淚流滿面，身體瑟瑟發抖，傷心得像是一個無助的孩子，可是她的目光卻鋒芒犀利，異常璀璨。

或許就是這種不服輸的倔強吧？即使身分卑微，身體嬌弱，可總是不屈服，這才是李清珮一直吸引他的地方。

「所以你遲遲都沒有派人去查父親的案子？還唆使人去害死那個唯一的證人？」李清珮越想越覺得可笑。

她以為世上最難能可貴的，卻裹著最醜陋的黑幕。

第七十九章

李清珮跌跌撞撞地從宮中出來，自己徒步走了好久，只覺得路邊的燈光越來越暗，四周越來越靜謐，而她的心卻難受得如同被人撕扯，一直潺潺不停地流著鮮血。

不過一會兒，突然下起大雨，李清珮卻像是沒有知覺一般，繼續向前。

一直跟在李清珮身後的趙璟，接過王總管遞過來的傘，快步走過去，撐在李清珮的頭頂上，幫她擋住雨水。

李清珮推開，趙璟就湊過去，推開……

反反覆覆的，趙璟沒有說一句話，沒有再次為自己解釋，李清珮心裡漸漸沈到底。

總算到了家門口。

郭氏總是為李清珮留門，如果時間太晚，還會讓李念去接她，這會兒李念正撐著傘在門口眺望，看到李清珮過來，趕忙走過去。

不過很快地，他就感覺到不對勁。

那個英挺的男子滿身狼狽，濕掉的髮梢壓在眉眼上，衣服濕漉漉地貼在身上，雖然夜色昏暗，暫時擋住了他的目光，可是李念還是看出，這是威震朝野的攝政王，是一直以來很提攜李清珮的人。

怎麼會這樣？

傘只有一把，為李清珮擋了雨，而攝政王則不顧自己淋雨，無言地站在李清珮的旁邊。

李念只覺得腦子裡轟隆一聲巨響，一些曾經聽過的傳聞就這樣浮現在心口。

難道……那些人說的是真的？

姊姊和攝政王真的有什麼不清不楚的關係？

李清珮這會兒心力憔悴，根本沒有心情顧及旁人，趙璟隱瞞的事情不僅是殺父之仇，更是一種信任被踐踏的絕望，讓她整個世界都隨之崩塌。

在李念目瞪口呆中，李清珮頭也不回地進屋，外面只剩下趙璟和李念。

李念終於恢復了幾分理智。「王爺？」

趙璟沒有想過見到李清珮的家人竟然是在這種情況下，忍不住苦笑道：「你姊姊她情緒很激動，你好好看著點。」

郭氏也被驚動了，看到李清珮失魂落魄的模樣，嚇得臉色都白了，問道：「清清，妳這是怎麼了？是不是受了什麼委屈？」

郭氏一抬頭就看到還站在門外沒有走的趙璟，她自然也見過攝政王，心中詫異之餘，很快一個念頭就浮上心頭。「是不是他欺辱妳？」

李念聽了，立時怒不可遏，好像之前的假設一下子被坐實了，上前打了趙璟一個拳頭。

趙璟好歹練過武，怎麼會躲不開，卻硬生生接了這一拳，臉立時腫了起來。

不過在李念眼裡，就好像是默認的態度，讓他越發生氣。

王總管叫人拿傘來，剛回頭就看到李念打趙璟，趕忙上前攔住，道：「放肆！別打了！」

趙璟的侍從也跟過來，上前把兩個人分開。

李念被人拉著，卻是氣急敗壞，眼睛通紅，道：「我姊姊是出身卑微，身分不如王爺，你要是以為她可以隨意欺辱，那就是作夢！我就算是拚了自己這一條賤命，也會為她報仇的。」

李清珮在郭氏的懷裡，聽了這話，忽然忍不住失聲痛哭了起來。

郭氏以為李清珮害怕，拍了拍她的後背，道：「清清別怕，娘就是豁出去，也會護著妳的。妳爹爹已經去了，娘不能連妳也保不住。」

「爹爹」這兩個字刺激了李清珮，她心神一震，終於恢復了清明，心想：這個家早就已經支離破碎了，需要她去支撐，她怎麼還像一個孩子一樣，遇到事情就這般哭泣，心灰意冷，越是這時候不應該越發冷靜嗎？

哭泣是解決不了問題的，雖然心中疼痛難忍，但李清珮擔心趙璟會遷怒到弟弟和母親身上，她自己死了就死了，連累家人就不好了。

「王爺，您先回去吧。」

趙璟朝李清珮望了過來，企圖從她的目光裡看到一些溫暖的色彩，結果看到她迅速別開目光，嘴唇倔強地抿著，代表著她的冷漠。他心中一陣陣的刺痛，深吸了一口氣，知道這時候不是強逼的時候，還需要循序漸進。

李清珮一夜未睡，早上眼睛紅通通的。

郭氏和李念也沒有睡好，兩個人一直想問李清珮到底發生了什麼事，但是她不開口，他們也不好再問。

郭氏勸李清珮道：「今日就告假吧。」

「姊……」李念擔憂地望著她。

李清珮勉強地朝著李念和郭氏笑了笑，道：「我沒事，讓娘和念兒擔心了，不能耽誤了公事。」

李清珮起身漱洗了一番，換上官袍就走了。

一連幾日，李清珮如同往常一般上衙，不過晚上再也不去宮裡，有什麼事都會託付給旁人去，趙璟也沒有太過逼迫她，顯然在等她自己平靜下來，或者，趙璟其實也不知道如何面對她。

這幾日，李清珮一直都感覺到有人跟著自己，她猜測是趙璟的人。

她相信趙璟對她是不同的，畢竟他那樣一個身分地位的人，不至於為了一點愧疚感去付出許多感情，更不要說那般寵愛自己，但越是這樣讓她越是痛苦。

因為這件事無解，如果父親的死真的和趙璟有關，或者如同皇帝說的那般，趙璟是殺人凶手，對她不過就是利用，她都狠得下心，快刀斬亂麻；可偏偏這裡面摻雜著比金子還要珍貴的真情。

一個人一輩子興許都不會遇到愛情。

而她遇到了……卻不能在一起。

不僅不能在一起，如果查實了，還要為父報仇。

李清珮閉上眼睛，讓自己鎮定一些，吹掉屋內的燈，起身出了門。

最近幾天，只要出門她就能感覺到那種被人盯著的滋味，她早就習以為常，可是這一次突然間，那種鋒芒在背的感覺消失了。

隨即一個男人出現在李清珮的視線內。

「大人，我們王爺有請。」

李清珮這幾天並不是坐以待斃，只顧著茫然傷心，她只是在等這個一直放長線釣大魚的人，一個把她如同棋子般隨意安置，讓她進入這個漩渦裡的人——就是秦王！

她知道，自己能從秦王的身上得到她想要知道的東西，而這正是她在等待的。

還是那間不起眼的茶室，簡陋的裝飾，讓氣質貴重的秦王顯得有些格格不入。

李清珮坐在秦王的前面。

秦王顯得很有耐心，好不容易見面，卻不提趙璟的事情，反而把一碟梅花糕推到李清珮的跟前，溫聲說道：「記得妳以前最喜歡吃這個，為此還讓本王把那廚子從飛天樓裡挖過來。」

只可惜，廚子還在，人卻已經走了。

秦王雖然想要壓抑自己，但是看到李清珮，還是無法克制心中的悸動。

當初他在人群中看了一眼，就知道這個女子將會是他生命中難以割捨的存在，所以明知道如此，卻還是獨占了五年。

不過沒關係，即使李清珮現在心裡有趙璟，兩個人中間隔著殺父之仇，永遠不可能在一起，而他還有時間，不是嗎？

他有信心，慢慢地把趙璟印在她身上的痕跡去掉。

李清珮卻冷著臉，道：「秦王殿下，你我之間早就形同陌路，何必這般假惺惺？有話直說就好。」

秦王的臉頓時就黑了，深吸了好幾口氣，幾乎是咬牙切齒一般說道：「關於令父的死因，李大人能來我這裡，顯然是已經得到證實了吧？」

李清珮心中一驚，得到證實？秦王已經知道她偷聽到皇帝和趙璟的對話了？

她和趙璟之間的事情，最多不過只有皇帝知道；不對，其實皇帝也不知道當時屋裡有人，秦王是怎麼知道的？

「王爺在說什麼？」

秦王不再拐彎抹角，直截了當地說道：「妳去找趙璟核實過了吧？他已經承認了，不是嗎？不然為什麼一直派人跟著妳，讓本王想見妳一面都這般費盡周折。」

李清珮暗暗鬆了一口氣，所以秦王找上門來，只是因為趙璟這幾天派人跟著她，讓秦王看出苗頭吧？

為什麼……還是有種奇怪的違和感？

秦王的內線居然可以在趙璟辦公的地方為所欲為，她是絕對不相信的。

除非皇帝也是和秦王一夥的……

李清珮搖了搖頭，把最後這個荒誕的想法甩掉。

秦王和皇帝怎麼會是一夥的，皇帝這麼做有什麼好處？他身子虛弱根本無法支撐朝政這樣繁雜的工作，更不要說讓趙璟當攝政王，可是先帝的旨意。

李清珮心裡有一個小小的聲音在說：可是如果皇帝也想掌權呢？不甘心只當一個傀儡皇帝呢？只是因為無法反對先帝的遺願而已？要不然皇帝似乎來得太巧合了一點吧？

這種想法一旦開閘，就有些收不住了。

越是以為看清了，越是一切都在迷霧之中。

秦王看到李清珮走神，還以為在傷心趙璟的事情，重重地咳了一聲，安慰道：「殺父之仇不共戴天，好在妳總算及時抽身，現在還來得及！」

李清珮聽著秦王溫柔的話語，只覺得胸口好像被人壓住一般悶悶的，難受不已。這個人把她當作棋子一般，簡直比旁人還惡劣。

李清珮忍不住反駁道：「你確定我的殺父仇人就是趙環？說不定裡面有什麼隱情呢！」

李清珮當然知道這幾乎是不可能的，趙環有好幾天的時間跟她解釋，可是他只是憐憫而內疚地望著她，從來沒有說過話，她的心也越發冷了起來，如同墜入深淵。

今天見到秦王，是她唯一可以求證的機會。

秦王似乎早就有所準備，面色平靜，但其實他心裡越發有些惱怒，想著：難道李清珮對趙環用情至深，已經可以忽略殺父之仇了嗎？

顯然不是，她需要更重的一擊，讓她盡快意識到什麼是現實，而這不就是他來的目的嗎？

「李大人，這件事到底是如何，妳無須跟本王爭論，妳要是覺得有疑問，可以再去找趙環詢問，本王相信，攝政王還不至於卑劣到對妳說謊。」

李清珮忽然覺得深深的害怕，她好像被人捏住命門，一切都在對方的掌握之中，心裡有個小小的聲音說：這是一個精心布置很多年的局，妳又如何輕易擺脫？妳所有的活路都已經被堵死了。

離開茶樓之前，秦王深深地看了眼李清珮，道：「秦王府的大門隨時為妳打開，妳知道怎麼找到本王。」說完，拿了一塊玉珮放到桌上，頭也不回地走了。

他知道這一次的離別只是暫時的，很快地，李清珮就會回頭來找自己。

呵呵，那個道貌岸然的趙璟，一直不屑撒謊，李清珮去求證，他肯定會吐露實話的。

走出茶樓，屋外陽光燦爛，秦王只覺得這一輩子從來沒有這麼輕鬆過。

馬上就可以了，他隱忍了那麼多年，就是在等著這一刻。

看到秦王走出來，旁邊有個小廝跑過來道：「王爺，劉先生請您過去呢。」

劉先生是秦王的幕僚，秦王府很多事情都是他在管。

秦王聽了臉色有些不好，心想還有個人沒解決，嘴裡卻說道：「這就過去。」

第八十章

李清珮渾渾噩噩地回到衙門，拿著筆發呆半天，最後還是忍不住起身去宮裡。

多日後重逢，兩個人就像很多年沒見過一般，有種恍如隔世的感覺。

趙璟顯然沒有睡好，眼袋很重，眼睛裡有著細微的血絲，看到李清珮過來，心中一喜，道：「手上還有事，妳先等等。」

李清珮看著趙璟處理公事，不得不說，趙璟真是適合當攝政王，每一個奏摺他都會認真去看，然後批注。

李清珮想起大趙欣欣向榮的景象，即使趙璟真的是害死她父親的仇人，她真的可以手刃他報仇嗎？

若秦王上位，他會像趙璟一般憐惜百姓，會這般以身作則嗎？

李清珮心裡越來越亂，等趙璟喊她的時候，好半天才回過神來，一抬頭就看到趙璟無限疼愛的目光，只覺得心口一痛，忍不住落下淚來。

原本一切多美好，為什麼會變成這樣？

趙璟想要伸手去攬住李清珮幫她拭淚，又怕她生氣，躊躇了一會兒才遞手帕過去，道：

「別哭了，妳哭得本王心裡實在是難受。」

這幾天李清珮渾渾噩噩的，趙璟又何嘗好受？

李清珮聽了這話，心裡就更難受了，問道：「我不相信，你真的是害死我父親的仇人？」說完，睜大眼睛望著他，似乎想要聽見不一樣的結果。

趙璟在她企盼的目光中漸漸低下頭。

李清珮絕望地閉上眼睛。

出宮的時候，李清珮還是渾渾噩噩的，耳邊是趙璟的話。「那時候太年少，不知道事情輕重，居然讓妳父親臨摹皇帝的字讓人瞧見了，過了幾日就傳來妳父親暴斃的消息。本王自然知道這種事不可輕忽，但是一直沒有想過會發生在身邊……清清，除了這條命，妳要什麼都可以。」

當愛情的迷霧散去，只剩下表面的東西，李清珮清楚看到趙璟自私冷酷的一面，她覺得絕望至極。

秦王離去的話還言猶在耳。「現在他還對妳有情，可是慢慢地當這情愛散去，妳覺得他會留著妳這樣的禍患？皇家可從來沒有任何的親情，只有永久的利益。何不和我交易？妳下不了手，本王卻可以，報了仇不說，還能得到尊貴的榮耀，本王願意拿后主之位和妳交換。」

李清珮從來不知道，她竟然會處在這樣艱難的位置，一邊是相愛的戀人，一邊是讓她仰慕的父親。

父親因為趙璟而死，他一個在皇家長大的皇子，難道不明白臨摹皇帝的字代表什麼？還輕易地讓旁人看見了？

李清珮越想越覺得事情可能並非這麼簡單，裡面或許有更多的曲折內幕……

可是不管如何，趙璟是脫不了關係的。

李清珮走後，趙璟好半天都沒回過神來，最後像是發洩一般，把案桌上的東西都掃在地上。

王總管走進來，低眉，猶豫地說道：「王爺，侍衛說李大人從宮裡出去，就去了秦王府。王爺，您真的要縱容這件事？」

趙璟抿著嘴，好一會兒才說道：「讓她去，如果她要……」

如果要手刃他的人是李清珮，趙璟竟然覺得有些解脫。

秦王穿著一件寬鬆的杭綢直裰，隨意地坐在書房內察看各地送來的諜報。他雖然早就不管朝中之事，但那僅是表面而已，多年來的謀劃、安排，讓他的暗中實力已經到了讓人側目的地步。

趙璟十年的空缺，早就讓秦王做足準備。

當他得知李清珮來的時候，手上一個不穩，羊皮製成的諜報差點就掉在地上，他雖然極力壓制，但是這些年來隱忍太多，等到收成的時候，終究是難以克制。

誰都不知道，把李清珮送出去，他心裡有多麼難受。

沒有人願意把自己的女人讓給別的男人。

「讓她進來……不！」秦王突然起身，在侍從詫異的眼神下，笑了笑，道：「本王親自去。」

秦王想起兩個人柔情密意的五年時間，只覺得沒有李清珮的這幾年，心裡某個角落就像是被人挖去了一樣空曠。

雖然對幕僚說過，給李清珮后位的承諾，只是為了讓她更加聽話，但其實他心裡清楚，他不想再讓李清珮從自己手心裡溜走。

且說，秦王妃也得到消息，浩浩蕩蕩帶人過去想要給李清珮一點顏色瞧瞧，想要給她一個下馬威，結果人剛到門口，就看到李清珮在秦王親自相迎下正朝著書房而去，兩撥人就這樣撞在一起。

遠遠地，秦王帶著笑，似乎極為耐心地向李清珮解釋著什麼，那笑容刺目得讓秦王妃幾乎要嫉妒到發瘋。

秦王自然看到了秦王妃，不過對於他來說，這就是他孩子的母親，當初不過是想著儘早生子嗣，然後穩固位置而已。此外，還有一項目的，則是讓李清珮的離開顯得合情合理，所以過了最初階段，他就懶得去理會她了。

「王妃要出門？天色不早了，早去早回吧。」秦王開了頭，就直接斷了尾，似乎不需要秦王妃講任何話。

秦王妃原本帶著幾分躊躇，這會兒卻紅了眼，一下子就爆發了。

「王爺，如今您迎了以前的妹妹進門，也不說讓妾身瞧瞧，就想這般直接繞過臣妾去。王爺是男子或許不知情，但是清珮妹妹，想要進門可是要讓主母同意，是不是以前委身做妾久了，就不知道『廉恥』兩個字怎麼寫？」

秦王皺眉怒斥道：「一派胡言！本王請李大人是來商討朝中要事，什麼進門？」

秦王妃一下子就瑟縮了，這可是她第一次見到秦王發怒，雖然他一直都顯得冷淡，卻不至於這般不給她顏面，當著眾人的面前發飆！

一瞬間，秦王妃就有些後悔了。

李清珮怎麼會看不出來兩人之間的劍拔弩張，她心中冷笑，想起自己一直謹守本分，離開秦王之後就一刀兩斷，從沒糾纏，卻被馮家三番兩次刁難，如此一想，她就想讓秦王妃不痛快了。

「王爺……」李清珮往門口退了一步，道：「王妃這是什麼話？難道在王爺眼裡，本官就是這樣的人？是王爺請本官來商討事情的，這就是王爺的誠意？」

秦王正是想要討好李清珮的時候，見她這般說，心中突然不舒服了起來，看到秦王妃這般拈酸吃醋，就覺得格外上不得檯面，心裡想著：讀過書的女子和沒讀過的果然不同。

李清珮早就在朝中獨當一面，比男子還要出色；秦王妃只在府中日日蹉跎，所見皆是柴米油鹽，目光越發狹隘了。

秦王可不是軟柿子，對一旁的侍從說道：「來人，把王妃送回屋裡去，沒有我的允許，誰都不許放她出來。」

「王爺，你竟然這般對我？」

秦王冷笑道：「王妃，妳不去看看世子是否睡過午覺了？」他在世子兩字上，咬字特別強調，威脅之意很明顯。

想到自己冰雪可愛的兒子，秦王妃立時恢復了幾分清明，像是被擊中要害一般，肩膀一下子就垮了下來。

李清珮被秦王簇擁著去書房，臨走之前，李清珮掃了眼秦王妃，她的不甘、嫉妒還有瘋狂的恨意，讓她覺得索然無味。

她忽然有些感謝郭氏當初的堅持，要不是在郭氏的鼓勵下參加科舉，她是不是也會在後宅裡勾心鬥角，為一個男人牽腸掛肚，然後變成這樣一個面目醜陋的女子？

不，她當然不會。以前秦王除了她，也有別的姬妾，她卻從來沒有這般給人難堪過；但是，她現在站的位置和以前總歸是不同了。

對秦王妃而言，子嗣和男人的寵愛是生活的全部，畢竟後宅是一個彈丸之地；而李清珮現在接觸的世界，是更廣袤的。

想到這些，自然就想到一直支持她的趙璟。

李清珮心中一痛，努力壓抑悲傷的情緒，默默地對自己說：「趙璟是妳的殺父仇人，不要再想了！」

第八十一章

兩個人到了書房，等侍從上了茶水點心，李清珮也不拐彎抹角，直截了當地問道：「說吧，王爺到底要我做什麼？」

秦王一笑，慢悠悠地喝茶水，等一杯見底也不見李清珮催促，心裡想著：到底是見過世面的，這時候還能沈得住氣。

「只是一件小事。」

「卻至關重要是吧？」李清珮將暗自猜測的想法說了出來，看到秦王表情一頓，就知道自己猜對了。

按道理，秦王從送她出府就是在布局，更不要說之前趙璟不在宮裡的十年。

而這樣的萬全準備，為什麼要拖到現在？

她李清珮到底能做什麼？

只能說明，即使完全的準備，也不能扳倒趙璟，只有一種情況才會讓他如此顧忌，比如：趙璟手裡抓著秦王的把柄？又或者趙璟手裡肯定拿著一份重要的東西，而這個東西讓秦王心生忌憚？如果皇帝也和秦王同一派，這東西同樣也讓皇帝恐懼？

李清珮不敢想了，她覺得這裡面的謎團越來越大。

到底是什麼東西一直困擾著秦王，讓他這般忌憚趙璟，這般裹足不前？李清珮粗淺的估計，秦王至少謀算了十年！當初趙璟不在朝中，有十年的空缺，卻依然沒有讓秦王得手……

到底是為什麼？

秦王早知道瞞不住李清珮，但是看到她這麼快就抓到重點，依然有種興奮的感覺，甚至是帶著幾分與有榮焉的心情。

「陛下知道嗎？」李清珮這般發問後，隨即馬上肯定地說道：「陛下肯定知道，又或者陛下和王爺才是……」

世人都知道皇帝和秦王關係親密，兩個人更是一同長大。

李清珮不相信，這麼大的事，沒有皇帝的參與。何況當初揭露父親之死的人是皇帝，那麼湊巧，那麼剛好——看似無意，但細想起來又是那般刻意。

如果皇帝和秦王是同路人，那這一切就全部解釋得通了。

秦王沒有露出意外的神色，反而續了一杯茶水，慢悠悠喝了起來，眼中滿是興趣。「妳說說，妳還發現了什麼？」

「王爺這般苦心經營，想來這關鍵的一步是等著我？」

秦王瞇起眼睛，好一會兒才忍不住笑了起來。「妳說得沒錯，陛下和本王早就謀劃了多年，只等這一刻。」

李清珮一個弱女子，她能做什麼？

「但我還是不明白，王爺到底希望我做什麼事？」

這件事顯然對秦王尤為重要，也是秦王一直裹足不前的原因，但到底是什麼？

秦王卻搖頭，慢條斯理地說道：「現在還是不是時候。清清，妳還在左右搖擺，沒有辦法確定自己的心意，不過本王並不著急，會一直等著妳，等到妳下定決心為止。」

李清珮深一腳、淺一腳地回了家。

這幾天發生的事情太過突然，讓她措手不及，即使早就已經平復心情，但心口像是被烏雲遮住，揮散不去。

等吃過了晚飯，郭氏像是下定決心一般，終於來到李清珮的房間內，那表情大有一副「妳要是不說，娘就不走了」的意思。

「妳和攝政王到底是怎麼回事？」

郭氏一開始覺得或許是趙璟糾纏李清珮，後來又覺得不太可能，兩個人當時的神色，一看就是小情人鬧矛盾的神態。

李清珮憋得太難受了，在郭氏的逼問下，終於顫抖地說道：「娘，假如……夫婿是殺父仇人，妳會怎麼辦？」

郭氏皺眉，不過很快就露出驚懼的神色，張了嘴又合上，就好像是被丟到岸邊的魚兒，離開了水，難受得厲害。

「清清，難道攝政王和妳父親的死有關？」

見李清珮沈默下來，郭氏如遭雷擊，好半天都沒有說話。

正在這時候，門被突然推開，李念臉色鐵青地走進來，怒氣沖沖地說道：「姊，其他事我都可以依著妳，但是唯獨這件事……姊，殺父之仇不共戴天呀！難道妳都忘記爹爹對妳的養育之情了嗎？」

或許是沒有經歷過情愛，也或許男人天生就理性，李念在外聽了半天，終於還是忍不住走進來，表達自己的想法。

「姊，妳和娘走吧！家裡還有不少的銀子，妳們隱姓埋名，找個地方，也能過得下去。至於父親的死，弟弟好歹是家中男子，這件事念兒會想辦法的。」

「行了，別鬧了！」郭氏吼道：「念兒，你帶著你姊姊走，這邊有娘。」

李清珮看著兩個人爭吵，眼中卻都是志在必得的決心，似乎那仇恨怎麼樣也沒辦法就這樣過去了。她閉上眼睛，眼淚滑落了下來，放在腿上的手卻握得緊緊的。

到底要不要去報仇並非她一個人的決定，畢竟李念和郭氏也有權抉擇。

心漸漸沈了下來，李清珮終於下定決心。

這一年是一個豐收年，因為有了之前的災荒，更顯得豐年極為難得，皇帝很是高興，決定去泰山封禪。

因為花費眾多，雖有人反對，不過皇帝興致很高，加上提出一半費用由自己的內庫出，最後也就定了下來。

這幾個月，李清珮沒單獨見過趙璟了，兩個人只在一個月一次的大朝會上見一面，那還是當著文武百官的面，李清珮也不是每次都有事情啟奏，所以幾乎已經形同陌路了。

這一次的封禪，幾乎是朝中大部分的官員都會隨行，而趙璟自是留在京城。

等回來的時候，又傳出皇后有身孕的消息，皇帝笑得合不攏嘴，整日陪著皇后，就連端茶遞水也恨不得代勞，讓許多人都忍不住嘖嘖稱奇，說皇后實在是有福氣，能得到天下之主這般寵愛。

等皇后的肚子大起來之後，就有大臣開始說：「當初讓睿王攝政，是因為擔心皇帝身子羸弱，無法負擔繁雜的朝政，如今既然皇后娘娘有了身孕，自然就證明皇帝身體已經好了大半，是不是應該讓皇帝親政了？」

一開始只是幾個不起眼的言官說，到了後面就連廖北也上摺子，讓趙璟考慮這件事。

不過皇帝顯得很無奈，特意找趙璟說起這件事，道：「叔爺爺，這根本就不是朕的意思。」

趙璟沈默了下來，自從和李清珮分道揚鑣之後，就顯得整個人有些沈悶，好一會兒才說道：「也罷，當初先帝聖旨也是擔心你身體承受不住，現在看來是多餘的了，陛下顯然已經做好準備，等今年過年之後祭天，陛下就學著處理政務吧！」

「這怎麼行？朕可是什麼都不會。」

皇帝雖然推辭，但是趙璟再三堅持後，他還是接受了。

等皇帝走後，王總管氣憤地腮幫子都鼓鼓的，道：「一群白眼狼，當初朝中混亂的時候不說要親政，這會兒王爺都給理順了，就要搶走。」

「王總管！」趙璟厲聲打斷道。

王總院顯然也是有話憋久了，此時不吐不快。「王爺，您這是怎麼了？就算沒了李大人，這世上女子千千萬萬個，難道就沒有一個合意的？您以前可不是這樣的，您說過要好好治理大趙的。」

如今朝政看著穩當，其實依然內憂外患，稍微不注意就有可能崩塌，王總管覺得大趙不能再交給皇帝了。

之前好好的大趙，不都是先帝給揮霍了？這父子倆就都不行！

腐敗恆生，國運衰敗，這才好不容易起了個頭，又說交給皇帝親政，皇帝還不是要仰仗首輔廖北？

到時候這大趙又是廖北的天下，跟當初先帝在的時候一樣，這廖北要是能治理好，大趙能成如今這番模樣？

更重要的是，交付權力之後，皇帝真的會善待趙璟嗎？如果這親政的想法是大臣主張倒好，萬一真是皇帝指使的？那就說明皇帝很有野心，而一個有野心的人，又怎麼能容忍曾經的攝政王？

趙璟嘆了一口氣，道：「王總管你是知道本王的，當初就沒想過什麼……」後來怎麼就變了呢？好像是怕李清珮被傷害，又想要讓穆家伸冤；但其實最重要的還是想要護著自己在意的人。

但是當李清珮走後，趙璟忽然就覺得沒勁了。

秦王正在書房和幕僚呼延淳說話，兩個人都顯得很輕鬆愜意。

呼延淳笑著說道：「還是王爺棋高一著，趙璟居然答應放權了。要不是真的把一些事情交給皇帝，小的都懷疑這是作夢了。」說完忍不住笑了笑，顯得極度愉悅。「王爺怎麼知道趙璟會同意？」

秦王喝了一口茶水，道：「你們不了解我這位皇叔，他是我們家族中少有的重情重義之人。」

「這怎麼說？」

「當初穆家不過幫了他一下，說起來做臣下的，忠心為主不是應該？我那皇叔卻覺得這是穆家對他的恩情，因為先帝不肯為穆家翻案，就十年沒有回來。」秦王說著放下茶杯，顯然覺得趙璟的做法有些難以理解。「如今為了一個女子，就這般灰心喪氣……」

呼延淳看到秦王突然沈默下來，忍不住抬頭看著他。

秦王想要嗤笑趙璟為女色所害，但是想了想自己對李清珮的心情，忽然就覺得有些理解。只不過理解歸理解，如果重新選擇一次，他還是會這麼做。

秦王忽然不想再繼續這個話題，總結道：「現在一切都很順利，但最重要的是要把他手裡的那件東西拿來，那才是我們隱忍這麼多年的原因。」

呼延淳輔佐秦王多年，等的就是這一天，顯然也是有些激動，並沒有看出秦王的小心思，道：「王爺可是要李大人那邊盡快了。」

第八十二章

在簡陋的茶樓裡，李清珮把手上的錦盒推到秦王前面，面無表情地說道：「你要的東西。」

秦王顯得有些激動，他想要讓自己鎮定下來，但是看到錦盒裡面泛黃的圖紙，手就抖動起來。「真的是它……」

「對，火銃的圖紙。」李清珮肯定地說道。

十幾年來，秦王一直在研究火銃，不需要去鑑別，他自己都可以看出真偽，因為裡面好多內容都是他一直以來難以突破的部分。

好像壓在肩膀上的大石頭終於落了下來，秦王忍不住舒了一口氣。

「這東西真的這麼重要？」李清珮問道。

秦王喝了一口茶水，才穩住澎湃的心情，說道：「妳知道當初聖尊皇后是怎麼打下大趙這基業嗎？靠的就是火銃。」

李清珮在大趙也是生活許久，卻從來沒有聽說過火銃，忍不住問道：「可是怎麼現在沒有了？」

得到自己夢寐以求的東西，秦王顯得心情很好，耐心地解釋道：「原本是有的，只是後來發生了一場兵變，說起來也是醜聞。」秦王說到這裡看了眼李清珮，隨即一笑，道：「跟妳說也無妨，都是自家人。」

李清珮避開秦王灼熱的目光，低下頭來。

秦王卻毫不在意，他知道還需要時間，他可以慢慢等。

「太宗皇帝原本是第三子，沒有機會繼承大統，他卻管著火銃軍，那火銃軍不過五千人，卻贏了京都五萬精銳守備軍，逼宮成功。」

李清珮不知道居然還有這種秘聞，雖然從來沒有聽過，不過仔細一想也能理解，太宗上位之後肯定把這一段歷史給抹掉了，所以現在世人沒有幾個知道。

「太宗皇帝繼承大統之後就有些疑神疑鬼的，怕旁人也仿效，最後痛下決心解散了火銃軍。」

「那之後就沒有火銃了？」

秦王說道：「太宗雖然解散了火銃軍，但是又覺得真的就這樣沒了，著實可惜，畢竟火銃是大趙立業的根本，後來他就想了一個辦法，把火銃圖紙留給下一任皇帝，這也算是自保的手段吧。」

「也就是說只有新帝才能得到這圖紙是嗎？那為什麼……」

「妳說為什麼趙璟會有？」秦王這時候滿心只想討好李清珮，沒有任何的隱瞞，說出宮中十幾年前的秘辛。「妳知道，當初孝宗皇帝想把皇位傳給趙璟，結果中間出了紕漏；那時候孝宗皇帝病重，嚷著要先帝讓出太子之位，先帝很是尷尬又覺得憤怒。趙環知道這件事之後，為了表示自己對皇位沒有野心，直接離宮，不久孝宗就駕崩了，但是……趙環卻拿到每一任皇帝才能得到的火銃圖紙。」

「這有點不合常理呀？」

孝宗皇帝把火銃圖紙給了趙環，那就是下定決心要把皇位傳給他，怎麼後來繼承的還是太子趙健？

秦王笑得有些意味深長。「有人說，孝宗皇帝……死得有些不明不白。」

李清珮心中一驚，想要說話卻看到秦王搖了搖頭，她馬上就低下頭來。

這件事已經過去了，真要挖出過往真相，顯然也是極為可怖的事情。

只是不管怎麼樣，趙環都因此有了這個殺手鐧。

原來這才是秦王和皇帝一直裹足不前，相當忌憚的原因？

「不僅是圖紙，如果我猜得沒錯，趙環應該還有一支隱藏在暗處的火銃軍，這是每一位皇帝最後的保命手段。」秦王說到這裡，溫情地看著李清珮，柔聲說道：「清清，下一步就是妳要去找出這一支火銃軍到底在哪裡了。」

李清珮卻冷著臉說道：「我把最重要的圖紙都給你找來了，你卻沒有一點誠意。」

「怎麼？」

「我怕王爺反悔，就像是以前一般，利用完之後就把人丟了。」李清珮冷聲說道。

「怎麼會？」

「那能不能告訴我，你製作火銃的地方在哪裡？」

秦王原本想要拒絕，畢竟這是他最核心的秘密，也是這許多年來的心血，雖然沒有圖紙，但是他一直在找匠人研究，這件事自然不能讓旁人知道，可是看著李清珮澄淨的眼眸，他竟然就說不出拒絕的話來，隨即想到李清珮連火銃圖都偷來了，顯然也是下定決心要跟著他扳倒趙璟，為父報仇。

而且他拿了這火銃圖已經是勝券在握了，何必要讓李清珮寒心？

「秦王殿下還是不相信我嗎？」李清珮的語氣裡難掩失落。

秦王聽了，馬上道：「自然不是，正好本王要把火銃圖帶過去，妳跟我一道去吧！」

李清珮沒有想到這個地點，竟然在秦王的墓地裡！

每任皇帝上位之後，第一件事情就是建造自己的墓地；王爺也是一樣，生前就開始動工了。

讓李清珮側目的是，古人對墓地都有點忌諱，秦王竟然在這裡秘密地研究火銃，可見這個人為了達到目的已經是不擇手段的地步。

因為只是一個王爺，秦王的墓地比起皇帝的規模自然小了些，但和普通人比起來也是很可觀。

當初秦王找了藉口，說欽天監算過，自己不適合葬在皇家墓地群旁邊，所以另外找了一塊地方——李清珮坐著馬車，足足花了一天時間才到此處。

整個被挖空的山洞裡，許多人來來往往的，忙得熱火朝天，角落裡放著半成品的火銃，時不時有人推著木車過去，上面堆滿了各種材料。

這讓李清珮想到了現代的兵工廠，等秦王走到一處房間內，它是用木材臨時搭起來的小屋，在整個空曠的山洞裡很是顯眼。

一個鬍鬚皆白的老者從裡面走出來，看到秦王顯得很是熟絡，道：「王爺，您又來了，最近不忙嗎？」

「王老，本王給你帶個東西。」

王老見到圖紙之後差點暈過去，好半天才顫抖地說道：「終於等到了。」

王老說完，竟是真的暈過去了。

秦王嚇了一跳，忙喊了郎中過來診脈，好在不過是虛驚一場，王老僅是因為驚喜過度導致暈眩，身體並無大礙。

「王爺，老朽沒用呀！這麼多年，花了金山銀山一般的花費，卻沒有做出來，好在您終於找出圖紙，不然我就算死了也難以瞑目。」

李清珮趁著王老和秦王說話的這會兒走出了木屋，這個山洞的照明用的是油燈，大量黑色濃煙從上面冒出來，空間內充斥著煤油味，除開工匠之外，隱隱約約似乎還聽到兵士操練的聲音。
繞過一根石柱，李清珮忽然聽到震耳欲聾的吶喊聲，她嚇了一跳，定睛一瞧，旁邊是一塊空曠的場地，站著烏壓壓的兵士，瞧著起碼也有三、四千，正集體操練。
李清珮也是見過兵士的人，但是這裡的人和平時她看到的不太一樣，隨便拎出一個都顯出肅殺的狠辣，顯然每一個至少能以一敵十。
忽然間肩膀被人拍了拍，隨即傳來一道熟悉的聲音。「清清。」
李清珮回頭，看到秦王，她面色一冷，避開了他的觸碰，道：「王爺，這裡都是您的精銳？」
不用說了，這些人肯定是秦王的私兵。
秦王顯然興致很高，笑著說道：「這就是本王幾年來的心血。」隨即語氣極度溫柔，寵溺一般地說道：「清清，現在萬事俱備只欠東風了，這都是因為妳，妳立了大功。」
李清珮僵硬地避開了秦王的視線。
等李清珮回到家中已經接近深夜，秦王依依不捨地把人送進去，那目光充滿愛意，在月光中更顯得風流倜儻，令人炫目。
秦王笑著說道：「還記得咱們初見，妳就扭了腳，還是本王送妳回去的。」
那時候他年少，李清珮還是稚嫩的少女，雖然收為侍妾，卻是他第一個女人，是他心中所愛。

李清珮目光帶著幾分茫然，好一會兒帶著幾分悲涼地說道：「當初王爺是不是早就設計好了，讓我去求王爺？」

李清珮是因為母親病重，且需要御醫救治，不得不委身給秦王。

以前無論兩個人如何，她都感激他的初心；而現在，如果這只是秦王的計劃之一呢？

她遇到的兩個男人怎麼都是這樣——趙璟瞞著她的殺父之仇，並且還讓她愛上他；而秦王，只是把她當作一個棋子。

「是。」秦王倒是很坦誠。「我之前就知道妳了，想著如何讓妳為我所用。」

李清珮終於明白自己身為一個普通女子，她的絕世容貌是令人覬覦的，但是能攀上當時高高在上的秦王，顯然並非運氣。

秦王還想多哄李清珮，但是看她這般冷淡，想著來日方長，就依依不捨地回去了。

第二天，李清珮去上衙，剛出門就看到一個男子站在門口等著她。

男子穿著藍色的官服，身材挺拔，看到李清珮走了過來，才轉過頭，露出消瘦的面孔。

「李大人，許久未見了。」

「居大人？」

從憔悴的面容就可以看出來，居一正這些日子顯然過得不太好，自從他的老師王廷見被抓走之後，他就一直心事重重。

「李大人，能否找個地方，居某有些話要跟您說。」

這還是李清珮第一次得到居一正的正視，要知道他以前都是瞧不起女人，更覺得女官根本不應該存在。

李清珮知道居一正無事不登三寶殿，便領著他進屋。

到了書房，居一正半開房門，見李清珮一愣，他尷尬地說道：「瓜田李下的……」

李清珮有些想笑，這時候他居然還想著這個，果然一個人的思想是怎麼樣也改變不了，不過居一正不算是一個壞人，她道：「一會兒天色就大亮了。」那意思就是有事快說。

居一正自然聽出來了，道：「李大人，我長話短說，上次跟妳說，我的老師王廷見的案子有問題，我相信老師不是那樣的人，他向來節儉，曾經因為俸祿發放晚了，吃了一個月的鹹菜，絕對不會貪污的！」

一個內閣大人竟然這般節儉，確實是很清廉的官員。

如今王廷見的案子已經判了下來，是秋後問斬。

見李清珮沈默了，居一正也知道自己的幾句話不可能讓李清珮相信，於是從胸口拿出一封泛黃的書信來。

「我費了許多心血，終於找到了證據，李大人看了就知道。」

李清珮拿起信封，打開看，好一會兒才震驚地說道：「這是……秦王的印章？」

居一正道：「正是。」

裡面的內容其實很簡單，不過就是秦王指使王廷見受賄以資助他，李清珮馬上就明白了。今天看到的那些半成品火銃，還有三、四千的精銳兵士，沒有錢又如何養得起？所以秦王就指使王廷見去貪污。

「即使這樣，王大人也是脫不開身。」

「我相信老師肯定有苦衷，應該是有把柄在對方手上……」居一正苦口婆心地說道：「李大人，這件事非同小可，如果只是官員貪污貪財也就罷了，但如果是一位王爺，那可就是懷有野心了。

「我知道自己以前做得不太地道，但看在都是為朝廷的分上，能否請李大人把這封信交到攝政王手上？我不求老師能官復原職，畢竟不管他有什麼內情，確實是貪污了，但是起碼可以免掉死罪吧？」

這個男人拋棄自己所有的傲氣，只想幫自己的老師走出一條活路來。

等到了衙門，李清珮一整天都有些心不在焉，寫錯了好幾個字，不斷地想起居一正的話。「秦王這個人私慾太重又缺乏魄力，他若當權，這個朝廷還能走下去嗎？肯定會和稀泥，到時候這些百姓又要有苦日子了。而現在我們需要雷霆手段、不怕改變的人，攝政王就是最好的人選。」

這不是李清珮第一次聽到別人誇趙璟，雖然趙璟過於嚴苛，許多人都覺得太較真了，但是不得不說，趙璟的嚴苛讓朝廷變得更加穩固。

李清珮忽然起身，走了出去。

門口的衙役問道：「大人，您去哪裡？」
「我要入宮！」

第八十三章

趙環皺眉聽著王總管說話，很快地就打斷了王總管接下來的話，道：「你是知道我的，我要是志在這裡，何必等到現在只當一個攝政王？」

趙環有很多次機會名正言順拿到皇位，可是他都推拒了。

王總管很是鬱結，苦口婆心地勸說道：「王爺，小的都知道。可是您現在和以前不一樣了，您以前可是握著火銃的圖紙，不管誰在位，總是會忌憚王爺，有保命的手段，現在可真是……李大人不清楚這些，就來跟王爺要火銃的圖紙，您還真給了！萬一陛下要找碴，又或者秦王心懷不軌，我們要如何自處？」

趙環嘆了一口氣，顯得有些疲憊地揉了揉眉心，道：「王總管，本王不打算待在大趙了，想要出海。」

「什麼？」王總管總覺得趙環這些日子鬱鬱寡歡，可沒有想到他竟然有了這個打算。

「王爺……您要出海？」

「對，以前也不是沒去過，可能有生之年都不會回來了。你照顧我這許多年，我也不放心你在這裡，就跟我一道去吧！」趙環顯然是想了許久，很快就道出計劃。「等這邊事情交給新帝，咱們就走了。」

「王爺……」

「什麼都別說了，我意已決。」

趙璟覺得自從和李清珮分開之後，人生就陷入低潮，做什麼事都沒勁，就好像站在一片荒蕪之中迷失了方向，原本的躊躇滿志都變成沈重無力，而離開這個傷心地，顯然是最好的辦法。

王總管生氣不已，卻也無可奈何。

他們趙家盡出癡情種，遠一點的太宗，一生只有一位聖尊皇后，恩愛一世，留下佳話不說；就說如今的新帝，也是為了所愛直接奪人妻，情深難移，根本和前朝那些三宮六院、嬪妃無數的皇帝不同。

李清珮還沒入宮就被人攔截了。

一個穿著紅色衣裳的宮女，顯得有些緊張，似乎是第一次面對李清珮這樣的女官，但依然鼓起勇氣，結結巴巴地把來意說了。「李大人……奴婢是皇后派來請大人的。」

李清珮很是詫異，她不知道一直都安安靜靜的皇后為什麼突然找她，但是想來是有要緊事，不然也不會如此突然。

李清珮跟著那宮女去了，當她再從皇后的居所出來的時候，甚至還有些難以置信。

「李大人，王爺曾經救過我，我都記得，一直不知道如何還這份恩情，如今卻是再好不過的機會了。」當時皇后的表情顯得有些諷刺。「皇帝並非表面看起來那般無害，是個心胸狹隘、睚眥必報的小人。他想要穩固皇權想了很久，更是心裡嫉恨王爺的霸占，若真讓皇帝親政，恐怕第一個便不會饒了王爺。王爺素來聽李大人的話，還請李大人去勸勸王爺，不要輕易放權。」

像是知曉李清珮不理解的心情，皇后艱澀一笑，露出恨意來。「陛下毀了我一生。我本該像李大人這般在朝中為官，和夫君造福百姓……我們從小青梅竹馬一起長大，為了讓我參加科舉，他付出那麼多，誰知道卻是如今這般……即使重逢也只當不相識，當作路人。」

李清珮知道皇后口中的夫君是她的前夫，聽完頓時難受起來，不知道為什麼就全然相信皇后所言。

皇后如今還有身孕，皇帝又是獨寵她，對她千依百順，皇帝親政之後對她來說只有好處，沒有壞處，她卻這般阻攔皇帝親政。無論是感情上，還是事情的根本上，皇后都沒有理由撒謊。

李清珮原本有些猶豫的腳步越來越穩，轉過頭就去趙璟辦事的大殿。

王總管看到李清珮的時候，一副欲言又止的樣子，最後還是無奈地嘆了一口氣，只道：「李大人，王爺正等您呢。」

趙璟看到李清珮走進來，背對著門外太陽，像是灑了一層金粉一樣，朦朦朧朧的，纖細婀娜的身形，就這樣款款而來，他的目光就像黏住了一般，怎麼也挪不開。

李清珮雖然想要冷著臉，但看到這樣的趙璟，居然忍不住落下淚來。思及皇后的話，再想到百姓對趙璟的誇讚……

李清珮咬牙，下了一個左右政權的重要決定——在那一刻，她放下私仇，打算將計就計，找出秦王窩藏私兵的地方，和趙璟裡應外合，聯手鏟除秦王這個棘手的釘子。

春和三年，發生一件驚動朝野的大事：秦王被發現私自研發火銃，又私養兵士，此乃欺君大罪，被貶為庶民，流放遼東。

春和四年，皇后所生的皇長子因為羸弱早夭，新帝傷心欲絕，一下子就病倒了，到了年末終於支撐不住，駕崩。

春和五年，攝政王趙璟繼位，改年號為永始。

第八十四章

太陽高高掛在半空中，帶出秋老虎的炙熱來。

李清珮穿著一件藍色常服，坐在城外的十里亭裡，接過對面男子遞過來的酒杯，一飲而盡，隨後道：「陛下，微臣這一去少則三年，還望陛下珍重。」

原來對面這男子，竟然就是當今的皇帝趙璟。

趙璟也穿了一身常服，只是難免顯露出上位者特有的高高在上，如果不說話的時候，就會讓旁人有種說不出來的緊張。

只不過那是旁人，對於李清珮來說，卻是毫無顧忌。

趙璟還沒說話，旁邊的王總管急道：「李大人，您這一外放就要三年，回來都奔三了，旁人這個年紀都可以做祖父母了呀！」

他們陛下可是快四十了呀！還沒成親，到底怎麼辦？

李清珮卻像是沒有聽到一般，瀟灑起身，朝著趙璟揮了揮手，就出了亭子。

王總管跺腳，道：「陛下，您怎麼什麼話也不說？」

趙璟不捨地看著李清珮俐落地上了車，之後越走越遠，像是一隻飛鳥離籠，那樣的恣意灑脫。

直到看不到為止，趙璟忍住難捨的情緒，轉過頭對王總管說道：「說什麼？朕對清清說過，朕會一直等，等到她回心轉意的那一天。」

只是兩個人感情卻好像回不去了，因為李清珮怎麼樣也無法忘記殺父之仇與他有關。

趙璟也不去逼，只這般默默守著，直到李清珮被外放到蘇杭擔任節度使。

王總管還以為趙璟不會同意，誰知道不僅沒有阻攔，還親自來送！

馬車裡，除了郭氏，還有另一位容貌端莊、氣質超然的女子。

等李清珮上了馬車，那女子問道：「李大人，您真決定要外放三年嗎？真的不管陛下了？您捨得？」

「皇后娘娘不也放下宮中的榮華富貴，只甘心做一個地方上的主簿，怎麼還問我捨不捨得？」李清珮笑著說道。

原來這氣質超然的女子不是別人，正是先帝的遺孀——白靜瀾。

白靜瀾一時語塞，好一會兒才笑著說道：「大人好一張利嘴，下官甘拜下風。」那神態語氣，全然輕鬆自在，好像終於放下心中的重擔。

李清珮看著她，露出滿意的笑容。白靜瀾幫了她和趙璟許多，要不是當初白靜瀾通風報信，兩個人也沒辦法那麼快就鏟除掉了秦王。

「您不打算去找……」

白靜瀾臉上一僵，好一會兒才低下頭，難過地道：「他早就娶了妻，孩子都有了，我何必去尋他？好在一切都重新開始了，李大人，真是多謝您。」

「這也是陛下的意思。」

「那就是多謝您和陛下。」白靜瀾很快就恢復元氣，促狹地笑了笑，顯得有幾分淘氣。

李清珮無奈，轉過頭，卻感覺到身旁有人握住了她的手，是郭氏。

郭氏忽然開口說道：「清清，妳要是真的喜歡陛下，妳就回去吧。」

「娘……」

當初郭氏知道趙璟如何害死丈夫之後生氣不已，李清珮還以為郭氏會堅持復仇，結果等情緒過去了，郭氏和李念不知道怎麼商量的，最後的結果竟然是讓她放過趙璟。

李清珮到現在還記得郭氏當時是怎麼對她說的。「妳父親的死，說到底也不全是睿王的責任，就連我這個無知的婦人都知道，不能仿寫皇帝的字，他卻在睿王的央求下寫了……

「娘沒有不恨睿王，只是這一年娘看著睿王善待災民，治理朝政，實在是難得的明君之才。妳不也常說，沒有睿王，這朝廷就會亂掉嗎？娘想報仇雪恨，但是也明白什麼事情比私仇更重要。」

李清珮當時哭了很久，最後找出秦王造反的證據，反將一軍。

秦王被捕之後，在流放遼東之前，趙璟與他私下見過一面，李清珮後來也從趙璟口中得知當年的宮中秘辛。

原來秦王本是孝宗皇帝和突厥公主的私生子，帝后為此感情失和，孝宗本想要丟了他，可皇后認為龍子血脈可貴，就這樣放在自己名下撫養他。

從小秦王表現優異，卻總是不得帝后喜愛，當他知曉自個兒身世便不滿於心，後來因緣際會與邊關外的舅舅聯繫上，在對方的遊說下，他不知輕重地偷了布防圖，協助韃子攻入京城，釀成大趙生靈塗炭的「天順之役」。

孝宗皇帝知道秦王的所作所為雖震怒，可畢竟是自己的兒子，還是默許太子趙健庇護秦王，將罪名推給無辜的穆家，趙健也藉此鏟除了趙璟岳家的勢力，讓自己順利登基……

想到這些前塵往事，難怪人家會說「最是無情帝王家」。

好在，趙璟不一樣——只是她和趙璟卻回不到以前了。

郭氏溫柔一笑，這些年她的脾氣性情越發好了。

兒子爭氣，小小年紀已經有大商賈的資歷，讓她這個娘吃穿不愁；女兒更是她的驕傲，剛剛升任正四品的官職。

郭氏生活順心之後，越發仁慈了。

「妳也知道，當初這件事的主謀是趙健！」郭氏說到這裡冷了聲音。「後來怕妳查到，滅掉證人的是先帝趙恆，就是怕他老子趙健的事情暴露。」

原來當初李唐被殺是神宗皇帝趙健的手筆，他見孝宗皇帝日益喜歡趙璟，怕自己的皇位不穩，待得知李唐會仿寫皇帝的字跡，就冒名讓人送信給李唐，讓李唐寫一份假的遺詔，準備留著當最後的手段。

萬一皇帝傳位給趙環，趙健就拿出這一份仿寫的來證明自己才是正統。

之後又怕李唐洩漏機密，自然是殺人滅口了。

雖然是趙環引出事端，但實際上真正殺害李唐的凶手，是神宗皇帝趙健。

李清珮道：「娘，我知道您只是希望女兒放下心結好好過日子，可是我自己放不下，再等等吧，興許過陣子我就想開了。」

不管怎麼樣，即使趙環無意傷害李唐，卻也無法卸責，這也是趙環一直以來不敢告訴李清珮的原因。

李清珮撩開車簾，看到逐漸西下的太陽發出霞光，四周滿是暈染的紅色，十分美麗，她終於露出笑臉來。

她想，如果趙環再等她幾年，年過四十還是沒有娶妻，她就同意了吧！

永始六年，皇帝迎娶當朝三品禮部侍郎李清珮為后，同一年誕下皇長女。

永始十二年，皇帝唯一的女兒，皇長女趙端若被冊立為太女，視為正式繼承人。

——全書完

同是天涯炮灰人，日久生情自當救／十二鹿

2023年2月出版

扭轉衰小人生

她做人的原則很簡單，就是——
人不犯我，我不犯人；
人若犯我，禮讓三分；
人再犯我，斬草除根！
什麼阿貓阿狗的都敢來招惹她，當真活膩了嗎？

文創風 1139 1

平時忙得跟陀螺似的老爸抽空參加了她的大學畢業典禮，還開車接她離校，
她不過是在車上滑個手機而已，只聽見「砰」的一聲，接著就眼前一黑了，
再睜開眼，余歲歲莫名其妙成為了什麼廬陽侯的嫡長女，
所以說，他們這是出了車禍，人生戲碼直接跳到The End的結局了？
話說回來，身為侯府千金，她在府中的待遇實在很糟，連下人都能欺她，
原來她是一出生就被抱錯、在農村養了十年，最近才被尋回的女配真千金，
回府後就處處刁難知書達禮的善良女主假千金，還把人給推落水……
且慢！這劇情走向及人物設定怎麼如此熟悉？媽呀，難不成她穿書了？!

文創風 1140 2

十歲，在侯府看來是已經定了性的年紀，因此並不想費心教導她，
但正經的血脈不能廢了，所以侯府還是要意思意思地給她請個啟蒙先生，
嘖，她余歲歲是堂堂21世紀的大學畢業生，還能怕了古代開蒙嗎？
不過這侯府也是好笑，她這真千金認回來了，假千金居然也不還給人家，
想想也是，畢竟是精心嬌養了十年的棋子，說啥都不能白白浪費了，
為了杜絕後患，甚至還把她養父找來，想用錢買斷他跟真千金的父女關係，
本來嘛，若一個願買、一個願賣，這也不干她什麼事，
可一看到養父的臉她就懵了，這是年輕版的老爸啊！難道他也穿書了？

文創風 1141 3

自從九歲那年媽媽病逝後，身為刑警的爸爸因為工作忙，很少有時間陪她，
被爺奶帶大的她雖然從小和爸爸並不親近，可兩人畢竟是血濃於水的父女，
本以為已經陰陽相隔，沒想到老天善心大發，給了他們重享天倫的機會，
在這人生地不熟的朝代，她余歲歲能相信的人果然只有自家老爸啊！
武力值爆表的爸爸當了七皇子的武學師父，還開了間武館，一路升官發財，
而熟記原書劇本的她則盡量避開主角，努力改變父女倆的炮灰命運，
她甚至還出了本利國利民的《掃盲之書》，被皇帝破例親封為錦陵縣主，
可人生不如意事不只八九，她越想避開誰，誰就越愛在她身邊轉，真要命！

文創風 1142 4 完

七皇子陳煜這個人，嚴格來說算是她余歲歲的青梅竹馬吧，
論外貌，從小他就是個妥妥的美男子，大了也沒長歪掉；
論個性，寬厚聰慧、體貼容人，不大男人、不霸總，正好是她的理想型。
但、是，即便他的優點多到不行，也改變不了他是炮灰的事實啊！
是的，在原書裡，七皇子也是個炮灰，從頭到尾沒幾句話，
戲份最多的一場就是他在皇家圍場被突然出現的熊重傷，不治而死時，
不過算他幸運，有她這個集美貌、聰穎與武力於一身的心上人罩著，不怕，
即便前路忐忑難行、危機重重，她也有自信定能扭轉這衰小的人生！

2023年1月出版

金匠小農女

文創風 1131~1133

怎麼剛剛還在溫暖被窩，醒來卻陷入生死一瞬間?!
接著又發現自己不但是個痴兒，還是不受待見的伯府假千金，
這尷尬身分如何是好？伯府待不下去，不如回農村過舒心小日子！

真假千金玩轉身分，烏鴉鳳凰誰知輸贏／藍爛

平平都是穿越，怎麼她一醒來卻是快被溺死之際，手裡還有武器 ?!
原來她不是剛穿越，而是已在這大晉朝以廣安伯府小姐身分活了十來年，
可她因記憶未融合，成了個痴兒，在伯府懵懵懂懂又不受待見地過日子；
如今真正的伯府小姐歸來，簡秋栩才知自己是被調包的假千金……
既然如此，她一刻也不想多待，包袱款款立馬跟著親生家人離開；
不過雖與廣安伯府斷得乾淨，展開了上山找木頭、下山弄竹子的生活，
另一方面，卻有人暗中監視，早已盯上她的一舉一動……

2023年1月出版

當個便宜娘

文創風 1129～1130

一串冰糖葫蘆抵得上兩碗麵條了，村裡的孩子幾乎很少人吃過，
兒子乖巧懂事，都沒敢多看它兩眼，可她這後娘不忍心啊，
不就是幾文錢罷了，她又不是沒有，買，兒子想吃她都買！

行過黃泉，情根深種／宋可喜

一塊紅布擋住了視線，嘴裡也堵著團布，手腳則被麻繩緊緊捆綁著，
莫非，她被人綁架了？但她不是已經死了嗎？怎麼又活過來了？
而且，白芸能感覺到自己的骨相發生了變化，這根本不是她的身體啊！
正想著，一個老婆子掀開紅布，警告她今日若敢出啥么蛾子就打斷她的腿！
她堂堂算盡人事的相神，別人向來對她恭敬有加，現在竟被人揪著耳朵罵？
但現在不是生氣的時候，看這陣勢，難不成她穿越了？還穿成個新嫁娘？
隨著原身的記憶漸漸湧現，她總算明白了眼前的情況——
她是父母雙亡、被奶奶綁到宋家嫁給病入膏肓的宋清沖喜抵債的小可憐！
雖說她一肚子火，但無奈被餓了兩天，渾身乏力，只得乖乖和大公雞拜堂，
好不容易進入洞房，眼前竟溜進個可愛的小男娃衝著她喊「阿娘」，
所以說，她的身分不僅是個隨時會當寡婦的新娘，還是個現成的便宜娘？

2022年12月出版

下堂妻幫夫改命

文創風 1122～1123

阻止前夫黑化成反派，拯救蒼生的重任就包在她身上！
她有現代人的智慧，老天的金手指，娘親的「鈔」能力，
這妥妥的天選之人，要翻轉命運豈不信手拈來？

一朝和離為緣起，千里流放伴君行／樂然

好心沒好報啊！救人出車禍竟穿越了，一醒來她就身穿喜服在花轎上，
更離譜的是剛拜完堂，屁股都還沒坐熱，一紙和離書下來就要她走人？
從新娘轉作下堂婦也就罷了，還被託付一個三歲小叔子要她養？
要不是繼承原主的重生記憶，這一波三折，她的心臟早就承受不住。
原來貴為國公的夫家，遭人構陷通敵賣國，一夕之間被抄家流放了，
天知地知她知，若放任前夫晏承平黑化成滅世暴君，那可不是開玩笑的！
為了扭轉命運的軌跡，她只能偏向虎山行，喬裝打扮帶著小叔上路，
好在老天給她神奇空間開外掛，娘親生前也留給她一大筆私房錢，
她能順利打點好官兵，又能護晏家人周全，一路將流放過成郊遊。
當散財仙子助晏家度過難關，她是存了一點抱金大腿的私心，
等前夫跟上輩子一樣成功上位，屆時論功行賞肯定少不了她一份，
未料，這人突如其來示好要她喜歡他，徹底打亂了她的盤算。
先不要啊！單身那麼自由，她可沒有復合再婚的意思……

文創風 1144

大齡女出頭天 下

國家圖書館出版品預行編目資料

大齡女出頭天 / 櫻桃熟了著. --
初版. -- 臺北市 : 狗屋出版社有限公司, 2023.03
冊 ; 公分. --（文創風 ; 1143-1144）
ISBN 978-986-509-405-8（下冊 : 平裝）. --

857.7　　112001154

著作者　櫻桃熟了
編輯　黃鈺菁
校對　沈毓萍
發行所　狗屋出版社有限公司
地址　台北市104中山區龍江路71巷15號1樓
電話　02-2776-5889～0
發行字號　局版台業字845號
法律顧問　蕭雄淋律師
總經銷　知遠文化事業有限公司
電話　02-2664-8800
初版　2023年3月
國際書碼　ISBN-13　978-986-509-405-8

定價280元

狗屋劃撥帳號：19001626

網址：love.doghouse.com.tw　E-mail：love@doghouse.com.tw